張文環 著
廖清秀 譯

滾地郎

（原名・・地に這うもの）

鴻儒堂出版社

目錄

第一章之一

在寂靜的雜木林的樹木間，開著不合季節的山芙容的花，顏色給人有跟桃色稍不同的感覺，也許那個緣故吧，花的顏色看來華麗卻令人覺得寂寞的樣子。千田眞喜男在穿通山坡的柴場曬著太陽。這是早上九點鐘光景，老百姓們從山上的村莊挑着那土地生產的東西，已經朝梅仔坑庄（鄉）市場下來。浴朝陽的山丘，如剛睡醒一般靜悄悄地，只有竹鷄時時驚嚇地叫著，或許被貉嚇唬也說不定。

千田眞喜男的本名叫陳啓敏，養父陳久旺當保正（註：等於現在的里長），養父親生兒子的陳武章當國民學校訓導（註：高級級任教員，當時委派爲判任官即現在的委任官），陳訓導爲自己前途，將姓名改爲日本式名字。

昭和十三年（一九三八年），台灣總督府公布：台灣人只要繳某種稅額，他一家人就有資格改姓名爲日本式名字。保正的親生兒子陳訓導將來或許能做校長，因此他一家人便立刻向庄役場（鄉公所）申請改姓名，所以他們在這梅仔坑庄是第一家被許可改爲日本式名字的台灣人。從陳家而講，陳啓敏應該是長子，但啓敏做養子後，陳家生武章，接着又生長女淑銀。等親生兒女倆能上公學校唸書的時候，啓敏也被允許一塊兒上公學校唸書，所以十六歲的陳啓敏和八歲的武章、七歲的淑銀同是一年級的學生。這個山脚街人口雖近一萬，公學校只有一所，要上學的山路相當遠，十六歲才唸公學校一年級學生並不稀奇。公學校是台灣籍兒童進去讀書的學校，另有日本籍兒童唸的小學校。到了昭和十六年（一九四一年），公小學校雖統一稱爲國民學校，還是分別設置日籍兒童與台籍兒童唸的學校。啓敏唸公學校時，學生年紀比老師大的多的是，唸三年級而已經結婚的也有。教這種學生的女老師，實在爲難得很。尤其未婚的女老師被那些男生一凝視，將視線移向別處，用教鞭敲著黑板，裝裝膽子哩。在家裏一直受欺壓的陳啓敏，一到學校來，覺得一切都是稀奇得很，望著教室瞪黑板的字的孩子們，或在操場玩各種遊戲的孩子們，他看了這些，感到很快樂。何況他在家裏從未聽到過「唱歌」，每天到學校來感到飄飄然，老師所教的他雖不記得了，但對眼前孩子們玩得入迷的情形，他覺得很好玩。他雖然能從日文教科書的第一課背起，卻無法認字而常常被老師怒罵罰站着。武章回家後向父親告狀說啓敏使陳家丟臉，因此啓敏升二年級的時候，從公學校中途退學了。

陳家的親生兒子陳武章於梅仔坑公學校畢業那一年，考取台南師範學校的入學考試，這是該校從未有過的，所以陳武章的名字出現報上地方新聞時，梅仔坑庄的士紳們認爲這是庄上的榮譽，在下課後的教室爲他開慶祝會。但淑銀無法考取嘉義市女中，只好在台南市一私立女中唸書。

當陳武章從師範學校畢業，回到母校的公學校執教時，街上又開盛大的宴會歡迎他。當武章想申請改姓名時，打算將父親陳久旺改爲千田久雄，母親陳吳氏錦改爲千田正子，因義兄陳啓敏是撿柴的改爲千田薪夫；但正式向庄役場提出申請書時，怕被派出所日籍巡查譏諷說連名字也有差別待遇，所以突然將薪夫改爲眞喜男；而且，陳武章本人改爲千田武夫，妹妹陳氏淑銀改爲千田米子。當改姓名被核准了，他看見庄役場的戶籍謄本，撿柴的哥哥漂漂亮亮地被塡着眞喜男時，他後悔把哥哥的名字取得太好了。但街上的人們皺皺眉頭說：「那有兒子替老子取名字的道理呢！」而且，他們想把千甲水田的慾望表現在姓氏上，一甲田有二千九百三十四坪，千甲田是龐大得很，千田家就想做那大地主的啊！

可是，養子啓敏對被改成日本式的名字，感到很煩惱。第一，他不懂日語，雖因他是保正的養子而能得到像日本人的名字，但這麼一來，啓敏旣不像日本人，也不像台灣人。何況他們改姓名第一號的事情一傳遍街上，啓敏在田裏做活，也會被撿柴的孩子喊他「啓—達」（註：「千」字日語可發音爲啓和先），啓敏被喊「啓—達」也覺得不像喊自己，喊他「先達」也很顯然地感覺討厭，有時他雖會不由得地答ハイ（是），但接下去的日本話不知怎麼說才好。這是弟弟幹的好事，只有弟弟本人改姓名就好，多管閑事地連他的也改，所以他不僅在名字上，連生活上也將會格格不入呢？

陳訓導的父親——陳久旺保正爲了改姓名，跟兒子的武章爭辯一番。千田用台語發音時，子音與鼻音組合着，語氣不好。如果用太田，用日語比千田難發音，但台語的語韻較好。不過，兒子的訓導認爲：訓讀與音讀很難區別，爲了使容易叫，傷不少腦筋。因在嘉義市的他師範學校同學父親潘秋德先生改姓名爲神田德太郎，街上的人卻諷刺着叫：「シンダラトクダロウ」（註：意思是「死較合算」，因神可發音爲カミ與シン），有一次有人在潘老先生背後喊「死較合算先生」，恰巧路過那裏的潘訓導聽了，抓住那個男人，狠狠地把對方打倒在地上。陳訓導想潘君父子住在都市較好，自己住在鄉下，聽別人這樣喊，也不能任意打人的，何況叫神田德太郎也會受輕視，潘君連做夢也沒有想到吧。

「你當學校的老師，怎麼把自己父親的名字取死較合算呢？你把書讀到那裏去的呀！」父親把潘訓導臭罵一頓，潘同學曾向陳訓導承認自己也有疏忽的地方。所以陳武章認爲自己不能再踏他後轍，所以很愼重地處理這椿事。

改爲太田怎麼樣呢？一定會被叫フトッタモウケタ（意即「胖賺錢」）無疑！把陳字的部首除掉，改爲東（日語發音爲あづま）怎麼樣呢？但父親聽了，大光其火地罵他：「說什麼傻事！」說改爲東，一定會被叫阿東哥吧。咚咚，阿東哥，這是賣藝的人常常說的話。如果改爲千田，人家送他們「一千甲」的綽號，也沒有那麼討厭的。它雖俗氣得很，但語氣不錯，所以父子再三考慮的結果，決定改爲千田。

殖民地台灣有民族問題，日本當局不承認它，台灣的御用紳士們也爲了討好他們，說台灣並沒有民族問題，日本當局對台灣人「一視同仁」，所不同的只是姓名罷了，所以只要把它改爲日本式的名字，「同化政策」會上軌道的。

但申請改姓名過了幾個月，梅仔坑庄役場准他們改姓名的消息一被發表，庄民們便立刻在背後說：「經營山地物產與日常雜貨店的保正像雜種……」第二天起，來店的顧客們有的用台語喊「千田兄」，有的裝很懂日語似的喊「啓達桑」，能正確地喊先達桑的顧客連一成也沒有。這麼一來，自己爲什麼改姓名，保正實在不懂，覺得臨時變成日本人也太不簡單了，丟掉叫慣五十多年的名字，父子倆好不容易想出來的日本式名字，被叫並不能立刻意識人家喊的是自己！身爲台灣人，儘管只把名字改爲日本式，年輕人就不知道，快邁進老境的保正而講，很難從身上適應的。如果住在日本國內，可能就不會有這種痛苦，但在台灣只有吃虧，而差不多沒有佔便宜的份。因生活的基礎在台灣人的社會裏，只把名字改爲日本式也發生不了什麼作用，保正悔恨爲兒子訓導的前途而做這椿事。他又不便向來客的顧客們說改姓名只是戶籍上的事，如過去那樣的喊他舊名字。自己要完全成爲千田久雄，不知需多少年——保正想到這些，眞是心寒得很。

至於保正娘，比丈夫的煩惱更大：她到河裏洗衣服也覺得見不得人，到市場去買東西也擔心，如果有人突然用日語喊她「保正太太」，她會臉紅到耳根。因她連一句日本話也不能說，如果碰見日籍警察或敎員的太太怎麼辦呢？最使她難受的是：街上的惡童把日語和台語混用着，譏諷調戲她；但她怎麼能封住人家的嘴呢？這些都是爲了兒子的前途，她只好忍受着，改姓名後到熱鬧的地方去，只要把事情一辦好，像小偸那樣悄悄地逃開。

但兒子的陳訓導和女兒米子就不同了，改姓名使他倆很得意，進出衙門時被喊日本式名字，覺得有份量，並受日本人的待遇一般的感覺。但改姓名的台灣人被稱「圓台日本人」，那是爲了不跟眞正的日本人混在一塊，在戶籍上蓋着圓中有台字的戳子。這樁事立刻傳遍街上，街上的人怎麼知道庄役場內戶籍上的事呢？難道這是戶籍員向他們散布消息的麼？保正不滿意街上的人對改姓名說壞話，也對日本當局採取那種措施抽後腿大不以爲然，因此晚餐後他當着兒子的面，不得不發牢騷哩。

「爸爸，那是爲民族思想的緣故呀。」

「嗯，我也那麼想，但這麼一說，爲什麼要改姓名呢？如果變成日本人的名字，要給日本人一樣的待遇不是麼？」

「爸爸，您那樣想也無濟於事的。把這樁事當做處世的方便上，也是一種手段好啦。他們雖提倡大東亞共榮圈、八紘一宇，但不可能實行的。換句話說，只是說說罷了。那跟爸爸把能在澎湖製造的魚乾，向山上的人說是從日本的北海道來，是同一個道理呀。」

保正聽了，啞口無言。處世上，不能只說正直的事，有學問的兒子還是不同，保正想。街上的人們常常稱讚兒子是秀才，但學問是爲了僞裝人的狡猾而學的呢？或是爲追求眞理而學的呢？保正不大懂這些。

「爸爸，在殖民地，爲政者高興把民族思想怎麼解釋就怎麼解釋，如果認眞把它當做一回事的話，米缸裏會空空如的。因此，爸爸不要想那些艱難的事比較好。日本的風俗習慣是：人老了都從子，對時代的潮流別太落伍，老人該退休，讓年輕人獨當一面的呀。」

保正呻吟一聲「唔」，因他不懂兒子說的眞意所在，只瞪大着警戒的眼睛。

保正在同輩之間也算是滿好的知識份子，但跟受日本教育的兒子一比，被稱爲不合時代潮流也沒有辦法。跟兒子談話中，他雖很清楚兒子才智煥發，但還有不少想不通的地方，只是無法巧妙地把它指摘出來，教訓兒子一番呢。因此，陳家以兒子爲主體，爲迎合時代潮流似地動着，但這對養子的千田眞喜男——陳啓敏而講，是爲難到極點。

第一章之二

陳啓敏對自己的人生，從未想到會有什麼好機會，因他有生以來快三十年，一直沒有碰到好運。那像草木的芽從大地長出來，靠自己的力量生長一般，人也靠自己的手和脚活下去才行。過去他一邊檢柴或做田裏的活，一邊跟孩子們玩或倒立着，快活地過日子，但兩年前的夏天，忽然鬼使神差地調戲了被驟雨淋濕的女人後，他的人生觀完全變了。

他從陳啓敏變成千田眞喜男以後，更被陳家團圓的家庭排擠出來，每次過着寂寞的日子，他從孩提的時候就被虐待着，稍懂的時候看見送葬的行列，別的孩子會在心裏害怕，但只有啓敏會羡慕：那樣沒有痛苦地死去，被大家哭着，如果自己死了，一定像貓狗那樣被扔掉的。但那樣也好，自己一個人生活比較好，誰都不管他才輕鬆，反正誰都不會照料他，連吃都沒有充份給他吃，只是被任意驅使罷了。這樣，陳啓敏自公學校中途退學以後，專門幹撿柴的工作。這種工作一般地說會被輕蔑，但啓敏反而鬆了一口氣。因幹這種工作至少半天可以離開陳家，獨自在森林或竹林中走來走去。要拾起一捆柴並不需半天。過去陳家從市場買柴燒，它的價錢是雜木百斤五十錢，合起店員來一家十五人所用的柴月不下數百斤。除燒洗澡水的柴以外，燒五頭豬吃的東西也需要柴。因有人以賣柴爲生，附近山上的柴差不多都被撿光了。只要是枯樹或掉下來的樹枝，無論是官有地或民有地，那時都能隨便拿去。起初啓敏要出去撿柴時，廚婦同情他，悄悄地給他做便當。但養父卻說：讓他在山裏無所事事也不行；於是，他不能帶便當了。他在中飯前回來，雖能吃到中飯，卻要打水才行。要挑着石油桶兩個滿滿的水，這也不是簡單的。這在沒有自來水和沒有電的山脚街的梅仔坑庄，爲每天的工作之一。他曾弄壞了油燈的燈罩，突然被撣子打過。在家裏幹雜工的工作，不如撿柴來得輕鬆哩。但爲了能吃到中飯，還是要多幹打水的工作才行。只在早晚打水兩次，往往不夠用。啓敏不在的時候，這些都是年輕店員幹的工作，只要不吃中飯，就把傍晚需要的水打就好了。啓敏自十七歲起撿柴，變成行家後，他聰明起來。山上有種種值錢的東西。如採不合季節的筍子，悄悄地賣的話，立刻會得到五錢或十錢的。啓敏十九歲後，特別感到錢的需要。餓肚皮的時候，如何喝山上的泉水，混身無力，不但無法挑柴，連步行也困難。只要身上有錢，可以趁人不注意的時候，悄悄地買些粗點心吃。但爲了撿一捆柴，他不能整天在山上。於是，他如向養父那樣向廚婦說：爲了應付過年過節需多存些柴，打算一天撿兩捆柴，因此回來較遲，有帶便當的必要……；啓敏卻把便當的事在嘴裏呢喃着，說不出口來。

要搬運兩人份的柴，先把一人份的柴挑到半公里前面去，再折回原來的地方，再挑另一人份的柴去。這就是走去回來，回來又走去的搬運法。這不僅在體力上，在精神上也格外覺得疲倦。

厨婦把啓敏講的話轉告養父，養父雖知道啓敏想在外面玩，但認爲他多搬運所需的柴，也就沒有什麼好嚕嗦了。

每天幹了這種工作六、七年，當然立刻知道山上的那裏有柴，他要撿兩人份的柴，連三小時都用不着花，然後他從雜木林走進竹林，接着再走進山茶園去，找山茶花果實好了。山茶花跟茶花一樣，比梅花早些開花，第二年冬天結可搾山茶花油的種子。但種子以外往往還有長成乒乓球那麼大果實的。這不是那一顆樹都能長成，只要找一丈多的山地花樹，往往會碰見山地花樹枝上黏上着跟枇杷同樣顏色的果實。果實的裏面空得很，香味刺鼻，一口把它吃下去太可惜，把它撕成一小塊放在嘴裏，慢慢地玩味着，又發亮着眼睛，從這棵樹找到那棵樹，有時會碰見被鳥啄過的，啓敏又知道那裏有野生的石榴。發黃而好吃的石榴也一定被鳥啄過，鳥比人的眼光好。

啓敏在撿柴伙伴中，做孩子頭。孩子們一跟他後面來，他就敞着放滿野生果實的懷中給他們看。孩子們高興得笑出聲來，集中在他前面。於是，啓敏解了腰帶，把衣服的下擺撣着，在孩子們面前將果實傾倒在地上。孩子們歡呼着，爭先恐後地拾着果實。沒有多久，啓敏撣撣衣上的灰塵，結好腰帶，跟孩子們手拉着手成圓形，開始表演餘興。如果要成爲這一群快樂的伙伴，首先要翻觔斗給啓敏看才行。這會使他高興，只要他高興，山上的任何工作他都會不厭煩地照料對方的。還聽些在學校發生的事或街上的傳聞，這也是他爲解慰自己孤獨手段的一種方法。

先入伙的孩子會教後入伙的孩子說：「只要你先翻觔斗給阿敏看，以後他會教你一切，你只跟着他後面跑就好了。」

啓敏爲了能跟大家早些玩，他幫着孩子們撿他們所需要的柴。幾年的歲月流轉中，不知什麼時候起，孩子們喊啓敏爲啓—達。他記着街上正起勁地唱軍歌的時候。孩子們向他說：阿敏，你的名字變成日本式的啓—達的呀！

阿敏聽了，覺得這個玩笑開的太大了。

「啓—達是什麼意思的呀？」

孩子們看見他僵硬的臉孔，慌着用台灣話說叫千田眞喜男——意思是說：拿到千田地而高興的男人，接着年長的孩子又補充說明：

「我想這只是名字罷了，日本政府大概不會給那麼多田地的呀。」

啓敏覺得奇異得很，瞪視着孩子們問：

「誰取那種名字的呀？」

「聽說是你弟弟的訓導先生取的……」

漸漸地，啓敏的臉上顯出不高興，孩子們感到不安了。

「聽說改姓名的台灣人，會受特別待遇的呀。」

啓敏凝視着說這些話的孩子的臉孔，沉思起來。沒有多久，他的眼神鬆弛起來，又恢復了原來緩和的臉孔。他只以爲：這是日本人設立物資的配給制度那樣，連名字也配給……；但聽了是弟弟幹的好事，他洩氣了。那跟弟弟在日本慶典日佩的金肩章或短劍一樣，不是他所能干與的。

那時比改姓名更使啓敏感到憂鬱的是：自從前就參加爲撿柴伙伴的七歲女孩阿蘭最近都沒有來的這樁事。她初爲伙伴的時候，翻觔斗給他看，於是她立刻被伙伴們所喜愛。因她突然沒有來了，啓敏以爲：她母親縱令把阿蘭帶到山上來，也不會讓她加入爲他的伙伴，但後來他聽孩子們說：她的脚部受傷，才不能到山上來。於是，他感到很空虛，日子不能像從前那樣過得起勁。到現在爲止，他從未想到過自己已經三十歲了。他被封閉在家中的時候，不自由得很，但自他在田園工作以後，彷彿筆直地走沒有走完的路一般，從未回過頭想自己的事。弟弟結婚以後，他趁機偸懶一番，但再也沒有被鞭打過。

「啓—達！回去好麼？」孩子們說。

他默不做聲地坐着連動都不想動。孩子們看了，揹着各自的柴，往下坡走下去。啓敏的視線並不追他們，也更不像望着任何一個固定的目標的樣子。但沒有多久，發黃的刺竹竹葉被夕陽染紅着，竹鷄喊小鳥們的聲音傳來。他感到時候不早了，慢慢地站起來，朝放兩捆柴的山坡路方面開始走去。

第一章之三

梅仔坑庄是個山脚街，四十五年前沒有電燈，也沒有自來水。它的面積約一萬九千平方公里，人口雖有一萬以上，但庄役場所在地的人口不過是兩百多戶罷了。它雖不能成爲州行政區的街役場（等現在的鎮公所），但從商業方面看來，相當於「街」的。自上午八時起，到下午一時左右之間，在梅仔坑市場走進走出的，最多時達一千人以上。從梅仔坑庄到縱貫鐵路的大埔林站有十二公里多，這是州道，每天只靠牛車做交通工具罷了。州道也被稱軍道。梅仔坑庄山上產物的搬運，以靠製糖公司的鐵路爲主，從街上要到公司鐵路的梅仔坑又有接近三公里遠，所以不利用輕便車不行。要往台灣南部的製糖業與木材重要市場——嘉義市，要用輕便車到沿着河溪的梅仔坑站。乘製糖公司鐵路，再到大埔林站改乘縱貫線火車才行。公司線的小火車，只有早上六時與下午一時的兩班來回罷了。去的時候，坐公司線的小火車雖不覺得難受，但回程的時候搖動得很厲害，使人有跟坐牛車沒有什麼兩樣的感覺。

梅仔坑庄的街上寂靜得很，竹屋頂的平房整齊地並立着，街路的中間舖着輕便的鐵軌。每一棟房子都是有停仔脚，爲一處乾淨的鄉下城市，而在竹屋頂上常有貓在曬太陽。要把山上的產品及時裝運早上六時的公司小火車，黎明前就有工人們把貨裝在輕便車上，他們的喊叫聲響著滿街上。庄內的派出所在明治時代有三所，但到大正時代就有五所了。保雖有十三保，公學校只有一處罷了。一般地說，十幾戶爲一甲，十幾甲爲一保。在梅仔坑庄上，能稱得上文化人的有：日籍警部補一人，巡查四人，台籍巡查五人，日籍國校校長一人，訓導一人，台籍訓導二人，準訓導三人，台籍女教員一人，農林關係的日本人一人。梅仔坑庄的庄長一職，自明治到大正年間由台灣人擔任，但自昭和時代的戰爭前起，改爲日籍退休官吏所擔任。除此以外，還有庄役場或信用組合（農會）等六十多名職員等人在推動着梅仔坑庄所有政治、經濟、教育等業務。鄰街的大埔林街因有製糖公司的緣故，在公司用地內設立日本人的小學校。住在梅仔坑庄的日籍孩子們，乘早上六時的公司小火車，到那小學校去唸書。梅仔坑庄在明治時代雜貨店有三家，但到了大正時代卻增加爲六家。小菜館在明治時代只有靠近市場的一家，但到了大正時代卻另有一家妓女院兼菜館那樣的店。從台北來的流鶯有八個人之多，她們要到廟燒香而經過街上的時候，家庭主婦們從窗口望着她們。市場的年輕小伙子放出怪聲調戲她們。被調戲的流鶯們靠近一團，裝模做樣地用絹絲的手帕掩着嘴，眞像在清靜的街上有濃豔的花轎行列在通過一般。這些妓女們到底會向神許那些願呢？——家庭主婦們奇異地想，要把男人的菜園糟塌的白貉大概就是這些的吧。

陳久旺的金源成商店，是從明治時代就有的三家老店之一。梅仔坑庄最老的店鋪就是中藥店。明治時代到大正間，庄長就是這家藥店出身的人擔任。因這家藥店主人也姓陳，金源成商店的先代爲獨生子陳久旺找媳婦，眞傷不少腦筋。因同姓不能結婚，在庄內又找不到門當戶對的異性姑娘，聽說那裏的姑娘好，但調查的結果，發現對方很窮，娶她爲媳婦以後，萬一像老鼠那樣將店裏的東西帶回娘家就糟了，還是不要冒這個險比較好。左不是右不是，正在迷惑的時候，有人提出親事說：鄰庄竹崎庄聞名的藥店吳家的獨生女如何呢？提這樁親事的是：先代——陳久旺母親娘家的親戚。母親的娘家也在竹崎庄。竹崎庄離梅仔坑庄有十公里遠，有阿里山鐵路火車站的地方。竹崎庄與嘉義市雖有阿里山鐵路直通着，但竹崎庄的背後都是險峻的山，連平坦地方的土壤也沒有梅仔坑庄那麼肥饒。它的人口雖比梅仔坑庄多，因部落分散的緣故，交通雖然方便，整天來來往往的人少。只有竹崎庄庄役場所在地的派出所被稱爲分室，主管爲警部的緣故，在梅仔坑庄抓到的賭徒等囚犯，要先被扣押在竹崎庄分室的扣留室。梅仔坑庄與竹崎庄通着州道，通往兩地在昭和初以前不是利用牛車，就是要靠徒步的。

陳久旺與吳氏錦的親事能談攏恰巧是決定鋪設阿里山鐵路的時候，竹崎庄與梅仔坑庄的住民們正熱烈地談論着：連高山的深山裏也有火車會開進來。爲勘查阿里山而入山的日籍技術人員被稱爲大人，分乘幾頂轎，眞是浩浩蕩蕩——梅仔坑庄民把在竹崎庄看到的，詳細告訴別人。因抬轎子的要換人，轎伕與搬運食物的工人擠滿着走進阿里山的山路。轎上掛着大人的名稱與號碼，轎伕的胸前也掛着轎伕的號碼牌。那是明治四十三年（公元一九一〇年）間的事。阿里山鐵路的工程一開始，竹崎庄突然充滿了活力，妓女戶兼菜館產生了，梅仔坑庄的年輕人不怕路遠，以商事接洽爲藉口，傍晚出去深夜回來的漸漸增加了。他們雖曾聽說過「花柳巷」，但親眼看還是頭一遭的。正經的女人很少在街上露面，妓女院兼菜館的女人們卻得意洋洋地在街上走着。她們俊俏的髮型，和花枝招展的衣服，使鄉下的年輕人興奮起來。文化的潮流雖乘火車而來，但色情的波浪也隨着打進來。從台北來的流鶯們，她們的臉孔常像桃色似的，唇上擦着口紅，因此她們的嘴都顯小起來，眼皮常受男人的視線淫視而稍發紅着。山脚街的年輕人本來很保守，卻被從遊仙窟跑出來的流鶯們所煩惱着。這些美人，只要付錢愛怎麼樣就可以怎麼樣，所以有女人陪客的菜館的出現，對有年輕子弟的家長們而講，是一大威脅哩。

受竹崎庄的影響吧，沒有多久梅仔坑庄也有女人陪客的菜館出現了。

陳家與吳家的親事談妥，也已經訂了婚，但金源成商店夫妻之間卻開始有爭論。兒子現年二十四歲，婚禮要二十五歲舉行才行——這是妻的意見；二十四歲結婚有何不可呢？——這就是男主人的意見。給算命仙算的結果，說早婚對兒子的身體不好，等二十五歲結婚較好。但男主人最近發覺：豆腐店的女兒早上把豆腐放在頭上，要拿到市場去的時候，兒子看她的眼神也變了。而且，自己因商用而住在嘉義市的時候，受主顧老闆的招待，到過菜館，跟那裏的女人睡過一晚，有很快樂的回憶到現在還留在腦海中。那時回到鄉下後兩三個月間，如醉如癡，連工作都無法專心做，萬一兒子被那種女人勾引，那就無可挽回了。但這是男人的秘密，不能向妻說。二十四歲在鄉下已算晚婚的。明年正月，不，在今年中——夫妻爭執的結果，妻讓步了，於是決定在明治四十二年舊曆十二月中旬，給陳久旺與吳氏錦舉行結婚典禮。

吳家在竹崎庄經營的中藥店是家老店，吳氏錦有三個哥哥和一個弟弟，在娘家眞是綠中一點紅，正爲掌上名珠，做陳家媳婦，是再好沒有了。何況她是屬於多產系，不大會生女孩的系統。陳家常只生一個兒子，在繼承者方面還是擔心得很。從增加子孫方面講，希望眞像吳家那樣。那是戀愛結婚用不着說，連相親結婚都沒有的時代。結婚是由雙方家長調査而決定的。但金源成商店這一次的親事，是母親的娘家提出來的，跟媒人以賺紅包爲目的的親事不同，所以可信賴的。據說姑娘的屁股是葫蘆型，乳房是蓮霧型，這是標準的美人型。她個子有五尺多高，雖是個高大的姑娘，但走起路來卻像戲子(明星)呢！說這些話的是：提親事的母親娘家的表哥。但他的話太露骨了，竟使男方的母親責備說：

「你也變成媒人嘴的呀。」

「不，這是眞的。既然提出親事來，該講出所知道的事情……」

表哥暗自高興着，習俗上給媒人的紅包爲聘金的一成哩。另一方面，陳久旺的父親聽了準媳婦的優秀血統，內心也興高采烈，希望她將來能替陳家多生幾個兒子呢。

「我們來乾一杯，」他瞇小着眼睛，「屁股大麼？」

「那當然的事。」

屁股大的女人是多產系，但自己妻的屁股也相當大，卻沒有多大效果。但不管如何，還是多產系——屁股大的女人好。但談來談去，還是要談到屁股上面，所以被妻責備着，談媳婦的事情半途而廢了。

當時親事的進行是：用紅紙寫男女雙方的姓名和生辰八字，把它交換着，放在彼此祖宗神主牌前十二天內，如果雙方都沒有發生意外的不祥事，媒人就可以進一步談婚事。不祥事在那些範圍呢？這因每個家庭而不同。比方家裏所飼養的家畜死亡，或父母生病，這些都能算在不祥事裏面。因此，由家庭可把不祥事的解釋可擴大，也可縮小。早上，供祖宗神主牌的茶，如果把茶杯掉落下去，也可以算做不吉利。所以，男女相愛的話，此間要緊張地注意家中的事才行。幸而，陳久旺和吳氏錦平安無事地過這一關。要邁進十二月的一個月前，陳家爲迎娶新娘而喜氣洋洋。

第一章之四

台灣街上房子的構造，自城市到鄉下，樣子都差不多相同，像隧道那樣房子的進深相當長。因此，從店到裏面厨房之間弄着兩坪大的院子，可有陽光照進來。以朝店面的房間爲大廳而設立神壇，那方向非請懂相學的人看不行。陳家在朝店的房間設立神壇，從中院院子可以看見青色的天空，令人有神通過那裏到神壇來一般的感覺。陳家有兩棟房子，金源成商店隔壁的房子，前面是倉庫，後面成爲店員的宿舍和來客的臥房。兩棟的構造進深相同。從厨房通達後面豬舍的中間處，有店員的洗澡間。還有中院的院子放着花盆。

店的賬房挾着中院院子，跟有神壇的大廳相向着。大廳隔壁的房間爲主人夫婦所用，再隔壁的房間被改着，將給新郎新娘做洞房。從外面看來，像兩棟的樣子，但裏面連成着，厨房可以共用，而那厨房可兼餐廳哩。房子後面只要下石階五級，便有二百坪大的曬衣場，四週圍種着刺竹。石階的兩邊放着滿泥土的舊石油罐，種着蘆葦或芙蓉，也放着幾盆千日草。野鴿飛到圍繞着刺竹的竹叢叫着。前面雖像城市那樣有來來去去的人熱鬧着，但後面卻有小鳥叫着，眞有山村的情調。後面有這麼大的院子，在梅仔坑庄只有中藥店的陳家與金源成商店罷了。打開圍繞刺竹的檜木門，大約走了兩百公尺遠，就會走到小河。那裏成爲這一帶女人洗衣服的場所，給人有呆然若失的感覺。

今年的冬季比往年來得早，十一月中旬就開始冷了。因此，嘉義市的海產商人一早就把烏魚子送來。十二月初旬有一度降霜，種在院子的香蕉葉像被火烤一般，變成深棕色。被認爲黃道吉日的新娘入轎時刻是嚴格得很。早上九時到十時之間就是這個入轎儀式的時間。

從梅仔坑庄走路到竹崎庄，大約要花三小時，所以最遲要在早晨六時以前，從梅仔坑庄出發才行。這些準備自前一日便被準備好。放在縱四尺橫三尺的箱子裏的禮物共有二十四箱，每箱由兩人抬着，需要有四十八個抬工抬才行。媒人夫妻之中，丈夫說願意走路，所以只有妻坐轎子。管理迎娶新娘行列的有三人，放鞭炮的有二人、七孔喇叭的樂隊十人，合起來共有七十八人，於凌晨三點鐘左右就集中在陳家的院子。店裏以及後院都貼着婚宴入口的紅紙。因這裏山脚街沒有電燈，儘量從鄰居借油燈。自前一天就在後院子搭蓋帳幕，做臨時廚房，從那裏冒出煙來。五點鐘左右吃了早餐，行列決定在六時以前出發。神壇或祖宗神主牌前面的燭台插着點了火的紅蠟燭，從香炉有香的煙上升着。鞭炮響着，表示要出發了。七孔喇叭的樂隊開始奏樂了。街路上除了在輕便車裝貨的工人以外，沒有人影，空中有青白色的月亮吊掛着，晨風吹來，有些寒冷。爲了要走過森林中，準備着火把。在七孔喇叭的音樂中，時時有鞭炮響着。

走到郊外，音樂停了，由工人的吵嚷聲代替着。當吵嚷聲過了河，穿過森林，爬山丘的時候，東方的空中發白着，它下面的村莊仍在黎明前的黑暗中。鷄啼聲悠揚地傳來，大家決定在山丘上休息一會兒。因一個多鐘頭不斷地爬山坡，抬轎子額頭上已經冒出汗珠來。漸漸地，天空呈魚肚色，開始可看見盆地中村莊的房子。閒作的菜園像塗了藍色的水彩一般，鮮明得很。

「各位，再出發吧！」總管理人的聲音一響，鞭炮的聲面冲破了山裏清靜的空氣，七孔喇叭的音樂又開始奏樂了。突出下巴的音樂隊員，擔當報曉的鷄一般的任務。

迎娶新娘的行列於早上九時以前到達竹崎庄，新娘要跟娘家的人告別着，然後坐轎子往梅仔坑庄。而且，到了梅仔坑庄以後，新娘出轎的時間也事先被預定着。

女方爲供應迎娶新娘的人們飯菜，要一早就準備着等他們才行。管理人爲要趕那個時刻，安排一切，媒人只介意時間的事。要到出轎以前，新娘至少近六小時不能到厠所，此間如果要到厠所去，會被稱尿牀新娘，因此新娘自前一天就少吃有水份的食物。

迎娶新娘的人們把筷子一放在餐桌上，鞭炮聲便響着，樂隊又開始吹奏了，迎娶新娘的行列又忙着趕回來。村莊的人們一聽剛才走過的樂隊回來，連忙跑到路旁來，議論新娘嫁粧的多寡，和值多少錢。放鞭炮使得圍攏來的孩子們跳起來，這也是放鞭炮的人的工作。連在田裏做活的農人也停了工作，望着它。這樣熱鬧的行列是不常有的，連狗都從農舍跳出來，汪汪吠着。泥土造的房子，院子可看見梅花靜靜地開着。

婚宴的請帖，要由家中寫字好的人寫，或託書房的教書先生寫，漏請的人，只要送賀禮去的話，會補送帖子來的。但賀禮要在未舉行婚禮前送去才行。奠儀可在日後送去，但結婚的賀禮不在前一天以前收是不吉利的。

新郎拿到賀禮，在婚宴那一天，被親友們陪伴着，手提着塗紅的竹籃子，到街上的親戚或朋友們的家去訪問。

「謝謝厚禮，婚宴是晚上六點正，請早些光臨………」

這些話是由陪伴去的人代說，新郎只是行個禮就好了，那是顧慮他因難爲情而說不出來。

新郎的造訪親朋有兩種打扮，一種是穿新製的黑緞衣服，戴着飯碗似的帽，穿着新布鞋遊行；另一種是穿新製的棉製品，把辮髮卷在頭上，穿新布鞋，脚尖朝外地走。後者平常沒有穿過鞋子，五隻脚指在鞋內難受得很，所以在街上碰見熟人都發窘地笑着，是覺得花燭夜難爲情呢？抑是穿沒有穿過的鞋子不好意思呢？總是難爲情似地在街上走着。

新娘要出轎的時候，習慣上要請街上最有福氣的老太太牽手，意思是希望新娘也像她那麼有福哩。然後，新郎和新娘同拜神與祖宗神主牌，儀式就完了。於是，新娘走進洞房，洞房有新娘從娘家跟隨來的老太婆照料自己，於是新娘才鬆了一口氣。

到婚宴的時候，新娘須到宴席露面一會兒。向來賓行個禮就好了，立刻又回到洞房裏來。於是，只有新郎被海量的朋友陪伴着，到各桌去敬酒道謝。賀客要新郎乾杯時，新郎只是在杯上碰碰嘴裝喝的樣子就行了，由海量的朋友代他乾杯着。到各桌敬酒完畢，新郎可以回到宴席的上席桌坐下來。

女客的宴席設在跟男客不同的地方，新郎也要到那裏去敬酒才行。新娘此時都不到那裏去，在洞房受從娘家來的老太太照料着，吃晚餐。

婚宴一完，只有至親和親友集中在大廳，由婆婆介紹給新娘認識。

「阿錦！」婆婆喊着恭恭敬敬端着茶盤的新娘，一一給她介紹：「這位你該喊她姨媽……這位叫姨丈……」

被介紹的人，應從新娘端的茶盤裏拿着一杯茶，不客氣地仰視着新娘的臉。但喝完茶後，要賞賜新娘紅包才行。這些紅包由新娘收着，變成她的私房錢。

「這位妳該叫她阿姑……」

「是的，阿姑……」新娘照婆婆所教那樣喊着。

這些完了，來賓以及親戚朋友一回去，才有新郎和新娘兩個人在一起，舉行洞房花燭的儀式。這些會由媒人和娘家的老太婆照料着。當在洞房只有新人兩人要吃而富營養的有豬、鷄內臟所做的菜一被端出來，媒人和新娘娘家來的老太婆便交代一些話，從洞房走出去。於是，新郎跟新娘朝着小餐桌，面對面坐着，新郎要先拿起筷子，造成說話的開端才行。倆說話的內容，當然視雙方教養的程度而決定的。

陳久旺在當時算是有教養的新郎，他年輕時也曾懷着青雲夢，結果被母親阻撓着，無法達到目的。按照清朝的科舉制度，首先要先考秀才考試才行。考取秀才後，要過了海，到福建省的福州參加舉人考試。考取舉人後，大家到京城參加進士考試。考取進士的第一名爲狀元，他爲所有讀書人憧憬的目標。但要考取狀元，近於做夢，實際上只要考取秀才，就能成爲地方的名士。台灣做日本的殖民地以後，科舉制度沒有了，但取而代之的是：公學校畢業、唸完師範學校就可以當判任官（委任官）。於是，聰明的陳久旺在四年制的公學校一畢業，打算到嘉義市唸六年制的公學校。當他收拾好行李，就要出發的時候，就遭母親頑強的反對，只好放棄晉學了。

後來陳久旺知道大正到昭和的台籍名人，差不多都受過當時的中等教育，他眞悔恨到極點。但他既然在書房唸過漢文，又受過四年公學校的教育，在當時的鄉下也算是了不起的知識份子。何況他娶的新娘是愛看書的小姐而聞名，在當時是難得看到的。他想把話題放在書方面，卻立刻又想不出好題材。他沒有辦法，只好把視線往對方一投，發覺新娘穿着粉紅色的衣服，黑油油的頭髮插着大紅的花，看來眞是楚楚動人。而且，被蠟燭燈光照着閃閃發光的金耳環，使頰和鬢角看來更可愛。怎樣才能使這個新娘開口呢？新郎想來想去的結果，決定用非禮勿言、非禮勿動——沒有什麼問題的話向她說：「錦妹，妳今在坐了那麼久的轎子，一定很累了吧？」

新娘聽了，紅起臉來，她對被喊為妹妹，感到很奇異。一般地說：男人喊不認識的姑娘叫大姐，對親近的姑娘喊妹妹。新娘被喊妹妹，如果應個是字，對方不知如何解釋哩。為了結婚，別離娘家的雙親和弟兄，這不能說高興的。當然也不能說悲哀，雖值得慶賀，但坦直地把喜悅露出臉來，或許會被人視為下賤的女人也說不定，還是默不作聲，比較不會有問題的。

那時的台灣，夜裏在屋內熄燈為原則，因在屋內點燈的話，從外面可看穿內部的一切，實在太不安全了。但只有結婚典禮的晚上，儘管貧窮的家通宵都要把燈光亮煌才行。那就是意味着一生做明朗的家庭。而且這麼做，新郎可清清楚楚地看做自己妻子的女人的臉孔，新娘也可以開始看自己男人的臉孔。

「我坐那些轎子，實在頭大得很。」

新娘差不多都不吃東西而把飯碗和筷子放下來，所以新郎也學它而把飯碗和筷子放下來，開始說話了。新娘稍感融洽似的抬起臉來，為採光而做的天窗可看見圓圓的月亮。

那是陳久旺於孩子時代的某年正月去迎接姑母的事。

「轎的兩邊有窗吧，因一會兒看這邊，一會兒看那邊，坐不穩，使抬轎肩上的轎槓不安定，於是我挨轎伕的罵，自己也莫名地生氣起來。」

新娘聽到這裏，才開始露出笑臉來。那臉上由燈光與月亮交叉的光線，陳久旺覺得好像突然開花一般美麗。

「我說我討厭坐轎子，我要走；轎伕卻不聽，說小孩走得太慢不行……」

新娘竟笑出來。「但你那時眞是個可愛的孩子呀。」

當時的年輕人是結婚以後才開始戀愛，陳久旺與吳氏錦之間也萌芽着新的感情。不知把視線放在那裏好的吳氏錦仰望天窗時，發覺有異樣的影子而嚇了一跳。原來是貓從玻璃窗望着下面哩。吳氏錦好像連自己內心也被看透一般的感覺

，紅起兩頰來。但貓似乎沒有什麼感觸的樣子，一會兒便慢慢地走開了。

第二天，新娘要比任何人起得早才行。大家都起來了，新娘還留在臥房，這是可恥的事。她比大家先起來，梳梳頭髮、打扮好以後，在神前以及祖宗神主牌前面供三杯熱熱的清茶，那就是主婦的任務。吳氏錦一站在神前，把昨夜貓的事忘得一乾二淨，今天有重要的工作等着她做哩。

第一章之五

婚禮過去的第三天，新娘要跟新郎回娘家去做客，等於讓娘家父母看看兩人在初夜是不是進行得美滿。這時新娘坐轎子，新郎徒步，還帶十個陪伴去。娘家又邀請親朋們作陪，女兒和女婿吃了中飯，要回婆家時，娘家要準備很多禮物給她們帶回去。

阿錦在歸途的轎中，想起丈夫告訴她：他孩子時代的事，悄悄地把轎簾推開，眺望着外面。田地有菜花開着，田埂有艾叢生着。臘月迫近了，菜園的大蒜雖被掘去，但還可以看見稀疏地留着一些。丈夫跟陪伴的人談些農作的事。她想起到娘家來的朋友們在稱讚丈夫：寧說商人的獨生子，不如說美男子的讀書人比較妥當。想起那丈夫的臉孔，阿錦就覺得臉上發燒起來。他那樣忠厚的樣子，卻能幹出過份的惡作劇——阿錦被轎搖着，想着不可告人的事。

新娘從回娘家做客回來，掛在陳家正門門上橫木八仙彩便被拿下來，於是結婚的一切儀式便完，阿錦現在已經不是新娘，而以陳家的主婦幹她的工作才行，戶籍上也從吳氏錦變成陳吳氏錦。她這個媳婦很不錯，把家事處理得有條不紊，很有效率地使喚洗衣婆和兩個廚婦。廚房也比以前整潔多了。店員們都對她印象好。自從少奶奶來了以後，少爺對店的工作也認眞起來——老掌櫃的只要有機會就向人說。老主人的起居動作是懶洋洋地，臉上常喝了酒一般發紅着。老主人聽掌櫃稱讚自己的兒子，高興地說：是麼？但你要好好地指導他。因他不是本來就喜歡做生意的。唸完公學校時，他抱着毫無道理的希望，使我感到頭大哩。你也知道台灣人做官，也不會那麼順利的。反正，人只要有錢，什麼事情都能做的。我因沒有弟兄，沒人可以商談，心裏發慌得很。那孩子也只有一個，爲生活的安定上，還是幹家業較好……。老主人把自己身世的事混在一起說。對啦，少爺最近都在黎明前起牀，幫忙將貨裝在輕便車上，老掌櫃趁機讚不絕口。是麼？那就好極了，只要主人可靠，這種生意一定賺錢的。山上帶來賣的東西，由我們這家店決定價錢，絕對不會虧本的。老主人與老掌櫃坐在賬房的椅子上，一邊喝茶一邊談無窮盡的話。

這一帶山上的產品，無論送到南北部的城市，都要經過這街上的商店才行。山上的村民們每天把山上的產品搬運到街上來，回去的時候又把日常用雜貨品買回去。這些賣與買差不多都是掛帳的。因此，商店的資金不是相當豐富的話，無法周轉的。這要等一個月或兩個月才結帳一次，買賣的價格都由店任意決定，但話雖如此，商人卻不能貪暴利的。因那麼做的話，顧客都會到別的店去的。因此，經營店的人要在這些地方花心思才行。

明治時代的殖民地台灣，有言語不通的異民族走進來，但清朝時代的台灣統治者也不知台灣語。官與民不用翻譯的話，好像鴨仔聽雷一般。而且，官與民之間，有高高的圍牆——衙門阻撓着，而且這一次又增加一道異民族的圍牆。街上的空氣常常被淡淡的煙包圍一般的感覺。年輕人想起上那煙一般的潮流，年長者想要阻止它。這在當時任何家庭都會看到的。治安突然好了，土匪和小偷都沒有了，在政治上安定了，生意會好起來——金源成商店的老闆那麼想。兒子的想法雖稍微不同，但既然娶美人且有讀書嗜好的妻子，現在再反抗雙親也沒有用。這樣想着，婚後的陳久旺便起勁地幹起生意來。

媳婦好好地侍候着婆婆。陳吳氏錦巧妙地指揮着佣人，把家事料理得好好地，空閒時候以臥房天窗的光線看書，低聲吟着西廂記裏面的詩，藉以聊鄉愁。丈夫每次聽了這些，感到得意得很，婆婆卻佩服她。阿錦覺得當媳婦太輕鬆了。她現在的願望是生男育女，只要一男半女，她就算盡到媳婦的責任，而她盼望的是：早些生個男孩子。但春天來了，夏天過去，她連一些懷孕的跡象都沒有。她站在厨房後面，聽着到竹叢來的野鴿啼聲，感到空虛得很。當冬風吹來，衣襟間稍感寒冷的時候，竹葉簌簌掉下來。

阿錦從倉庫拿出婆婆的火籠（烤火用）來，用雜布細心地擦着。聽到她那這擦聲吧，纏足而軟顫顫的婆婆在厨房出現，一手抓着桌子，另一手把長的烟管當做拐杖使用着，咬着檳榔站在媳婦後面。

「妳把那些交給阿婆們做，到我房間來。」婆婆溫柔地說，如對待所寵愛的女兒一般。

阿錦應個是字，拿掉圍巾，牽着婆婆的手到婆婆房間去。婆婆的房間放着玉蘭以及茉莉花，無論什麼時候進去，房間裏都滿溢着那些花的花香，媳婦讓婆婆坐下去，就從桌上茶籠拿出在裏面保溫的瓷瓶，倒了茶放在婆婆面前。

「妳也坐下來吧。」

媳婦恭恭敬敬地在婆婆面前坐下來。婆婆的房間比別的任何房間都明亮。那是因有天窗和隔大廳的窗照明的緣故。於是，這個近六十歲的老夫婆的臉看來就格外白。婆婆到底會說出什麼呢？媳婦正在洗耳恭聽。

「聽說妳在娘家唸不少古書是麼？女人不認字，還是不方便的呀。最近我眼睛模糊起來，因此迎神賽會時廟前有演戲，我也懶得去看，因夜裏睡晚了，第二天眼睛就立刻感到不舒適……」

媳婦鬆了一口氣。她以爲婆婆會問有沒有孩子，而正在擔心哪。

「阿母，無聊的時候喊我好啦。但我知道的故事，我想阿母都知道的呀。」

「那也不見得，我從演戲看到的，不像妳識字，所以範圍狹小得很。」

公公正在這個時候走到房間門口來，但看見媳婦在裏面，便朝厨房走去。

從此以後，婆婆就常把媳婦喊到臥房去，要她講故事給自己聽。但如果只把它當做解無聊，那就太大意了——阿錦告訴自己。婆婆是在注意媳婦的身上有什麼症候，所以裝着聽媳婦的話，視線卻時時撫摩着媳婦的身上。幫忙家事的可以雇，但要生孫兒的女人卻不能雇哩。最近生意很順利，但儘管店繁榮，如果沒有繼承者的話，又有什麼用呢！而要生那些繼承人，那就是媳婦的任務，阿錦無法達成任務，天天把日子虛度着。

結婚一週年過去，長在後面院子竹叢下面的桃樹也開花了，但跟去年新婚當時看的桃花，感受不同。去年的好像多麼明朗而悠閑得很，今年卻給人有還沒麼還沒麼？——似乎被催促一般的感覺。阿錦開始恨自己肚子的不爭氣，而且介意最近幾晚丈夫回來太遲了，爲了跟他家商店競爭的需要上，阿錦知道丈夫在菜館招待從嘉義市來的批發店老闆或掌櫃，但丈夫到有女人的地方，還是使她不放心的。丈夫跟別家老闆與掌櫃不同，比較有教養，不是那麼簡單地被那裏的女人所迷惑的，但如果萬一……這是阿錦所擔心的。監督丈夫日間的操行，責任屬於他父母，但夜裏的責任卻屬於妻子。不過，在臥房起風波也是很難看。據說那些烟花女有使男人迷惑的符咒，到她們那裏去的時候變得傻傻地，不會算帳；回去的時候變成失神狀態，連脚步都走不穩哩。從天窗可看月光明亮得很，貓在屋頂上打架。一會兒以爲牠們勉強從喉嚨發出聲音，在屋頂上格鬥着；一會兒被咬屁股吧，發出悲鳴，在天窗上一敗塗地地逃……。我家母貓說不一定參加那些伙件吧，阿錦想了這些，眞是忍受不了。到底幾點鐘了？她想，從牀下來，把火柴劃着看時鐘：已經一點半了。她吹熄了油燈，上牀去閉着睡不着覺的眼睛。正在這個時候，丈夫像賊貓那樣走進來。阿錦不想起來迎接他，裝着睡覺的樣子。丈夫換了衣服，吹熄了燈，儘量不做聲地滑進牀上來。於是，從丈夫身上有別的女人香味發散着。阿錦在黑暗中氣憤之餘，淚水濕到鬢角。或許丈夫正在想怎樣申辯而她一直等的時候，沒有多久卻放出鼾聲睡熟了。阿錦聽了，更是火上添油，想把丈夫叫醒起來，詰問一番，但覺得那樣做不高貴，勉強忍住了。這時鷄的報曉聲傳來了。

好像把它當做信號一般，沒有多久外面的街路上有輕便車轉動的聲音開始傳來。從家裏的倉庫搬出去的貨物放停仔脚的聲音跟它混合在一起。丈夫要醒起來的跡象也沒有，她已經不把它放在心上了，離開牀，坐在化粧台鏡子前面，開始解開頭髮了。

第一章之六

陳久旺自半年前就被梅風亭的年輕藝妓迷住的事，老掌櫃很早就知道，但可不可以告訴急性的老主人，老掌櫃卻迷惑着。抱着琵琶能唱歌的姑娘叫藝妓，只陪客睡的叫妓女。一個藝妓名字叫秀琴的今年二十歲，以賣藝不賣身爲招牌，自半年前就到梅仔坑庄的菜館來，鄉下陪宿錢太便宜了，能彈琵琶的姑娘以爲自己有藝而高傲得很，大吹大擂的吧——老掌櫃想。而且，老掌櫃又認爲：少爺迷住那年輕妓女是受符咒的緣故。但陳久旺卻沒有那麼想。濁水溪以南的烟花女郎於傍晚化了粧，要出去客席以前，要向紙糊娃娃一般的神拜了一拜才出去，這是事實，但並沒有唸俘虜男人的咒文。這被很多人那麼誤會，這從菜館老闆或操賤業的老鴇們而講，是求之不得的事。烟花女郎也是人，有時也會被感情所俘虜，她們眞正戀愛的話，雇主連本帶利都沒有了。因此，她們拜這種神，說要迷惑顧客，不如說在心理上牽引妓女本身比較妥當吧。男人們被符咒附身而來，不是爲愛妓女而來，來的接的都是逢場作戲，要把它當做眞正的談情說愛：那就太愚蠢了——這樣使雙方那麼想，這也是雇主的目的。

「阿旺！」

老掌櫃不喊陳久旺爲少爺。因從小孩時代就背他，那時喊他的名字，就變成習慣了。

「那裏的女人只賣臉與藝是假的呀。」在賬房只有兩人時老掌櫃說：「阿旺把書上所寫的眞正戀愛，在那藝妓身上推想……」。

陳久旺默不做聲，連臉也不抬地聽老掌櫃的話。

「那裏的女人被開彩三次，還說處女呢？」

「那有這種傻事！」陳久旺說，抬起臉來看老掌櫃。

老掌櫃住了口，但覺得不能這樣罷休，繼續說：

「不，那是有的。聽說用什麼公鷄的鷄冠來騙人……」

「怎麼騙法呢？」

「那我就不大清楚了。」

「你看！」

「我看阿旺對她那麼認眞，還是擔心的呀。」

「你並沒有擔心的必要，我已經不是小孩子，不過是爲了生意而去罷了。」

老掌櫃覺得自己無能爲力，找個機會向老主人說。

老主人「唔」的呻吟着，一會兒才說那孩子不要緊。

「爲什麼不要緊呢，老頭家？」

「總之，再看一段時期再說吧。」

老爹很細心注意着兒子在店做生意的情形，而且跟自己年輕相比，佩服兒子比自己高明多了。比方山上的顧客要買魚乾，都自己拿紙袋來，從籠裏選好的魚乾放進紙袋去，如果被他們那麼做，剩下頭等不好的部份，損失很大。但兒子就不讓他們那麼做，顧客說買兩斤，兒子便立刻從籠子裏大把抓着放在紙袋，然後放在秤上秤，秤尾一上升就是表示超量，兒子看見了，敲敲紙袋，將浮在上面好的魚乾取回籠子裏去，這樣重複了兩三回，才達到顧客所要的重量，於是，用月桃葉弄的繩子捆着，交給顧客。那動作迅速而熟練，顧客不知道自己所拿的魚乾是頭等不好的部份。這種手法誰都沒有敎過他，兒子卻懂得，兒子是生來的商人，這種商人怎麼會被做生意的女人所迷惑呢！

老店金源成商店的小老闆陳久旺的確生來就是商人，說起女人來，他只知道妻罷了。貞淑而有敎養的妻子，如同炸鍋裏的魚一般，要炸要煮由丈夫安排。但阿琴像娃娃那樣的美人，將琵琶靠在頰邊，像白玉那樣的指頭彈着弦，而且合着那弦所唱的歌聲響亮得很，使聽的人動心。她把歌唱累了，把琵琶放在牀上，開始吟詩了……

勸君莫惜金縷衣，勸君惜取少年時，花開堪折直須折，莫待無花空折枝。

小老闆跟普通的商人不同，自負有學問。藝妓的歌聲或動作的意思，還能體會那些餘韻，跟那些不識字的鴨子聽雷一般的不同。他以阿琴爲對象，衷心找到樂趣。那像參加科舉的秀才，在途中碰見美麗的才女一般。秀才用完路銀，這次反而由藝妓出路銀的故事，卻浮現小老闆的腦海中。相反地，在世上令人討厭的是：守財奴吧？小老闆想他無論如何總不會做守財奴的。他用飄飄然的眼睛一接近阿琴，她卻要把身子閃開似的說：

「眞討厭，老是看人家的臉孔……」

「阿琴，可是我很愛妳……」

「說謊，你只是嘴上說說罷了。」

小老闆要封住那女人的嘴似的吻她，而把她抱得緊緊地，她中止了抵抗，在他懷中軟弱無力了。

「我屬於妳，我的東西統統要給妳！」小老闆從懷裏拿出妻刺繡的錢包給阿琴說：「錢給妳母親，錢包就給妳做紀念品……」

「那我要給你什麼呢？」她從頭髮上拿出髮夾給他。

陳久旺吃了一驚，自古以來，女人的髮夾是只給心愛的男人的。錢包裏放着二十元鈔票。那是幹十五年的老掌櫃每月月薪只有十五元的時代。阿琴的母親雖很高興，卻擔心刺繡的錢包哩。

交換了紀念品，在歡樂場所是太過份了，不談生意經的玩樂，有喪命的危險性。如果要贖身做姨太太的話，還有考慮的餘地，否則戀愛遊戲是危險的玩火哩。

「咦，多麼漂亮的錢包呀，給我看一看吧……把它弄髒就太可惜了，交給我保管好啦。」

錢包是在黃綢子刺繡着鴛鴦，對這種贈物會移情，等於對所拿的人表示有愛意的，而且，如果這件東西又有符咒的話，那就糟了。阿琴的母親擔心這些，跟隨着阿琴而來的阿婆商量一番。

「多貴重的錢包呀，但縱令被咒過，妳保管不會有問題的！」

但透過這位阿婆的嘴，錢包與大破鈔二十元的事便在菜館中傳開了。

菜館女人們的衣服，由附近的洗衣婦收去洗，紅藝妓的傳聞，當然非流進那些洗衣婦的耳朵不可。在河邊洗衣服的女人們最喜歡聽的是：在菜館尋樂的男人與烟花女郎的新聞。陳久旺與阿琴的豔聞，很快地從金源成商店的洗衣婦傳進少奶奶的耳朵裏。

「少奶奶，妳眞的要注意少爺的行動才行呀。」

少奶奶阿錦聽洗衣婦忠心耿耿地向她說，感到寒心得很。於是，她在那一天下午，趁婆婆只有一個人在臥房，跑進去哭訴：丈夫熱中妓女，半年來都不到妻的臥房來——阿錦稍誇張着。

婆婆雖吃了一驚，但想要穩和地處理它，拿着媳婦的手說：「好了，我已經知道了，妳別哭吧，我今會跟他爸爸商量的……」

媳婦阿錦聽了，心裏多多少少感到輕鬆起來。這半年來丈夫沒有跟自己同房，那是假的。自己不能懷孕，她想把責任轉嫁爲丈夫而那麼說的。但話雖如此，如果叫阿琴的藝妓先她而懷孕丈夫的兒子，她就完了。對兒子尋花惹草，父母也有責任，阿錦對公公婆婆採取怎樣的處置，她好奇得很，所以她對婆婆明天的答覆感到不耐煩。

可是婆婆向公公一談這些，做父親的連一些也不着急，那像父子同謀地辯護玩女人一般，使婆婆漸漸地生氣了。

「妳不要那麼着急，阿旺沒有那麼傻……」父親把兒子平常在店裏做生意巧妙的情形告訴老妻。「還另有一件事要注意的是：同行爲生意競爭上，散佈謠言也會的……」

被丈夫這麼一說，妻想或許有這種可能。愛女人俗話說把錢包交給女人，兒子傳聞或許從此而來也說不定。她雖這麼想，還是擔心得很。丈夫或許有同樣想法吧，雖向妻那麼說，內心裏也有些不自在而臉上悶悶不樂着，不敢正視妻，兩人之間有沉重的靜默繼續着。

婆婆說暫時忍耐吧，我總會採取什麼處置的；阿錦聽了，着急得幾乎掉下眼淚來。他們因丈夫是獨生子，寵壞了他，才會變成這樣的。事態緊要，他現在要立刻採取行動才行。她想着，決定把昨晚起一直計劃的付諸實施了。

阿錦一看見洗衣婆拿着洗好的衣服，從後面厨房入口走進來，她立刻便跑過去。

「阿婆，衣服由我曬好了，妳立刻替我做我託妳的事……」阿錦如要貼近洗衣婆似的在打耳邊話。

阿婆連浮上來的汗也不揩，立刻又迅速地往外跑。

她打算用五元買回丈夫給藝妓的錢包，這件事如果辦成功的話，她另外給洗衣婆五元做謝禮的。那時洗衣服的工錢一個月只有三元，阿婆興高采烈地跑出去也難怪的。

阿錦一邊曬衣服一邊想買回錢包就把它交給婆婆，婆婆會拿它給公公看，公公會把它擲給久旺。久旺會因此從迷夢中醒來吧。如果丈夫無法醒來，自己只好回娘家了。阿錦知道丈夫的雙親疼當媳婦的自己。

「妳給親家（媳婦父親的尊稱）寫信，說我請他來玩吧。大舅仔（媳婦的大哥）現在可以代看病，病人就交給他，請妳老爹偶而到此地來看看我這個親家的病……妳就這麼寫吧，因我懶得動筆的呀。」公公笑着向媳婦說。

在這個街上能寫信的媳婦，只有老店的中藥店與他家的兩個女人罷了。公公常常以此自誇着，所以時時要媳婦寫給她娘家的信。但今朝公公跟往常不同，把自己當做病人使她掛意起來，難道公公的身體有什麼不舒適麼？或許他從婆婆聽到久旺的事，間接地在安慰媳婦是麼？但關於久旺拈花惹草，阿錦覺得自己不能示弱，現在不設法的話，將來就無可挽回了。

到端午節雖然還有兩個禮拜，照射在竹竿的陽光強烈得很。台灣的氣候，俗語說：五月粽子未吃，破棉襖不願放，意思是說：端午節未過，天氣還是會冷的。阿錦把所有洗的衣服統統掛在竹竿時，背上已是汗珠淋漓了。走進厨房，煮飯婆一邊說怎麼不叫我曬呢？一邊在窺視少奶奶的臉色，對方也感覺她今朝跟往常不同。阿錦走進自己房間揩汗，把衣服換了。不到一小時，洗衣婆回來的聲音從厨房傳來。阿錦從臥房喊：

「阿婆，請到這裏來！」

順手拿到了麼？她不安地望着阿婆的臉，從對方的臉色意識事情順利地進行了。

「是這個吧？」

阿錦接到阿婆拿給她的錢包，看自己一針針花心血刺繡的痕跡，淚珠奪眶而出。錢包有手垢，是她丈夫或女人的，她是無從知道的。她終於忍不住了，跑進去公公婆婆在的大廳，在公公膝前跪下來。

「阿爸！」她哭着將錢包呈給公公。

公公接了錢包，張大着眼睛。「這是妳刺繡的麼？」

「是的！」

「好，我喊久旺來問問看，眞可惡的傢伙！」公公說着，溫柔地拉着媳婦的手，叫她站在自己身邊。

婆婆嘆息着說：「眞是沒有辦法的孩子呀。」

兒子口齒伶俐，大概會巧妙辯護吧，公公在心裏想，那我就使媳婦回心轉意，勸倆同歸于好……。於是，公公叫店的小伙計去喊小老闆到大廳來。

陳久旺正在接待顧客的樣子，匆匆地走進來，問父親有什麼事，但他看見站在父親旁邊的妻淚流滿面，有不祥的預感襲擊着。

父親從老妻接了錢包，把它擺在兒子面前：

「這是怎麼一回事啊！」

久旺看見了它，刹那間羞恥與憤怒交作着。他相信自己所愛且被愛的女人出賣他的證據暴露在大家眼前，而在這些背後他感到妻在策動，於是他瞪視着阿錦，如果父母不在她旁邊，他幾乎要抓她一般。阿錦害怕地倚靠公公的肩頭，公公也感覺到她恐怖地發抖着。

「你到這個時候怎麼還不道歉呢？」

久旺被父親吆喝着，更火上添油，威脅似地逼近妻身邊，阿錦緊緊抱住公公。公公忍不住站起來，大聲喊：

「你不覺得可恥麼？」

但說時遲那時快，年紀大的他身體向後仰着，正倒在椅背上。

「阿爸！」阿錦想把公公抱起來。

公公從嘴裏噴出水沫。

老掌櫃感到大廳不平常的氣氛，跟店員們一齊跑進來，在年輕店員協助下，將老主人抬到臥房去。久旺這時才感到事情的嚴重性，於是他跟着大家後面，趕到父親臥房去。他窺視地看了一看，發現躺在牀上的父親瞪視空中，眼珠連動也沒動。去請中醫的已經回來，說醫生到別家往診中，而有個年輕代診的來診病。代診的照例診察後，匆匆地回去。沒有多久，店的小伙計把藥拿回來，說醫生表示：藥能通過喉嚨的話就能獲救，否則無能爲力的……。

「阿旺，你爸爸大概不行了……」老掌櫃斷斷續續地說，久旺靜靜地把父親的頭抱起來，呼吸已經沒有的樣子。女人們已經放聲哭出來。久旺突然感到眼前發黑，而如要倒下去一般跪下來，便哭着喊：「阿爸，兒子害了你！」母親跟妻子自剛才就齊聲想把漂浮在空中的父親的魂靈喚回來，久旺也起勁地喊：「阿爸！阿爸！」但大家都知道她們怎麼做，都已經太晚了。

國語說：「氣死了」，意思是過份生氣而氣絕——死掉，但實際上看的人不多；可是這一次卻實際上發生了，金源成老主人氣死了的消息，立刻在街上傳開。如果說因腦溢血而死，那是病死的，但氣死的話，一定有造成死因的人，他到底是誰呢？——這個話不到一個小時便傳進藝妓阿琴母親的耳朵裏來。如果金源成老主人的死跟錢包有關的事被阿琴知道了，母女的緣份這樣就會完了也說不定。阿婆想到這些就害怕起來，抱住阿琴便哭着像發瘋了似的一再喊：

「啊，怎麼辦呢？那麼好的少爺，要怎麼辦呢？老爺，你就原諒少爺吧！」

阿琴討厭母親那麼做，於是她把身體一躲開，母親便倒在地上，在那裏打滾着繼續哭。這也是這個老太婆的一個策略，她這樣拉住阿琴的話，誰都不能接近阿琴，於是阿琴就沒有機會聽到金源成老主人死的詳情，老太婆這麼想。但菜館老闆憑直覺就認爲阿婆有什麼秘密。至於阿琴，她雖不知道詳情，但她略微聽到：金源成的小主人迷戀她，致使他父親氣死……。但縱令如此，不能這樣就說她不好，主要的是今後小主人——久旺對她的態度。

可是，菜館老闆卻以久經世故的人姿態忠告：「妳暫時回到台北去怎麼樣呢？這裏金源成商店小主人的身邊有老母親以及妻子，事情麻煩得很。妳跟小主人的事情，也等現在的紛亂告一段落後才容易解決……」

但阿琴認爲不參加小老闆父親的葬禮，這樣回去台北實在太不顧情意，而依依不捨，於是她向菜館的老闆表示：至少也留了奠儀，請老闆交給喪主。

主人笑着說：「妳是一個烟花界的女人，想法卻完全像千金小姐一般。妳要拿出奠儀刺激大家，這時不如暫時避一避比較好。而且，妳回到台北以後，寫信給小老闆，安慰安慰他……」

於是，一小時後阿琴母女便寄寓在街郊老闆的自宅，打算第二天早晨六時的火車回台北。雖然這樣，阿琴的母親還是不放心，纏住着女兒，都不讓任何人接近阿琴。阿琴因這樁事是自己引起的，所以她也不想見任何人。

從街上到梅仔坑庄小火車站約有兩公里多里程，乘輕便車去，不如徒步去，比較不會被人看見。於是，阿琴母女決定：第二天凌晨四點鐘起來準備後走路去。由於菜館老闆的好意，要到縱貫線的火車站換車以前，有人幫忙母女拿行李。阿琴的伙伴四、五個人也爲歡送她們母女，自黎明前就趕到街郊老闆的自宅來。伙伴們看見阿琴只有一個晚上就憔悴得很厲害，知道她跟小老闆的戀愛是認眞——陷入情網中而吃了一驚。阿琴的母親用解開纏足的小脚穿着鞋子，靠拐杖而走的樣子，使人看了不放心。阿琴穿着樸素的白色有竹葉模樣的衣服，給人有她在服喪中一般的感覺。她的伙伴二人從兩旁抱着她母親似的走着，其他三人便擁着阿琴走。母親怕女兒的伙伴把那樁事向女兒講出來，擔心得要命，所以老太婆爲防止它，沒事找事地就跟女兒的伙伴們聊起來，稍暗的路上石頭，看來比老太婆的鞋子還大。東方的天空正在發亮着，白鷺鳥像棉花那樣散開在田間農舍的竹叢間飛來飛去，青蛙在沉澱黑暗的田裏頻頻地叫着。在街上吹奏的葬禮哀樂，被風吹着傳到這麼遠的路傍來。阿琴聽了它的聲音，淚流在頰上，抑制的感情與抽抽嗒嗒的哭聲一起湧出來。母親與伙伴們驚訝着，從兩旁回看，異口同聲地喊：

「別哭，這就是我們女人的命運……」

但說這些的年輕女人們，卻被自己的話感動着哭出來。在那旁邊有輕便車一邊響着聲音，一邊飛揚着沙塵走過去。天漸漸地亮了，從山丘上可看見火車。工人們忙着將貨裝在火車上。阿琴們一行住了口，加速步伐走着。在車站等火車的旅客稀疏得很，但那這旅客以及工人們由視線集中在梅仔坑庄新聞女主角阿琴的身上，阿琴無法忍住悲痛與屈辱，用手帕掩着臉。過了一段期間，太陽才出現山連山的山峰上，旅客們陸續上車廂，阿琴和母親在座位一坐好，送到那裏來的伙伴們便從車上下去，並立在月台上。她們的臉上都被淚水淋濕着。阿琴把蒼白的臉壓在火車的窗上。她連跟歡送的伙伴們話別的氣力也沒有。只有在感情上無法跟上大家的母親一個人很無聊，於是將上身伸出窗外，向阿琴的伙伴們說：

「要注意身體的呀！」

她們只是點點頭着，默不做聲。

汽笛響着，火車慢慢地開了，原野沉澱的空氣起伏着，接明亮的早上風景。歡送的女人們漸漸地變小，沒有多久便從車站的月台看不見了。阿琴把揮手帕的手從窗外抽回來，車中的旅客們也看膩了阿琴母女吧，把視線移到窗外的風景上去。阿琴的母親因火車離開梅仔坑庄，雖然稍放心一下，但擔心賣錢包的事情被女兒知道，心裏還是很沉重。

第二章之一

金源成商店老主人的盛大葬禮，繼續到頭七。看見一個人的死，總是有什麼感觸的。何況氣死父親的小主人陳久旺眞感到坐立不安。中葯店的老主人隨後趕來，安慰寡母和小主人說：人的生死有命，如今一點辦法也沒有。那時我在，能救活他也說不定，但現在還能說什麼呢！頂八卦——肝火自胸部逼上腦部的時候，人會昏倒過去。中風時，要讓他安靜着，儘量用薄荷葉或艾葉敲爛的敷在頭上。如果有效的話，逼近腦部的肝火會鎭靜下來。這就是沒有打針時代的中醫的治療法。小主人聽了，多多少少了解一點，但他母親這時怎麼向她說明都沒有辦法，而看不開的樣子。

葬禮完了，端午節也過去，但也許是繼續下雨的緣故吧，家裏潮濕得很，沒有眞正的夏天到來。到百日忌過去以前，如果媳婦懷孕的話，不但是親戚，連街上的人們都會罵的時代。妻阿錦自父親去世起，跟隨着母親，婆媳夜裏同牀着，她很細心地照料婆婆日常生活。至於小主人的久旺，把店裏的事全部交給老掌櫃，每天呆呆地過日子。日間走出外面去，感到羞怯，所以多在家中打瞌睡的緣故吧，到了夜裏，頭腦反而淸醒過來。他望着天窗，父親瞪視空中的眼神浮現他心頭。阿爸，兒子的罪愆太大了，如果不迷上那菜館的女人，不至於闖這種大禍吧。而且，烟花女太薄情了，跟她訂情而給的錢包，她把它換錢實在太可惡了。關於錢包的事，妻也有關係，想到這裏，他也恨起妻來。但最近母親的健康漸漸地好轉中，這是有妻獻身的照料才會這樣的。陳久旺想到這裏，以爲女人有兩大種，於是他漸漸地入眠了。

在隔壁的房間跟婆婆並枕睡的阿錦，她潛在意識裏有不拿錢包給公公婆婆看的話，不至於使公公氣死，於是她夢見自己到菜館去。菜館後門有淡淡的燈光照着，女人們唱歌、猜拳、飲酒作樂的聲音傳來。有個像阿琴似的女人出來，阿錦叫住對方：

「都是妳不好，妳害人！雖說是做生意，爲什麼把人家的丈夫騙得那麼厲害呢？」

「妳別說大話！」像阿琴似的女人滿面怒容地駁她：「不是我到妳家去引誘妳丈夫，是妳丈夫到我此地來的呀。不好的不是我，而是妳，妳悄悄地拿出錢來買回錢包，才會有這種事發生的！妳沒有把母雞好好地放在籠子裏，卻恨叼走小雞的鷲，這有什麼用呢？」

正在這個時候，別的女人們蜂擁而出來，一邊罵：「這種厚臉皮的民家女應該教訓她！」，一邊包圍她開始擰她。阿錦嚇得叫出來。婆婆聽了她的呻吟聲，把她搖醒了。於是，她才發覺這是夢而醒來，但她氣憤得抱住婆婆啜泣起來。

「妳看了可怕的夢麼？」

「是的，被很多下賤的女人欺侮的夢…………」

「好了，別哭了，這只是夢的呀。」婆婆如要哄自己親生女兒一般，溫柔地蔽蔽媳婦的肩頭。

阿錦越被婆婆寵愛，她越感到悲傷起來。於是，她睡不着了，起來擦擦臉，將兩鬢攏不上的短髮梳上去，到大廳去看看公公的靈桌。

「阿母，香已經熄了。」

「沒有關係，明天點好了。」

「不過，還是現在點比較好…………」

她想在百日忌以前，不打算讓公公靈前燒的香斷過。於是，她重新燒香，然後再上牀就睡了。婆婆想媳婦太値得稱讚了，年輕人在夜裏走過靈桌前面都會害怕的，可是我家媳婦侍候公公婆婆卻像自己親生父母一樣。兒子如果沒有好好地待這種媳婦，會受到報應的。婆婆那樣想着，在媳婦傍邊就睡了。

頭七、二七、三七、…………等靈前的法事繼續着。到了接近百日，家裏多多少少穩靜下來。店裏重要的事情，老掌櫃還是先到老女主人那裏請示一下，然後再報告小主人。老女主人對老掌櫃的請示，要先徵求媳婦的意見。因此，近二十個家人的目光都集中在媳婦身上，對她感到畏敬。媳婦跟婆婆並枕睡着，婆婆告訴她不少經驗之談。

「只要主婦老實可靠，一個家不會垮的。我初嫁到這個家的時候，店本身雖可靠得很，但主要是丈夫的脚在空中漂浮着，我也吃了不少苦頭……………」

這種話繼續了幾天的某日晚上，阿錦窺伺着婆婆的臉色，提出想抱養孩子的事情說：「阿母，據說抱養兒子，立刻就會生弟弟，阿母有沒有聽過這種事呢？」

「有，那是常有的事。如果妳有那個意思，抱個養子也好。妳阿爸去了，家中冷靜得很，有個孩子在，熱鬧總比較好也說不定。」婆婆也很贊成地說。

阿錦的心中有了倚仗，第二天爲了這樁事立刻寫信給娘家。娘家的父母弟兄們也正爲陳家的事替阿錦操心，所以回信說儘量會替她找養子。於是，阿錦才跟丈夫商量。丈夫當然沒有反對意見。自父親去世後，久旺覺得自己對不起母親，在家裏縮成一團。因此，家裏變成妻的獨角戲，而久旺對妻又是刮目相看，因她的起居動作連一些批評的餘地也沒有。

當時的台灣家庭，女人是在臥房洗澡的。就是把盆拿進房裏，把水打在盆裏洗澡。阿錦先讓婆婆洗澡，婆婆洗完了自己才脫衣服洗。有一天她正在洗的時候，丈夫說把賬房的鎖匙忘記了。阿錦打算從門縫裏把鎖匙交給她，久旺卻突然開了門，硬要闖進來。

「你！」阿錦責備着，砰的一聲把門關起來。

你在服喪中，怎麼能這樣呢？——妻無言的指責，使丈夫感到慚愧。但他那時從門縫剎那間看見的妻的裸體，實在太美麗了，這是他到現在從未發覺的。他曾把阿琴當做金絲鳥，而妻頂多爲鵝，他這種想法錯了。阿琴雖有婀娜多姿的可愛處，妻卻有平衡發展的美。她不是鵝，而是鴛鴦哩。但自父親去世以後，她一直採取着裝模作樣的態度。她到底要到什麼時候才能恢復原來的妻，變成女人呢？

「阿錦，妳對過去的事老是懷恨在心，這樣對麼？這是不是太執拗一點了麼？」

有時在臥房擦身而過的時候，阿旺拉着妻的手說。但她甩開了她的手說：

「你別忘記服孝中………」

「我知道，只是請妳忘記過去的事呀。」

「喲，那麼簡單能忘記麼？」

「妳說什麼，我們可以從頭做起！」

她聽了，掉轉身從臥房走出去。她的背影跟她言語不一致，看來卻妖豔得很。

百日忌終了的那一天，婆婆告訴媳婦說回到自己臥房去睡，但阿錦以婆婆還沒有康復爲藉口，不想離開婆婆的臥房。婆婆看見媳婦不想回自己的房間，突然感到不安起來。正在這個時候，媳婦生父從娘家寫信來說：百日忌也完了，爲了散散心，夫妻一起回去玩，順便談談養子的事，還有她母親爲了她能生孩子將祭神………。於是，阿錦向婆婆說想回娘家一趟，當天就回婆家來。

婆婆高興地答允了：「好極了，這三、四個月來，你花了好多心神，一定太累了。這是一個好機會，妳住了一宵才回來。」

「不，我立刻回來！」

「不必那麼急急忙忙回來的呀。」

阿錦聽婆婆這麼一說，感動得眼頭發熱起來。

婆婆撫摩着媳婦的手，也流着眼淚說：

「乖孩子，妳是我最可靠的人…………」

阿錦並沒有給丈夫看娘家要他們夫妻一起去的信，只是說她回娘家當天就回婆家來。但久旺說他也一起去。當阿錦拒絕同行的時候，久旺認眞起來，說：

「妳大概不至於使我丟臉吧？如果妳一個人去，我會丟光面子呀。我也得向妳雙親道謝，而且那麼遠的路，怎麼能讓妳一個人去呢？」

「我會乘轎子去的。」

「阿錦，妳怎麼說，我總不能讓妳一個人回去的。你也得考慮丈夫的立場呀。」

阿錦聽了，終於讓步了：「好，那我們一起去！」

「妳眞是嚕哩嚕嗦的人，頑固而一點兒辦法也沒有。」

「喲，你說我頑固麼？其實，我還是純直的呀。那麼，我們明早五點鐘就出發，好麼？」

凌晨四點鐘，開始將店的貨物裝進輕便車上去。夏天一到了五點鐘，森林中也沒有用火把照明的必要。久旺如被雙親允許遠足的孩子一樣，快活得很。他在手提的籃子裏，放進給小舅子們孩子的餅糕，不忘記放父親去世時人家送而適合老人家用的兩套布料。布料是打算送給妻雙親的。久旺穿着上下都是白的衣褲，穿黑鞋子。他自明治四十年左右起就被勸將辮髮剪掉，這次趁父親去世，乾脆就把它剪掉了，他打算跟妻同用一把太陽傘去的。阿錦自四點鐘就起來，準備早餐，走出除掉靈桌的大廳去，向神壇燒了香。久旺看見母親把頭髮梳得整整齊齊的，向神壇合掌，他慌着站在母親背後。

「那你們就去吧，一路上要小心的呀。」母親叮嚀着。

年輕夫妻點點頭答允着，走出了家。

老掌櫃和店員已經在外面將裝在輕便車的貨物記載在帳簿上。黎明前的風吹進衣領，涼快得很，是回娘家最好的天氣哩。

「來福仔叔，那就拜託你了。」久旺向老掌櫃說。

「好的，你住個晚上明天才回來吧。」

「我很想那麼做，但小頭家娘說不行，所以傍晚就會回來。」

阿錦因被丈夫說小頭家娘，所以開始露出笑臉來。

「來福仔叔，那我們就去了。」

「妳很久沒有見到雙親，慢慢地跟他們聊着回來。」

「是的，但婆婆只有一個人的呀。」阿錦回回頭望着站在門口送她們的婆婆。

本來她打算悄悄地起牀，但婆婆早就醒來，一直等媳婦起來的樣子。婆婆體貼媳婦的心情，使阿錦感動了，她想縱令讓婆婆一個人孤獨的過一天日子，也覺得難過哩。

阿錦穿着淡黃色的衣服和褲子，鞋子是黑的。像榭樹餅一般的髮型並沒有裝飾，只有鬢角上面可看見的小耳環，表示已過百日的服喪哩。阿錦像百合花那樣美麗，婆婆神往地一直目送着媳婦的背影。

第二章之二

阿錦的生父是位中醫，名叫吳守邱，因上一代是從邱家而來的養子，所以給所生的長男取名爲守邱，這是奇怪的名字。幸而養父母死得早，如果在世的話，一定會罵：你做吳家的養子，怎麼要守原來的邱家呢？但這個名字當中醫卻最適合不過，因邱通丘，大家稱他爲阿丘仔仙。仙不僅是仙人，也是先生（對老師、大夫等的尊稱）的略稱。何況有仔字，給人有親切之感。丘爲孔子的名字，並不是他那麼大胆地稱這個名字，而人那麼任意地叫他哩。他現在已經六十歲了，長着羊鬍子，人好，又有幽默的地方。他的臉像橄欖的種子一樣，不像醫生，所以留鬍子，讓人家看來像個醫生。可是，妻對於丈夫未到三十歲就留鬍子，這是違背當時台灣的風俗習慣，何況用刷子粗毛那樣的刷子撫摩自己的臉眞是吃不消，她以這些爲理由反對丈夫留鬍子。但阿丘先生卻若無其事地說：「女人不知男人心」，把長得不怎麼雅觀的鬍子留下來。但夫妻感情好的證據就是他們之間生了三男一女。但出嫁的女兒一直不懷孕，使夫妻倆擔心着。最近長子已經能代替父親在店把病人的脈，所以父親專門去出診。他並不想多拿些診費，所以儘量乘轎子去。因這樣輕鬆多了。他把紅包打開一看，所送的診費有時少得連做零用錢都不夠。但他不把它當做一回事，以遊山玩水的心情乘着轎子到處跑，倒也是悠哉悠哉呢。而且，這樣在外面跑，要物色女兒的養子也比較方便。女婿有段時期尋花惹草，但到了現在好比「浪子回頭金不換」，如果女兒能替他生個孩子，那就更好了。在那以前，還是替她們找個養子吧，抱養孩子後生自己子女的機會較多——阿丘先生想着，女兒要回娘家的一個禮拜前，到離街上三公里遠的村莊出診去。憑多年診病的經驗，他靠直覺就知道：這個病人沒有什麼，很快地就會好…………這時他就感到輕鬆愉快。相反地，他覺得沒有那麼簡單醫好，他心裏沉重得很，立刻就想回去。這一天所看的屬於前者，所以輕鬆得很。於是，如往常那樣，在面臨州道、用竹子蓋屋頂的店，砌了上等茶，打算休息一會兒。當他拿着水烟斗，點着火抽煙的時候，他所認識的五十歲自耕農陳進財走進來。

「先生，你瞧一瞧，放在擱板瓶子裏的酒那麼規矩地並排着的呀。」

「對，那是應當的呀。」阿丘先生抬起頭來說。

「可是，把它塞在肚子裏就會熱鬧起來，不會那麼有規矩的呀。」

正在店的人們哄然大笑起來。

笑聲停了，其中的一個人說：「喂，進財兄，今天的話跟往常稍有不同的呀。以前你說酒不是給人熱鬧的葯，而要使自己的枕頭與妻的枕頭不湊在一起的葯不是麼？」

「是的，完全是那樣。但今天我爲了要熱鬧，還是對酒感到友情的呀。」

「咦！」丘先生停止抽水烟斗，仰視着陳進財的臉。

「先生，讓轎伕稍等着，樂一樂酒的友情怎麼樣？」

「那也好，但酒跟枕頭又有什麼關係呢？」

「噯喲，這好像在先生的醫法寶鑑裏沒有寫的呀。」

丘先生以及在店的人們聽了，又笑出聲來。

「夜裏一熄燈就沒事可做，就想做生孩子的事。想生的人雖然儘管努力，無法生出一男半女，但我雖然覺得太多了，只要妻的枕頭跟我的枕頭湊在一起，妻的肚皮立刻就會膨脹起來。因此，我最近在田埂碰到別的大肚皮女人，我就會害怕起來。」

「你不要把枕頭跟枕頭湊在一起不就得了麼？」店的老闆插嘴說。

「別開玩笑，枕頭這個玩藝兒是人的頭壓在那上面，枕頭要任意地動，人的頭也跟着動⋯⋯」

店裏的人們又哄然大笑起來。

「因此，我想藉酒的友情，縱令枕頭動，幫我頭一點兒也不動的呀。」

「你是工作認眞的人，上牀以後也不能靜止不動，僅是酒的力量對你是無可奈何的！」

「那裏的話！還沒有把熱鬧的葯從擱板的瓶子移進肚皮裏，大家就這麼熱鬧，可見酒的力量是溫暖的呀。」

因此，枕頭的話節外生枝，衆議一決：把規矩地並排在擱板的酒拿下來，丘先生也跟大家平均分攤費用而加入酒會。於是，他給病人開葯方，交給病家的人；向轎夫說回程會多給你一點兒，稍候一段時間。這是割稻前的農閒期間，農民們常到這種小雜貨店，避避烈日當空的陽光，聊一聊家常話哩。丘先生也加入這些，享受農村悠閒的短暫時光。外面有豐滿的稻穗被陽光照射着，耀輝着金黃色，悶熱的蟬兒沒命地叫着，在這種地方喝酒，使人飄飄然地，有山高皇帝遠的感覺。

這一帶是漸漸地將水引進菜園來，使它變成水田的多，兩甲多田地的自耕農雖不能算太富裕，但生活費用便宜，所以在生活上還是相當寬裕。在有趣的談話中，知道陳進財年五十多歲，有男孩八個、女兒三個。孩子既然那麼多，給人家做養子一兩個，家裏也不會感到寂寞的。何況陳進財的人緣好，到街上來的時候，常常到吳家葯店來，彼此也很熟。如果是這個人的孩子，把他抱養也好，丘先生想。自己的女兒結婚一年多，他到現在還不能抱外孫子。她婆婆也在擔心，所以女兒寫信來要找養子。這是一個很好的機緣，丘先生想着，提出這椿事。陳進財聽了，慷慨地說：從小的算來第三個男孩，免費奉送吧。因這樣吃飯可以減少一口，而給街上的有錢人做養子，對孩子的將來也好，陳進財想。從丘先生看來，養子的生家也姓陳，種種條件適合，所以立刻說：好極了，女兒一回娘家來，便馬上跟她商量……。於是，事情便很順利地進行了。

「那麼，我女兒和女婿回來的時候，你把那個孩子帶到店來，給大家看看好麼？」

「好的。」

「酒醒了，會忘記不是麼？」

「怎麼能忘記呢？」

於是，參加酒會的人全部做媒人，事成之後在這裏設一桌酒席請客——有人提議着。丘先生捋着鬍鬚，答允：我負責設一席請大家吃飯…………。

下午兩點鐘左右的時候，兩個轎伕來了，於是丘先生彎着腰坐上轎子，立刻便舒服地開始打瞌睡了。

「先生，您在轎裏倒下來，是危險的呀。」抬後面的轎伕提醒丘先生。

「說傻話！我習慣在轎裏睡呢！」

不知有多少時候，轎子已經到達店了，丘先生從轎子下來。因他睡了一陣，快活地吩咐店員請轎伕喝熱茶。

「我在那家店設宴席請客的時候，再坐你們的轎子，你們抬得眞好！」

「是的，謝謝，我們是配合先生的打瞌睡抬的呀。」

「那在轎裏翻斛斗也可以麼？」

「我們發覺如果有那個情形，拔步便跑，先生就不會從轎子掉出外面來…………」

轎伕兩人拿到講好的轎費外，另拿不少小賬，於是抬空轎回去了。

但丘先生走進屋子裏去，談陳進財孩子的事，太太卻不感興趣，說男人在酒上什麼都會講，但所講的是靠不住的。是不是靠得住，要看對方的孩子再說——丘先生這樣駁她。其實太太很想說：你到底替患者看病去呢，或喝酒去呢，使人不知道…………但她還是不便把這些講出來。

有了這樁事，丘先生才給女兒夫婦寫信，阿錦看了信才跟丈夫回到娘家來的。他們在凌晨五點以前就從梅仔坑庄出發，但到達娘家已是八點多了。本來三小時就可以到達的，花了近四小時才到達，那是因在途中的森林休息，或在小河裏看紅的河蟹看得入迷的緣故。他倆尤其是陳久旺是在蜜月旅行一般的感覺。剛走出家門的時候，阿錦因三個多月來事實上跟丈夫過分居生活，起初有些不自在，但打一把傘走路以後，漸漸融洽地談話了。在樹梢上有蟬頻頻地叫着，山路因野草繁茂着，使人感到悶熱得很，但一走進森林，就使人感到涼快。陳久旺起勁地討好妻，以歷史上的美人爲引證，調戲她。偶而碰見認識的農民，久旺和藹可親地跟對方打打招呼。

「小頭家，跟媳婦回娘家麼？」

「是的，我今天是小頭家娘的保鏢的呀。」

漸漸地走進街上了。什麼時候來，這個街都值得懷念的地方。在街上的進口，阿錦稍抬起臉來望着丈夫的臉孔，從打在一起的傘分開了。兩人裝做嚴肅的表情，走到娘家的店附近的時候，哥哥和店員們很快地發現了，從店跑出來迎接他倆。走進店裏面，父母正在等着他們。

「我想妳們該到的時候了！」母親高興地拉着女兒的手，向女婿說。

岳父看了女婿，放心地問：「你媽媽好麼？」

阿錦立刻被孩子們包圍着，這個喊阿姑長那個喊阿姑短，眞是忙得不開交。恰好嫂子們出來，拿了久旺裝禮物的籃子，便把孩子們帶進裏面去。接着，哥哥們走進來，款待妹妹夫婦。

中飯前，陳進財牽着五歲大男孩的手走進來。久旺想這就是岳父與阿錦商定好的計劃，但他看見岳父喜笑顏開，自己也被引誘着笑出來。陳進財帶來的孩子，也許所見的人與場所不同的緣故吧，一直向上翻弄眼珠而縮着一團。阿錦撫摩那兒子的頭，想要抱他，孩子卻倒退着，露出白眼。

「你叫什麼名字？」

「你忘記自己名字麼？說啓敏吧。」父親催促着。

孩子更胆怯起來，對於將來說不定會變成自己養母的婦人，卻裝作沒有看見的樣子。儘管如此，阿錦還是走進孩子身邊，抱起孩子，親着他的頰，向陳進財說：

「可愛極了！」

久旺看了，說：「好極了，他有討人喜歡的地方」；所以，阿錦在心裏想：丈夫也同意哩。只要妻高興，久旺打算什麼事都要贊成的。

大家包圍着餐桌吃中飯，像臨時的拜拜那樣很熱鬧。久旺坐在岳父傍邊，在這麼多陌生人面前，他的食慾不怎麼好。碗裏雖有他最喜歡的雞肉，但他不好意思去夾它。但岳父起勁地叫他吃，他不得已多多少少吃一點。孩子的父親陳進財一把酒灌進去，興高采烈得很。只要把事情談妥，他可以減少一個兒子的養育費，又能跟有錢人做親戚，抬高自己身價。
「進財君，多喝點熱鬧的葯！」丘先生給他倒酒。
進財難為情且高興地臉紅起來。
不知一切的女婿，說：「對，酒是熱鬧的葯，喝了酒也就想唱一首歌…………」講到這裏，他突然看了妻的臉一眼。自從他跟阿琴的事發生以來，歌就是變成忌諱的句子哩。但幸而妻被孩子奪去精神，並沒有感覺。餐桌上的女人只有阿錦與她母親罷了。當時的習慣是：婦人們不跟非親戚的男客在同一餐桌吃飯；但今天因要談養子的事，所以阿錦與母親特別加入，嫂子們還是在另一桌吃飯的。當飯吃了一半的時候，母親跟女兒打算到裏面嫂子們的餐桌去。
「把事情解決怎麼樣？」岳父望着女婿的臉說。
女婿在看阿錦的臉。阿錦望着小孩的臉微笑着。
「是的，我覺得不錯，阿錦妳呢？」丈夫望着妻說。
岳父笑了一笑，暗自想還是女兒佔了上風，於是他看了一看老妻，老妻卻裝做不知道的樣子。
「我看了這個孩子一眼，就覺得他好像跟我有緣份…………」阿錦說。
岳父聽了，舉起酒杯說：「好極了！進財君，那我們就決定中秋節那一天吧。那一天是團圓的日子，希望你把孩子背着，送到梅坑庄去。關於它的安排和酬謝，我會準備的…………」

圍在餐桌的人們聽了，都拍拍手。

「我們來預先熱鬧………」丘先生又要給進財倒酒，女兒卻代拿着酒瓶站起來。阿錦給進財倒酒以後，跟母親一塊兒走到裏面餐桌去。丘先生又拿着女兒放下來的酒瓶說：「進財君，從今天起我們做親戚了，所以請不客氣地多多喝………」

「是的，我已經往肚皮裏灌進去不少，再灌進去，背這個孩子回家的途中，父子都會掉進水田去的呀。」進財一邊說，一邊卻又把酒杯伸出去，讓丘先生倒得滿滿地。「只有酒是被人家一勸，絕不會客氣的………」

大家聽了，明朗地笑起來。

「日間的酒，友情還是淡麼？」

進財聽丘先生這麼說，難爲情起來。看見只有他倆使用隱語，兩人的臭味相投無疑。

吃了中飯後，進財帶着孩子先回去。種在阿錦娘家中院子的仙丹花或木犀上有痲雀群停着，吵鬧地叫着。往走廊拿出椅子，一坐下來痲雀便響着聲音飛跑了。從中院子吹進來的風涼快得很，投射在簷端的陽光陰子伸長着。

阿旺向妻說：「趁驟雨沒有來以前，我們就回家吧。」

「咦，那麼急幹麼呀？」阿錦的哥哥們想留住她們。

但阿錦自開始就準備當天回去，所以開始準備，跟母親走進裏面去，又立刻走出來。她向母親說：別的東西會成丈夫的包袱，所以她不要，只要母親做的豆腐乳和醬瓜，她打算帶回給婆婆吃。阿錦在娘家未出嫁時，親戚們說醬菜也是吳家名菜之一——她想起這些來，所以籃子中除了能懷孕的符咒等東西外，差不多都是給婆婆的禮物咧。

下午二點鐘，夫妻又打着一把太陽傘，走出娘家。停仔脚有雙親以及嫂子們、侄兒們、甚至店員們走出來，熱熱鬧鬧地歡送着。

第二章之三

年輕夫妻到街郊的時候，碰見挑稻穀的農民。

「錦仔，回娘家麼？怎麼不住一宵呢？」

「下次回來的時候會住的。請代向表嫂問好！有空的時候，請跟表嫂一起到梅仔坑庄來玩。」

他就是她表哥。久旺點點頭，跟着妻說請來玩。

「阿旺還不肯到我家茅舍來的呀。」

「下次會去拜訪的，請代向大家問好…………」

久旺跟阿錦匆匆地打招呼着，又趕回程的路。街道兩傍的蟬如要被炒似地鳴着，樹枝上有小鳥飛來飛去。在那傍邊的埤圳的水塘裏，有水牛泡着水，舒服地只把頭伸出水上，正在反芻着吃下去的草。這一次回娘家，久旺覺得自己完全被妻壓倒了。兩人打一把傘走出街郊以後，不像早上離開家那樣歡鬧了。阿錦爲排解丈夫那種情緒似地，一邊說：「你看，這些可愛吧」，一邊把手提的小籃子的蓋子打開給丈夫看。那裏放着好多玉蘭花。那是侄女們摘給她的。阿錦從裏面取一朵，聞了聞那香味，夾在耳朵上，然後望了丈夫的臉孔說：

「我覺得這一次回娘家好。」

「是的呀。」

「本來爸爸寫信是要我跟你一起回去的呀。」

「阿錦，妳眞壞，怎麼把它隱瞞到現在？其實，我對那椿事，覺得對不起妳，阿錦。人大概有所謂一時的糊塗的吧？」

「是的，但已經過去了，我儘量忘記它…………」阿錦微笑着溫柔地說。

路上因陽光反照而熱死了，丈夫的額頭上冒出汗來。

「錦仔，我眞覺得做出對不起雙親和妳的事…………」

「好啦，好啦。」妻望着一帶沒有人，用力搖着丈夫的胳膊。

兩人正在走下山坡，走出原野。河邊榕樹正把它強有力的樹幹往四面擴展着。

「到妳家去，眞受感動！」

「別那樣說………爸爸跟媽媽看了你以後，也很放心了。」

「是麼？那就好極了！」

阿錦如要改變話題似地說：「我家大嫂前天回娘家時，親家向她說：希望你跟我能寫一對掛軸給他………」

「這就糟了，我的字還不能拿出去掛的，妳一個人給她寫好了！」

「不，你怎能這樣呢？」

他雖然是商人的兒子，因有學問而出名，所以親朋都稱呼他們爲：「有教養的鴛鴦夫妻。」

丈夫把雨傘傾向妻那邊說：「寫什麼呢？」

「你看寫什麼比較好？」

「寫〞錦姐娘家花滿園〝怎麼樣？」

因丈夫模仿唐詩選的〞李四娘家花滿溪〝，妻笑着說：「不要那種開玩笑的語句，寫一些有教訓性的比較好。」

「那寫〞子曰人不知而不愠不亦君子乎〝怎麼樣？」

「這樣比較好。」

「那妳的對聯也要準備一下……………」

「我會慢慢考慮的。」

這時久旺將臉靠近着阿錦耳朵夾的花說：「好香！」

「你說玉蘭是麼？」

「是的。」

「你覺得這個香味怎麼樣？」

「我覺得它可說是夏天的香味，而吹着涼風似的………………」

久旺這麼一說，阿錦也高興地表示：

「我也完全同感…………」

夫妻倆和好如初。四個月來的芥蒂完全消失了。久旺的右手提着籃子，左手拿着陽傘；路上沒有行人的時候，阿錦的右手挽着阿旺拿傘的左手。兩人時時在路傍休息着，從久旺的籃子裏倒出裝在瓶子裏的茶水來，潤潤喉嚨。久旺說走進森林去，想用泉水洗洗臉；但阿錦說森林中好像有盜賊要跳出來，可怕得很，如果要休息，還是到山丘上去比較好。山丘上有日間的寂靜擴大着，蟬似忍不住強烈的陽光照射一般地叫着，鳶在半空中旋迴着時時發出鳴笛一般的啼聲。

「採蕃石榴去！」

久旺在腋下有力地挾着妻的手，往旁邊的路彎着進去。盛夏的樹影靜悄悄地，從樹梢漏照的日光，晶晶地亮着。久旺把傘與籃子一放，突然抱緊，將嘴唇吻合着。妻默默地倚靠在丈夫肩頭上。好長時間杜絕的夫妻感情，像高潮那樣湧上來，把兩人沖走了。

一會兒，兩人整理好衣飾，又走出原路去。下午兩點鐘陽光的反射強烈得很，阿錦晃眼似的細着眼，仰視着丈夫的臉笑了一笑。然後兩人從山丘下來，走出相思樹並排的路。蟬不斷地如耳鳴似的叫着。州道成爲傾斜度小的坡，而可見到梅仔坑庄，它像流了水銀一般亮着。

「錦，這次倒是好的蜜月旅行的呀。」丈夫說。

妻緊緊地將他胳膊拉到自己腋下。

兩人到達家裏的時候，已是傍晚五點鐘過後的事。婆婆坐在店前的椅子，等媳婦回來等得焦急的樣子。兒子跟媳婦一走進來，婆婆便從椅子上站起來。

「妳們回來了，很累了吧？」

「對不起得很，回來遲了！」

「昨天起就有要下驟雨的模樣，我正擔心傍晚會下呢！」

媳婦照拂着說這些話的婆婆，把婆婆帶進裏面去。

婆婆一坐在有神壇的大廳的椅子，媳婦站在她面前開始報告回娘家的情形。兒子站在媳婦的傍邊，不斷地向母親微笑着，點點頭表示完全是妻所報告那樣。報告一完，媳婦難爲情地從籃子拿出能懷孕的符咒與祭物，放在神壇前面。

「好極了，那你們洗澡後，大家一起來拜一拜吧。」婆婆說，向只帶送自己禮物回家的媳婦開玩笑：「妳眞是女兒賊，把所喜歡的東西都從娘家帶回來」，然後朝着兒子注意：「你立刻寫信給岳父母，代替我向他們道謝，說所送的東西都是我所愛吃的。還寫有空的時候一定來玩，知道了麼？」

兒子點點頭，然後爲了向老掌櫃道謝他不在時照料店的生意，走出店去。

一會兒，媳婦在神壇前面跟婆婆、丈夫並肩站着，拜了一拜，接着拿那些供物到厨房去，做成菜後夫妻一起吃。那時驟雨帶着雷聲，下得很大，轉眼間院子變成池塘，卻很快地雨停了，夕陽射進院子前面來。於是，躲在竹叢的秋蟬一齊叫着，使阿錦想起娘家的事，感到蕭然起來。從厨房後門口望着黃昏時的天空模樣，婆婆喊她的聲音傳來。

阿錦忙着到婆婆的臥房去，看見婆婆正在開櫃子的鎖，從裏面取出用絹手帕包的一包裝飾品，而從那包東西選出一對青玉耳環、一對青玉戒子，還有一對白玉手環，說；

「錦仔，我很早就想給你，因有爸爸的事而完全忘掉哩。」

媳婦雖接受它，因感動得立刻說不出話來。過了一會，她漸漸地恢復鎭靜，就把這些裝飾品拿還婆婆說：

「阿母，我還是最喜歡看阿母戴這些………………」

「傻孩子，人是很難活一百年的。我因有了妳在我身邊，不知有多少幫助呢！我拿着這些，跟妳拿着這些，都是一樣的呀。」

媳婦爲了掩飾流淚，稍把臉掉過去，手抱着婆婆說：

「不，阿母如果不活一百年，這個家會敗下去的。」

「妳眞是個孩子，」婆婆笑着，給媳婦揩着流在頰上的眼淚說：「年老了，高興把自己所拿的東西給自己所喜歡的人的呀。這不是說我快死了，把遺物分給別人，妳別想得太多，趕快拿去吧！」

媳婦聽婆婆這麼一說，純直地接受它，回到自己臥房來，一坐下椅子上，又重新流出眼淚來。而且，被它引誘似的不安油然而生，覺得不知什麼緣故這個家好像要衰落下去的樣子。

這天晚上，她隔了好久地回到自己牀上來，跟丈夫並枕共眠。阿錦向丈夫說婆婆送她禮物後，跟丈夫談家庭的經濟狀況以及嗣後的事。陳久旺對話題感到興趣，認眞地思前想後。父親雖然死了，媳婦與婆婆要好，這就是陳家的優點。因此，老掌櫃幹得有勁，店的生意還是很好。家的中心雖是小主人，但店的事情差不多都由老掌櫃一個人處理着。將來允許他使用同一字號開業，不如共同經營是不是比較好呢？——陳久旺有時這麼想。自己雖然不是說不能做，但他不以爲自己生來就是商人。可是，除了家業以外，這個鄉下還有什麼工作可做呢？這麼一想，他覺得性情好，頭腦也不壞的妻可使他倚靠了。

中秋節到了。因還沒有過一週忌，表面上不敢鋪張，但決定在家裏盛大地過節。中秋節在年節之中也是一個大節。快到中午的時候，陳進財背着孩子來了。這個孩子要做小主人的養子，連店裏的店員都珍視他，包圍着剛五歲的啓敏，拍拍手歡迎他。然後給他用黑砂糖做的子彈或端午節留下來的香袋，還轉着用色紙做的風車給他看。有生以來第一次到了這種地方，啓敏縮成一團，動彈不得。沒有多久，圍食桌的大人們舉起杯子開始喝酒了。啓敏被安排坐在低矮的小竹椅子。他的面前放着用竹筒做的碗子，碗上放着他最愛吃的雞腿，但胆怯的啓敏不知從那裏下筷子才好。這時候將成養母的阿錦因餐桌的事告一段落，拿另一只低矮的椅子，坐在啓敏的面前。

「啓仔，我餵給你吃…………」她拿起啓敏所拿的碗子，將碗靠着啓敏的嘴邊，用筷子將飯往他嘴裏扒…………。然後說：「把手給我看」，接着用毛巾揩孩子的手，才拿雞腿給他。

這時頗有醉意的孩子父親陳進財從那邊的餐桌說：「那樣寵他，會使他放肆起來。在我家是隨他去的呀。」

「可是，啓仔…………」阿錦說着，又把別的菜放進啓敏的嘴裏去。

這樣勉強吃完了一碗飯的時候，啓敏被養母牽着手，從厨房的後門走出外面去。而且，到了有石台階的地方，養母把他抱起來。跟有汗與奶的親生母親不同，這位阿姨有花香一般的味道，使他如到過別國家一般的感覺。那時在微暗中突然有父親的陳進財出現着，親了一親啓敏的頰邊，他感到窒息一般的酒味，把臉扭轉過去。

「阿母抱你多好」父親語言稍含糊地留了這些話，又匆匆地走得無影無踪了。

阿姨變成阿母了麼？啓敏幼小的心裏突然這麼想，但以後卻連這些想法也沒有了。

這樣到五歲以前的世界突然遠離他而去，啓敏被投進新的世界裏去。話雖如此，孩子相信酒醉的父親會來接他回去。但因父親沒有來，夜裏被極度的孤獨與不安襲擊着，淚盈滿眶起來。養母看見了，立刻趕來，給他揩眼淚、洗澡，然後抱着他，唱搖籃曲一般的歌搖着他，使孩子對養母的新感覺中回憶着生母，墮在甜睡中。

第二章之四

在房間之中散亂着玩具，可聽到孩子的聲音，如果門上橫木沒有弔着喪燈，陳家的家裏可說比以前明朗起來，連老祖母也有時到厨房裏來，說：「阿媽（台語：祖母稱呼）餵飯給你吃…」別寵他——阿錦想起陳進財所說的話來，想儘量訓練啓敏自己能吃飯，這樣日後有弟弟的話，就能省事不少。

「阿敏仔乖，自己能吃飯，快一點吃，吃完了跟阿媽玩。」養母這麼說。

啓敏對自己被亂丢在養家，小小的心靈上雖有些疙瘩，但他生來就沒有發牢騷的習慣，每天只是默不做聲地等酒醉的父親是不是會今天來，而等膩罷了。白晝變成黑夜，過了幾個晚上，父親竟沒有出現了。而且，他漸漸地知道自己是被這個家抱養的。這個家跟以前的家不同，看來樣樣都漂亮，但他像被放進箱子裏似的，不能自由自在地跑來跑去爲缺點。他像猴子被放進檻子裏一般，很懷念山上。於是，無所事事的啓敏便坐在矮竹椅子打瞌睡，或靠在柱邊一直站着，看大人們爲工作忙着走來走去。店員們看了這個從鄉下抱來的孩子，爲懷念父母而發呆着，覺得可憐吧，走過他面前時，將小塊冰糖塞進他小嘴裏去。但啓敏被塞進東西，還是默不做聲。難道這個孩子都沒有什麼感覺麼？——店員想着，望着啓敏的嘴邊。好歹啓敏的嘴動着，可看見他喝甜的口水。

「好吃吧？」店員問。

啓敏還是都不說什麼。

「咦，這個孩子像啞吧的樣子……」店員趁什麼人都沒看見，在啓敏耳邊低語着。

孩子覺得難爲情吧，正張開嘴的時候，冰糖跟口水一起流出來。

「多可惜喲！」店員覺得可笑，將掉在地上的冰糖拾起來，撣了一撣灰，再把它塞進啓敏的嘴裏去。

正在這個時候，阿錦出來了。

「我想讓啓敏兒開口，自剛才就討好他，但仍還是不肯回答呢！」

「他因在鄉下長大，不知什麼時候才會不怕陌生呢？」阿錦說着，給啓敏擦一擦流在胸前的口水。

中秋節也是土地公伯仔的誕辰，它跟別的迎神賽會不同，在同一天舉行，因此以祭典爲指望的鄉下戲班，沒有從這個村莊趕那個村莊演戲的必要。所以演出的戲往往要演好多天才能演完，於是對前段的戲感到有興趣的觀衆，想要看後戲而託莊上發起人留住戲班，發起人向莊上主要的商店、慈善家募捐這些費用。這樣連續戲要演完以前，臨時搭蓋在廟前的戲台便成爲討人喜歡的中心。

啓敏被店員抱着第一次看這種戲，當他看到用紅或黑勾畫臉譜的猛士在交鋒的時候，啓敏害怕地發抖起來，將臉往店員的懷中隱藏起來。店員覺得好玩，勉強將啓敏的臉舉起來，要給他看戲，於是啓敏禁不住喊：

「我怕！我怕！我要回去！要回去！」

店員第一次聽到啓敏的聲音，更感到好玩。於是，回家後把這椿事報告小老闆娘。

「咦，你那樣做，孩子嚇成病怎麼辦呢？」

「不要緊的，小頭家娘，鄉下的男孩子不會被這些所嚇倒的！」

啓敏從店員的胳膊下來，又想起勾畫臉譜的那些男人，他害怕起來，求助地緊緊摟住養母的胸懷。

啓敏被安排睡在養父母牀舖前面牆邊的小牀。跟養父母同一寢室，表示啓敏在這個家的地位高，可說次於老闆的地位。因此，店員們奉承幼小的啓敏。於是，啓敏感情上的結漸漸地被解開，斷念酒醉的父親把他接回去，慢慢地知道生家父母不要他，把他送給人家做養子。

換了冬裝，在小辮髮上第一次被戴飯碗似的瓜皮帽時，啓敏感到很高興。穿黑上衣和褲子，怕肚臍會傷風，在上衣上結腰帶，將結放在前面。養父母看了他這一身打扮，感到很滿意。周圍的人們看他那可愛的打扮，立刻就知道這個孩子就是這家大店的少爺。但孩子的臉被陽光晒得稍黑，眼睛鼻子的長相生硬粗魯，立刻看出他是在鄉下的農家長大的。首先，他吃飯的方法跟寬裕的街上孩子們不同。啓敏在吃飯時起初狠吞虎嚥地只吃着飯，然後一點點地吃留在飯碗裏的菜。這種習慣是他在生家養成的。在生家雖然沒有限制飯，但對菜是有限制的。不留心把菜吃完，第二碗飯就很難下嚥，於是一離開餐桌，走出院子就感到肚子餓。有一次他摘了未熟的野草莓和蕃石榴吃，結果吃壞了肚子，腹痛難當，把吃的東西全部吐出來的時候，被父親看見了，被棒子打屁股打腫了。這麼一來，說貧窮的農民是缺乏感情的，那未必如此。他們連對於所養的家畜有同情心，那是從他們過年過節時殺雞宰鴨的情形可看出來。當農家婦女們要殺雞時，他們一脚踏着雞的兩脚，一邊拔着要下刀的雞脖子上的毛，一邊念念有詞地說：生爲雞是可憐的東西，早些死而生爲有錢家的兒子……然後扭歪雞脖子，用刀切它……。陳進財讓啓敏離開父母，不是憎恨孩子才這麼做的。兒子做了街上有錢人的養子，將來雖有做奴隸的危險性，但也有希望出人頭地的機會哩。做兒子的雖然不知道做父母的這種心情，但孩子的命運只好交給孩子本人了。

一個月過去，兩個月過去，接近農曆過年的時候，啓敏完全習慣陳家的生活，喊養母爲阿母。而且，養父忙的時候，啓敏被養母牽着手到市場去買東西；有時自己打開放黑糖的甕的蓋子，任意拿塊糖吃。當時採購爲男人每天上午的工作之一，主婦是很少上市場的。因此，有教養且有美人定評的阿錦牽着孩子的手一出現市場，集中在那裏的衆人的視線都一齊集中在她身上。這從年輕的主婦而講，好像站在隆重的舞台一般。阿錦從娘家回來以後，完全有了主婦的尊嚴，對料理家事也有信心。她把每月的收入與支出詳細記下來，跟丈夫商量後報告婆婆。婆婆中意媳婦這麼做而滿足一切，在安樂中度着晚年，差不多整天都坐在店前的竹椅子，望着在前面路上來來去去的山上農民們。啓敏也從廚房到店前或後院跑來跑去，一個人玩着。但他被禁止到前面路上去，因那裏有輕便車在疾駛着很危險，而且恐怕混入人群裏會迷路呢！

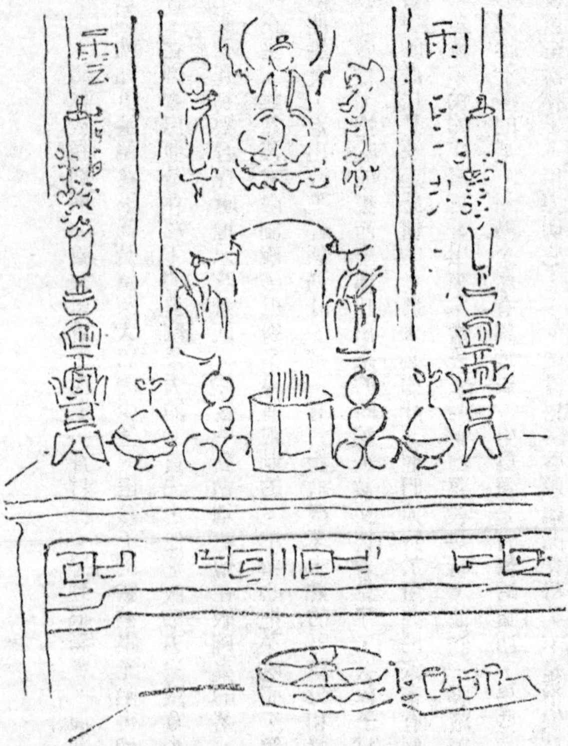

「阿吉！給皦仔拉好褲子吧。」祖母命令店員的阿吉說，因她看見啓皦跑得太厲害了，褲子快掉下來了。

實際上，啓皦變成快活起來。他高興的時候，把右脚往後彎着，只用左脚在停仔脚跳來跳去，有時唱在鄉下學的歌。

飯碗的碎片，聽說哭的呀。

爲什麼哭呢？要做新娘去！

要到那裏去？樹上，空中。

祖母細着眼，高興地聽着。啓皦知道了，更得意地唱。養母也快活得很。只有養父常繃着臉不愛說話。因他好不容易跟妻要好，他們的臥房卻多住進一個小傢伙來，使他感到生氣，因此他不能像妻那樣把啓皦當做寶貝。

舊曆年過去，在元宵那一天有妻娘家的大哥除給母親帶禮物外，還帶安產的神符前來。久旺驚訝地問的結果，才知道妻寫信給娘家說：生產時要準備什麼才好？原來有喜了！於是，家中立刻充滿着喜悅。

母親立刻喊老掌櫃說：「來福，從今天起，家裏重的東西搬動不得，牆上也不能釘鐵釘。你知道麼？我家媳婦有喜的呀。」

「老頭家娘，恭喜，恭喜！」

媳婦懷孕了，婆婆突然忙碌起來。她要代替媳婦，指揮家中的工作才行。但這使她感到快樂，看來她稍年輕起來的樣子。媳婦看了，也很高興，在婆婆面前故意將肚子挺出來給她看。過去她無所事事，整天看着街路行人過日子，但聽了媳婦懷孕，她不能安閒下來，想多分担一些媳婦的工作。媳婦和婆婆都快活起來，高興對家事說種種意見。媳婦到婆婆面前，更想把肚子挺出來給她看。因她看了，高興的緣故。阿錦娘家街上與嘉義市間的阿里山鐵路已經通車了，雙親常常寄來從嘉義買的蜜餞和稀奇的餅，她把它分給婆婆吃，也成爲阿錦樂趣之一哩。

端午節過去，變成月夜在後院有螢蟲飛來飛去的季節了。啓敏到養家來的第二年的農曆六月中旬，養母生了男嬰，陳家因喜悅而沸騰起來。自從父親去世後，担心陳家會敗落下去，但由此挽回家運一般的感覺。那嬰兒就是陳武章。武章出世後兩個月的中秋時光，發生養子短短的幸福的夢一瞬間醒起來的事。

台式的牀舖像小舞台掛了帳的形態，靠近牆那邊釘着長一丈、寬約一尺的擱板。那擱板就是放睡衣和日常用品的地方。啓敏學大人，將端午節人家送給他的香袋以及玩具等，要緊地收藏在那裏。有一次他想拿那裏的東西，忙爬上牀舖的時候，嬰兒「噯呀」的叫出來。啓敏吃了一驚，在牀下的地上坐下來。阿錦聞聲趕來，抱起嬰兒來，發現嬰兒的臉色發紫，連聲音也發不出來。

過了一會兒，才勉強發出嘶啞的聲音，使大家鬆一口氣，但都覺得不尋常了。當阿錦抱着嬰兒出去大廳時，久旺相反地奔進臥房來，問繼續蹲在牀脚邊的啓敏：爲什麼把嬰兒弄哭？但怎麼問，啓敏都不說什麼。久旺不耐煩了，把啓敏拖到厨房去。啓敏的臉色雖蒼白，還是默不做聲。被憤怒燃燒的養父用藤杖毆打啓敏，看見挨打也沒有任何反應，痛恨地繼續打下去的時候，啓敏失掉知覺而昏迷過去。

糟糕，頭家打死啓敏了！家裏又大騷動起來。正在這個時候，燒飯的阿春婆前來，把啓敏抱起來，使他甦醒過來。陳久旺正在後悔自己用力過多，但知道沒鬧出人命也就放心了。不過，他那麼痛毆啓敏是想這個養子看阿錦生嬰兒，嫉妬養母的愛情會轉移親生子，打算殺死嬰兒的緣故。但不管怎麼樣，自從這樁事發生以後，啓敏的寢室從養父母的房間移到煮飯婆的房間來。

第二章之五

晚上，厨婦的阿春婆要替啓敏換了衣服的時候，看見啓敏被打在屁股或背上的傷，吃了一驚，而嘆息着同情地說：「你大概是從什麼壞星轉世的吧？」

啓敏雖是個孩子，也知道自己的命運大變特變了。於是，他臉上又恢復初來陳家時蝸牛似的表情。阿春婆給他擦現成的葯。葯滲入傷口，如針刺似的疼痛，啓敏禁不住跳起來。

「你不擦葯，傷口腐爛了怎麼辦呢？」阿春婆一邊說，一邊按着啓敏的身體給他擦葯。啓敏流着眼淚，把肚皮像汽球那樣膨脹着、收縮着，忍受着痛。從門隙間吹進來的秋風，把傷痕刺痛着。這天晚上他吃不下飯，被餵喝開水後，被帶進厨婦的寢室去，他被安排睡在牀舖的一邊，啓敏因疲倦而立刻睡熟了，但傷口痛着，時時迷迷糊糊着夢見一個人走着微暗的原野，瘋狗張開着紅的嘴，朝自己吠着，他以爲自己會被牠咬死，卻並不覺得可怕。漸漸地，向他吠的狗不見了，又在黑暗中留下他一個人了。

阿春婆一收拾厨房的工作，便拿着小油燈，走進寢室來。她把油燈弔掛牆上的鐵釘，立刻望了一望睡在蚊帳裏的啓敏。他蝸牛似的表情緩和着，睡臉看來很可愛。爲了這個孩子，她的工作雖然增加了，但她想總比一個人睡比較熱鬧且好。不過，他會尿牀就不好，於是阿春婆把啓敏抱起來，讓他站在尿桶前面撒尿。當她的手到啓敏枕邊時，他嚇了一跳，但知道對象是阿春婆以後，啓敏也就放心了。這個孩子意外地體重——她嘟喃着。撒尿完了，啓敏又立刻放出鼾聲睡熟了。

啓敏被責打的第二天，陳家又恢復原來平靜的家庭，只有啓敏像破布或什麼東西一般被遺忘着，在阿春婆房間一角落的矮竹椅子坐着。而且，他打打瞌睡，有時想起來似的站在厨房後門望着院子前面刺竹的竹叢。吃飯時，阿春婆盛滿一碗飯，在那上面放着一片鹹魚給他吃。啓敏趁大人沒有看他的時候，急急忙忙地把飯扒進肚皮裏去。早晚開始涼了，養母把啓敏去年穿的冬天衣服拿出來，交給阿春婆，但都太短了，阿春婆只好在那上面加穿大人的舊衣，用繩子紮着，因此像包袱在走路的樣子。店員看啓敏的眼神也變了。不知什麼緣故，啓敏本身也失掉可愛的地方。爲此，在陳家跟啓敏交談的，只有阿春婆罷了。啓敏也不自動地想跟大人們講話，看來他是天生孤獨的孩子似的。爲了別使大家討厭他，阿春婆叫他拿掃箒或雜布，幫忙打掃。在臥房化粧台前畫眉的養母，像觀音媽那樣美麗，但最近連看啓敏一眼都不看。她每天忙碌地工作着，照料嬰兒，並利用燒飯後灶的火蒸從娘家要來的補葯，而把補葯當做夜裏的點心吃，通常每天習慣上給丈夫一碗、婆婆七分、自己喝半碗爲原則。放進紅瘦肉的補葯香得很。夜裏阿錦把婆婆喊醒，捧着還在冒煙的補葯給婆婆吃。

「妳每晚弄這些給我吃，實在太辛苦了。夜裏冷得很，從棉被爬出來，已經覺得吃不消了，不必再弄給我吃……」婆婆想要辭退。

「這對阿母的身體有必要，我們只能分享一點剩餘的東西就行了。」

婆婆中意媳婦，疼愛媳婦所生的嬰兒。要使婆婆高興的一個方法是：日間在她面前餵奶——媳婦露出豐滿的乳房，讓嬰兒銜在嘴裏，婆婆總有些飄飄然的樣子。而且她望着嬰兒的臉說：「多可愛喲！」

阿錦再懷孕的第二年冬天，婆婆突然死了。患的是狹心症，因她每天日夜都吃着有營養的食物，卻沒有運動，而且自丈夫死後，生活範圍也被限制着，要早點死也是理所當然的。可是，街上的人們認爲陳家在兩年間有兩個死人是：風水上家的方向碰到山的緣故，或孫剋死祖母的緣故……眞是議論紛紛。但陳家並沒有垮台，那是因老掌櫃很紮實，加以小老闆的頭腦好，在那小老闆背後有比小老闆頭腦好的少奶奶在的緣故——他們這樣傳聞着。

陳啓敏到陳家來以後，生了弟弟和妹妹，所以陳家有親生的一男一女和養子共三個孩子。養子平常不是爲繼承而抱來，而爲刺激生親生子養的，所以一有親生子，對養子的待遇有差別是平常的。尤其啓敏因不小心踏住弟弟，以爲他仇恨弟弟——與家爲仇的。像這種養子，快點死掉較好。但像這種被咀咒的孩子，反而像雜草那樣長得好。燒飯婆阿春因每天要替啓敏梳辮髮感到麻煩，把他的辮髮剪掉了。他被店員嘲弄說像被斷掉尾巴的猴子一般，但阿春婆辯護說：大人最近差不多都剪掉了。孩子也應該可以剪掉的。養父母並沒有說什麼，反正啓敏的事情已經交給厨婦，她愛怎麼辦就怎麼辦好啦。他們給阿春婆月三元的工資增加五十錢，也是爲了照料啓敏的緣故。

啓敏自六歲時開始打掃以後，也幹餵豬或雞的工作。根據阿春婆的說法是：爲了使大家疼他，不能默默地坐在那裏或貪玩呢！而且，啓敏不以工作爲苦，自然人人都隨便使喚他。剃啓敏頭髮的是提着理髮工具的箱子，喊：「剃頭呀！」的流動剃髮匠。阿春婆聽了，喊他來替啓敏剃頭，工資五錢。啓敏高興他剃頭，否則被阿春婆剃的話，眞是痛苦難當，掙扎的結果，頭上都是傷痕累累。阿春婆聽了，嘆息着說：

「這個孩子太會動了，所以都是傷……」

頭部雖然淸爽起來，但寒冷的東風吹來，連肚臍都發抖着。因會流鼻涕，袖口像蛞蝓爬過似的發亮着。

「阿敏！快拿劈柴來！」

阿春婆一喊，啓敏跑出去，將劈柴搬到灶前來。最初一次只能拿一兩支，但漸漸地能拿三、四支了。從幫忙廚房的炊事起，甚至被吩咐擦店上油燈的燈罩……。當他弄壞油燈燈罩時，皮鞭在他屁股上響着。多穿衣服的冬天還好，但到夏天一聽到皮鞭的聲音，連頭頂都會抖起來。

在後院的竹叢或龍眼的樹梢上有蟬叫的季節到了。啓敏不知道大人的世界怎樣活動着，只是從家裏的過年過節，感到季節罷了。自祖母去世，已經有一些日子了。有一個佛事完了，又做另一個佛事。親生子的武章也大起來，一個人在家裏跑來跑去。陳家雇了街上十五歲的女孩子照顧武章以及小嬰兒。因此，家裏突然熱鬧起來。武章在跑來跑去的時候，偶然擁抱啓敏。這時啓敏似乎難爲情，也高興得不知怎麼好，而被武章抱着，直直地站着。啓敏那時傻里傻氣的臉孔眞有趣，使照顧孩子的素麗在一旁笑出來。啓敏想跟弟弟玩，但他卻羞怯着，老是在稍遠的地方望着素麗跟武章玩。那時養父走過身邊，啓敏想要防身而本能地用雙手掩蓋着頭。這又是有趣——素麗說着再笑出來。素麗對剃光頭與完全露出肚臍的啓敏，覺得樣子太可笑了。啓敏的肚臍也引起武章的注意。這個剛三歲的男孩子，也許連想母親的乳房吧，用小指頭戳了一戳啓敏的肚臍。啓敏覺得自己有生以來從未如此發癢過。於是他扭歪着臉，露出白白的牙齒。素麗看了，拍拍手笑出來。養母聞聲從房間奔出來，而且看見武章誤把啓敏的肚臍當做奶，連忙把武章抱起來，揩一揩他的嘴。

「素麗，這樣不是太髒了麼？」養母責備了照顧孩子的女孩。

「可是，武章很聰明，看阿敏的肚臍感到與趣的呀。」

「妳把他的肚臍掩蓋吧。」養母說。

素麗把啓敏快要掉下來的褲子拉上來，用繩子縛好。

啓敏感到撲鼻而來的女孩子的髮香與發癢似的餘韻。

有一個夏天，武章能拍拍手唱「螢來，螢來」的歌的時候，養母抱着淑銀，乘轎子回娘家去玩，住兩個晚上才回來。對小頭家娘忠心耿耿的阿春婆咬着阿錦耳朵低語：

「頭家娘，妳要好好處理才行！如果頭家知道是我說的，立刻叫我滾蛋，或打我一頓也說不定。」

「不要緊，有我呢！」

阿錦聽了廚婦的話，感到害怕起來，在心裏呻吟：這個色迷……。

「在大家不知道以前處理比較有利……」

「那當然，眞謝謝妳，有妳在我多有利呀！」

聽阿春婆的密告以後，阿錦要等到夜裏實在太難受了。而且，一再看着照顧孩子的素麗，開始後悔自己也太疏忽了。不知什麼時候起，素麗的胸部變成豐滿，腰部也圓熟起來，走路的步伐也像姑娘那樣富於媚力。晚上，阿錦使兩個孩子睡覺，自己洗澡以後，坐在餐桌，但看丈夫無恥的臉孔就要冒火，連飯都很難下嚥。

「怎麼了？」久旺用像賊似的眼神問妻子。

阿春婆擔心着，從遠處望着老闆夫妻的情況。

阿錦走進臥房去，不再出來。

久旺介意，想裝做不知道似的走進臥房去看妻到底怎樣，但因感到心虛而作罷。店門上閂的聲音傳到大廳來，店員們各自回到自己寢室去。英國製的舊時鐘懶洋洋地響着九點鐘。大概不至於露出馬脚吧——他輕視着，他故意大聲打哈息着，一邊說：「噯喲，今天多忙的呀」，一邊走進臥房去。他立刻換了衣服，想爬到牀上去。

「等一下，我有話跟你講，你坐在那裏……」妻的聲音雖然低，卻很堅定。

「咦！今天倒是不平靜的樣子呀。」

「別開玩笑，我不在家一兩天，你又立刻露出偷吃的劣根性的呀。」

「誰說的？」

久旺說了這些話以後，覺得糟了。這種事是如何被責備，也不該承認的。但他被妻來勢洶洶的樣子被壓倒着，竟說出笨拙的話來。

「什麼人都沒有說，那女孩的眼神那樣說着，你也不必那麼驚慌失措吧？我早就注意到，試試不在家一看，沒想到你下手倒這麼快的呀。野貓怎樣飼養還是野貓，你到底把四書五經唸到那裏去了？」

陳久旺被妻的氣勢所壓倒了，覺得無法隱瞞她。

「我坦白地向妳供認，請妳暫時不要生氣，坐在那裏聽我說好麼？這是我中了魔才這麼做的。既然米煮成飯，打算妳回來後跟妳商量，但被妳先問而問住了。」

「我不會受你騙的！」

「不，是眞的。我詳細向妳供認，請妳先冷靜一下好嗎？」

阿錦被丈夫的話氣得肚皮裏沸騰起來。丈夫久旺說起初並沒有那種意圖，但伸手摸一摸哄孩子睡的素麗圓而可愛的屁股，素麗雖回頭看了他一眼，只是難爲情地羞怯着，並沒有生氣。於是，他覺得她太可愛了，把她摟在懷中，揉着像橘子似的乳房，竟幹出那種事。因她哭着，不便立刻把她趕回隔壁房間去，陪她睡了一夜。第二天天亮時把她喊醒，叫她回隔壁房間去，他雖感到後悔，已經莫及了。

「你撒謊，那第二天晚上怎麼了？」

「嗯，覺得反正一次跟兩次都一樣，於是不由得又再幹一次。因沒有辦法，打算妳回來後向妳供認一切，由妳作主，要收留爲妾，或叫她回家，一切都聽妳……」

妻說「我恨你」便哭起來。她氣憤得哭泣了很久。

第二天早上，阿錦看阿春婆的工作告一段落，就叫她到素麗的家去一趟，叫素麗的父母到阿春婆的寢室來。因有店員在，又洩漏出去成街上的風評也不好，能愈快解決愈好，她想。這是我不在家才變成這樣的。於是阿錦把十二個一塊銀幣放在工人模樣的素麗父親的膝上，坦直地說：「這是我們不好，所以我想在人家不知道以前解決較好，給你們這麼多錢，對女兒的將來也有好處吧。」

有生以來，從未看見過這麼多錢的工人模樣的男人，只是看一起來的妻一眼，並沒有接受錢。妻立刻會意了，用眼神告訴丈夫：別急，別慌……。兩人只是目目相覷着，默默坐着。

「現在誰都不知道而給這麼多錢，從素麗而講，還是運氣好的呀。」阿春婆從傍插嘴說。

素麗的母親這時才開口說：「那不行，但既然變成這樣也沒有辦法，還是收爲妾較好……」

工人模樣的她丈夫聽了，臉上興高采烈起來，望了一望妻子，好像稱讚她：說得好極了！如果收留爲妾，會生孩子，那時不管這個小老闆高興不高興，總是變成我女婿的。但小老闆娘並不爲此改變初衷。

「她長得很可愛，而只有十五、六歲不是麼？如果要做妾，隨時都可以做的呀。」阿錦的說法好像是做妾太可惜了。

素麗的母親爲之語塞，卻糊里糊塗地說立刻問本人好了。這麼一來，做父親的插嘴說：

「傻瓜、孩子懂得什麼！」

「妳給我閉嘴！她雖是個孩子，已是一個十足的女人的呀。她願意住在這裏，或想回家去，還是要問她看看。」

阿春婆聽了，忙着到素麗的房間去，立刻牽着素麗的手走進來。素麗突然被安排站在雙親和女主人前面，她用雙手掩着面哭出來。母親問那些，她抖顫着肩頭，只是繼續哭罷了。這樣只是拖時間而於事無補，如果要秘密解決，還是趁這個機會才好，但不慷慨一點兒，還是無法解決的樣子——阿錦告訴自己，忽然走出房間去，立刻又回來。於是，阿錦把素麗衣服下襬拉上來，又把十二個銀幣放在那裏，拉她的手放在下面捧着錢。

「十二個銀元給父母，十二個銀元給素麗，事情就這樣解決吧！」阿錦高壓地說。

他是工作一整月,只賺四、五元的男人。阿錦看到做父親的爲此所動了。但素麗母親如詰問似的說.

「如果女兒懷孕的話，那要怎麼辦？」

「只有一兩夜而能懷孕的話，我認爲有緣而願收留爲妾……」阿錦乾脆這麼回答着。

素麗雙親的臉色緩和起來，母親站起來以後，推一推雙手抱着被拉起下擺的女兒的肩頭，說回家去吧。阿春婆說怎麼能以這種樣子走出外面去呢？所以，母親把放在女兒被拉起下襬的銀元拿起來，給她揩眼淚。

「素麗仔，這樣不是很好麼？」阿春婆安慰地說，把手放在素麗的肩上。她不知道自己是做好事呢，還是做壞事呢，自己一點兒也弄不清楚。

素麗不知道到底怎麼一回事，只知道大人們爲自己一身上的事情談判，而自己對那結果一點兒辦法也沒有，難過得說不出話來。能夠的話，自己想永遠留在這裏，否則回去後能懷孕就好……但她還是都不說什麼意見，被雙親帶着，從後院門口走出去。

阿錦鬆了一口氣，用紅紙包一塊銀元獎賞給阿春婆。阿春婆不好意思地接受紅包以後，就把紅包打開，將紅紙拿起來，打算將裏面的一塊銀元還給老闆娘。拿紅紙是爲了討個吉利的緣故。因效勞這種麻煩的男女關係，如果不拿紅的東西，風俗習慣上認爲會倒楣的。因此，阿春婆願意拿紅紙，但說從頭家娘拿錢太見外，把一塊銀元推來推去。

「好啦好啦，還是拿去吧。」老闆娘一再地說。

阿春婆才把那一塊銀元放在懷中。

陳久旺知道事情這麼解決，暗自叫苦連天起來：那有這種糊里糊塗的解決方法呢？給大錢而叫女孩回去，人財兩空，眞是太傻了。因此，他整天碰見妻子而不跟她談話，夜裏並枕同眠也默不做聲。但妻卻察覺丈夫的心事。

「事情並還沒有完全解決，我跟她們約定：如果懷孕的話，願收留爲妾哪。但回家後，如果跟別的男人胡搞的話，我可不答允的。因此，我向她們說：這三個月內把她當做家裏的人，嚴格監視她……」

「那……這麼一說……」

「那——什麼呢？」

丈夫想說，卻住了口。那是不是可以再會她呢？——阿錦胡亂猜疑丈夫會這麼說，並不勉強問他。但陳久旺氣得要命，恨妻太慷人之慨了。丈夫使用沉默權而睡去了。妻阿錦暗自得意着，鬱憤多多少少得到發洩。

第二天早上，天窗發白的時候，陳久旺覺得在妻身邊煩得很，立刻起牀跑出外面去。這時連店員都還沒有起牀，他把門閂的棒子拔起來，掛在牆上。老掌櫃與店員一人在簿上記載裝輕便車的貨物——山下的產品。

小孩賣油條的聲音傳到臥房來。阿錦起了牀，忙梳梳頭髮，洗臉以後，細心地化粧着：眼皮用紅淡淡地塗抹着，然後擦了口紅。當時擦口紅的方法跟現在的不同，只是在嘴唇中間擦一點紅罷了。化粧一完，她換穿淡紫色緞子的上下衣服，穿很少穿的桃色布鞋。衣服的布邊用深藍色配合着，格外顯出身體全體的曲線。阿錦盛裝以後，點了大廳神壇以及佛壇的蠟燭。今天是農曆八月一日，每月的初一與十五，阿錦一早就向神佛壇燒香，厨婦也知道它，每次都準備清茶供神佛，從未忘記過。但陳久旺把它忘了，看了很少盛裝的妻吃了一驚，暗自提高警覺想：這個傢伙還要耍什麼花樣呢？但他立刻意識今天是初一，卻被像明星那樣盛裝而出現在大廳的妻壓倒着，自己也站在她旁邊，也向神佛合掌着。稍開花的薔薇雖也可愛得很，盛開花的牡丹也更難丟掉。那是半老徐娘濃豔的美。陳久旺瞪目驚視妻的美，覺得妻容姿端麗，但在內心深處裏驚訝地一邊想：這個妖精今天要到那裏去，一邊問：

「妳要去那裏呢？」

「我那裏都不去呀！今天是初一吧？把所有的事情解決了，似乎有值得慶祝的日子一般的感覺。但願家裏從此平安……我向神禱告，也向神感謝……」

久旺聽了，用鼻子「嗯」的嘲笑着，走進厨房去。

家中像往常那樣活動着。通勤的下女也來了，店員們都起牀，拿掉店的窗板，準備好接顧客。吃了早飯，走出店面的時候，街路的行人因從山上來的農民而增加着，那是街上熱鬧的時間。當陽光伸到店前的時候，已經九點鐘吧。陳久旺看了主管巡查中山新二郎走進店裏來，他嚇了一跳，慌着走出大廳的賬房去迎接對方，感到忐忑不安。他忙向裏面喊：「拿烏龍茶來！」覺得把放在賬房茶壺裏的茶倒給對方不好。如果向派出所告他強姦女孩，賠了錢，那他可受不了，於是他在心裏着慌起來。中山巡查慢慢地在賬房的椅子坐下來，把帽子放在桌上。

「這個房間倒是很舒適的呀。」中山巡查稱讚房內光線十足與乾淨。

陳久旺用日語說：「那裏，那裏」，臉上浮着惶恐的樣子，兩手在互擦着。

阿錦因聽到丈夫說「拿烏龍茶來」，望了一望前面，發現中山巡查來。於是，她把茶放在盤子裏，親自端出去。因自己不會說日語，感到忐忑不安。又因丈夫與素麗的事，不吉祥的預感掠過她腦海中。

「謝謝。陳先生，你眞幸福，有這麼漂亮的太太……」

阿錦從中山巡查的眼神，知道他在稱讚自己，但因不能說日語，低着頭逃也似的走進裏面去。陳久旺聽了，只是和藹地笑了一笑，不知所措。這種局面日語要怎麼說，他實在不曉得。你娶這麼漂亮的妻子，還去勾引小妞——他覺得巡查似乎這麼說，早就汗流夾背了。

「這兩三天沒有下雨，天氣好熱的呀。」

「嗯，我們就來談正題吧，陳先生！」

陳久旺用以前在壯丁團訓練的軍隊式禮節答個「是！」，然後看了一看中山巡查的臉。

「你知道上個月西保的保正去世的吧？」

「是的。」

「我考慮的結果，想請你繼任保正，已經向有關單位推薦了。大家對你店有好評，你有人望，大概不會錯吧。何況你們夫妻要好，是個模範家庭，總是希望你好好幹，那就麻煩你了！」

於是，逢凶化吉，陳久旺高興得要跳起來。於是，他站起來，採取直立不動的姿勢，向中山巡查道謝，因事先沒有獲得通知，沒有準備用日語道謝，只是說請多多指教，又覺得不能十分滿意。

「那就這麼辦吧。」中山巡查說着，拿了帽子。

陳久旺再用日語道謝着，送中山巡查到外面。

在街上來往的行人們，看見中山巡查從金源成商店走出來，紛紛回回頭看一看。

老掌櫃看見陳久旺的臉上掩不住喜悅，問了原因。

「中山巡查要我做西保的保正，我客氣地說自己還年輕，恐怕無法勝任……他卻不採納呢！」陳久旺用台語流暢地說，但他用日語卻無法把心裏所想的表達出來。

陳久旺一跑進裏面，便抓住妻的手說他要做保正了。

「好極了！」妻微笑着，看來快活得很。

「這都是妳的功勞……」

陳久旺想起妻昨日解決小妞的事，對妻先見之明佩服得五體投地了。如果自己不被茶館的藝妓所迷，氣死父親的話，五年前他一定當壯丁團長無疑。如果他勾引照顧孩子女孩的事沒有及早解決，成爲街上的談話資料，街上的人不知如何地談論他，差一點他就要丟掉西保保正有名譽的職位呢！這只是一點點的差，眞是危險得很！他把妻拖進臥房去，緊緊摟抱着她，在她頰邊接吻着。

「妳還是我的福星……」

「你是了不起的呀。只是太多情這一點不行！從此以後，四書五經不僅是爲了鍛鍊講話的技術，也把它當做修心養性的書而陶冶精神……」

「是的，是的，太太，我會照妳吩咐那麼做的。從此以後，多情會只停留在對事情的了解罷了。」陳久旺詼諧地說着，吻了妻的嘴唇以後，意識或許會有人向他道賀，所以他忙着走出外面去。

有很多山上來的農民們在店上買東西。

陳久旺快活得很，和藹可親地向大家微笑着，討好山上的農民們說：

「從此以後，行情會看好的！」

「行情會怎樣看好呢，頭家？」

「現在正在修理大林街與梅仔坑庄的州路吧？只要交通好，山上的產品會暢銷，行情當然會轉好的。」

「怎樣交通會轉好呢？」

「沒有多久，聽說嘉義市會成立卡車公司……」

「到底有多少好處呢？爲了築州路被徵去做公工，負担會重起來的。」

「你不能那麼想，爲了要使自己的庄內繁榮，互相要出力才行不是麼？爲了公家的事，怕少賺工錢，那到什麼時候自己的庄內都不會繁榮的。」陳久旺望着老掌櫃的臉說。

還沒有做保正，已經變成保正口氣了——老掌櫃的臉上感到羞愧的樣子。跟你談的是農人，他們天天工作着生活還是很艱難——老掌櫃很想這麼說，卻只在嘴裏嚼着，使人聽不清楚。

陳久旺沒有發覺老掌櫃的眞意所在，只是在心裏精神抖擻着：我將好好地幹……。

第三章之一

養父做西保的保正，對養子陳啓敏而講，是意外的幸運。保正站在庄民的指導地位，因此不斷地要把顧體面的事情放在心上才行，所以他對啓敏的待遇不能太刻薄。爲維持保正的名譽，需多花錢。他痛切地感到錢的威力，所以他一心一意地想賺錢，以爲好好地跟官廳連絡，跟官吏密接來往是通達利益的路。但台灣民間有兩則寓言，一則寓言是：跟官交往，有一天會窮；跟鬼交往，會被勒死；跟流氓來往，會賠米飯而吃虧罷了。另一則寓言是：有一天，閻羅王把陰間的模範鬼喊出來。你是以模範鬼，陰間的規矩要你投胎爲人，在娑婆過快活的日子——閻羅王這樣宣告着。但陰間的模範鬼很淸楚娑婆是怎麼一個地方，所以聽了閻羅王的宣告，只是望着閻羅王的臉，並沒有答應「是」字。

閻羅王冒火起來，怒吼：

「怎麼樣，你爲什麼默不做聲呢？有什麼不滿意麼？」

模範鬼躊躇着，還是不開口。

末了，閻羅王沒有辦法，溫和地問：

「怎麼樣？有什麼不滿意的話，你說說看！」

「不，我習慣鬼的工作，不想到娑婆去……」

「那不行，這是陰間的規矩呀。」

模範鬼看見閻羅王臉上的表情緩和起來，牠厚着臉皮說：「閻羅王伯仔，您如果一定要我到娑婆去的話，是不是可以答允我的條件呢？如果照這個條件的話，我願意到娑婆去！」

「你說說看！」閻羅王瞪視着模範鬼，尖起耳朵聽。

於是，模範鬼所說的是：要給他生三個有智慧的孩子，也給他娶三個絕世的美人做妻子……。閻羅王忍住氣聽完了話，便暴跳如雷，敲着桌子怒吼：「傻瓜！有那麼好條件的話，我自已會先去的！」

這種寓言不僅是民間的笑話，陳久旺也痛切地感覺到的。雖然角度不同，兩則都是守身的寓言。陳久旺痛切地感覺到：爲維持金錢與名譽，需以權利做後盾才行。如果了解這些，生活沿着這條線走就行。有錢而孩子多，在殖民地想讓兒子們做大官是沒有希望的，但培植爲律師、醫師、實業家就好了。如果是女兒的話，還是選律師爲女婿的話，人生比較平安無事，爲了點小事情，不會被警察或憲兵欺侮的。然後，有錢也使鬼推磨的。

大正八年（公元一九一九年），陳久旺的親生子陳武章已經九歲，長女淑銀八歲，陳啓敏已有十五歲了。因久旺是保正的緣故，養子的啓敏也跟親生子女一般，不讓他進去梅仔坑庄公學校讀書不行。當時台灣人子弟所唸書的國民學校叫公學校，一個街庄大約只有一校罷了。許多學生從各村莊到街庄役場的所在地來上學，從遠處來的要徒步花兩小時以上的也有。因此，雖說是國民學校，入學年齡超過二十歲的學生也有，結過婚的學生也有。公學校畢業後升學爲目的的不多，大多數是以認識字和學日語爲目的。想升學的住在街上或近郊的爲多，如果住在深山的話，只好寄宿在街上親戚的家，或四、五個人合租個房間輪流燒飯才行。因此，在這個偏僻的梅仔坑庄公學校，學生超過入學適齡期的很多。女學生雖然也不少，但沒有得到父母許可，肚皮大的女孩子陸續出現，致使嘴巴壞的庄民在背後指指點點地說：她們到公學校去交配……而有一段時期沒有女生進去讀書哩。

陳久旺雖然努力生產，但生了淑銀以後卻不再懷孕了。妻的身上長了脂肪，夫妻都發胖了。妻像盛開的牡丹一般，富脂肪質，最近不能說苗條，但一看會把人壓倒似的，變成個子高大的太太。久旺做了保正以後，常常到嘉義市去，被前輩保正們逗着，眠花宿柳過。結果，他領悟自已對妻以外的女人失掉興趣。因此，夫妻間的感情雖然更好，但還是只生一男一女罷了。所以，他想還是把親生子兩個好好地教育才行。本來他打算把啓敏當做親生子的保鏢上學去，但他不但無法盡到保鏢的責任，他像傻瓜一般，每次被老師問話，都被罰站着，武章討厭跟義兄啓敏到學校去。使他中途退學，在保正的體面下不好。但武章從一年級的第二學期起當級長，父親陳久旺內心感到很得意，武章雖是獨生子，卻是一枝獨秀，久旺想。養子陳啓敏是頭腦反應遲鈍的孩子，不會嫉妬弟弟。在學校他常常被弟弟輕視，厭煩之餘，升公學校二年級沒有多久，啓敏自己就不想上學校去。這種愚蠢的孩子，將來他以保正的體面上多多少少非分些財產給他不可——養父母一想到這些，就視他爲眼中釘哩。自他從學校中退以後，不僅是養父母，連店員們也對他更冷淡，家裏的人也不客氣地使喚着他。

有一個迎神賽會的日子，從鄉下來的女客看見廚婦阿春婆寢室的牀下並排着拖鞋，誤爲阿春婆跟丈夫睡在一起，使阿春婆臉紅着。這十幾年來，她是個寡婦。

「妳先生也住在這裏麼？」

「不，是頭家養子的小傢伙睡在我房間的呀。」

小傢伙穿着大人用的草拖鞋，所以被人看錯了。

「自五歲起就推給我照料，現在上學校去的呀。」

「是的麼？」山上的女客用鄉下人特有的好奇心與愛管閒事的口調問着。

阿春婆覺得又可恨又生氣，總之鄉下人的嘴太討厭了。

事實上，阿春婆最近感到啓敏男人的體臭，因此似乎突然被刺探內心深處似的，感到憤恨起來。阿春婆立刻向太太訴苦被鄉下女客諷刺的事。於是，啓敏的牀立刻被移到店員的寢室去。阿錦早就有這個意思，因阿春婆默不做聲，她不好意思開口哩。

「是麼？那從今天起，把阿敏所用的東西全部搬到店員的寢室去。」

「謝謝！」

阿春婆從此被解除照料養子的工作，但那天晚上看見床邊空空的，悔恨自己做多餘的事而吃虧似的，幾乎掉下眼淚來。阿春婆照料啓敏幾年間，只有她覺得他並不傻，比方她燙傷了，並沒有託他，他卻自動拿藥來。她覺得他是有志氣的孩子。她看見他上公學校讀書，她暗自禱告他能讀好書。結果他使她失望而中途退學，於是她覺得這個孩子還是生來不幸運，她對他感到幻滅了。

啓敏被搬移店員寢室去住，表示他在這個家的地位的下降。自公學校中途退學後，啓敏從帽子拿掉有櫻蕊浮彫着公學帽章以後，變成普通的帽子，沒有比沒有帽章的帽子，使人看來愚蠢的。那時公學校的學生並沒有制服，縱令赤着脚，只要戴着帽子，多多少少還保持着學生的威儀，但取掉那帽章，就變成飼牛的或撿柴的爲遮太陽或避蚊子的帽子罷了。啓敏最初戴這個帽子的時候，內心感到得意得很，結果他發現不適合自己。當進學校時，數百個孩子們差不多同一種打扮，看來很壯觀。只有跟自己同年齡的王仁德一個人還留着辮髮，從帽子後面像尾巴那樣垂在背上，但不到一個月，老師叫他說：「剪掉！」，所以全校留辮髮的學生連一個也沒有了。那王仁德是活潑的孩子，很會倒立着。當他倒立着走的時候，掉下帽子來，辮髮在地上拖着，頭髮都沾着泥沙，但他並不介意。那王仁德會不會當級長呢?啓敏那麼想，但他太貪玩了，成績不怎麼好。他是豆腐店的獨生子，雖不是有錢人的兒子，嘴不斷地動着，給啓敏留下深刻的印象。

離開學校以後，啓敏變成沒有工錢的使用人一般。暑假完了，返校日的九月一到，他對上學感到畏縮着，一個人留在家裏也覺得難過得很，於是他透過阿春婆，請養父母准他撿柴去。結果在不帶便當的條件下准他去，怕他帶便當後在山上貪玩哩。

早上，從前面的街路到山野去，在途中怕會碰見上學中的同學，所以弟弟和妹妹從前面出去，啓敏卻從院子的後門走出去。阿春婆看了，嘆息着想：這好像是人生的分叉路一般。

留在葉子下面的柿子發紅起來。啓敏用痲繩把柴捆着，挑在肩上，縛在啓敏腰邊的刀囊，走路時跟柴碰着「卡得卡得」作響。他趕路往山上去的腦海中，懷念地還追憶着在學校院子玩的事。

第三章之二

台灣總督府後藤新平民政長官的台灣習慣調查，雖爲做釐定日本殖民台灣政策的參考資料，但連俚諺都詳細被調查着，是部好的文獻。因此，日本對台灣的殖民地政策，的確地針對台灣的特點而訂的。他們自台灣總督府的官員起，至小學教員的準訓導爲止，全部都被規定穿文官服。像日本海軍軍官那樣，在腰邊佩着短劍，訓導先生上學校去。到了慶典日，換爲長劍，肩上掛着飯匙型以金銀線搓成的裝飾繩的肩章，帽上有一條金線亮着，在街上挺着胸上學校的樣子，彷彿達到男子漢平生的願望一般，正中日本人的下懷。所以，要嫁就嫁給金線或醫生的話流行起來。

不過，每天響着短劍的聲音上學校，大概也麻煩吧，自大正初期左右起就不佩刀了，只有在慶典日穿着禮服佩長劍；到了第二次世界大戰，金銀線搓成的裝飾繩的材料缺乏，再也不能看到打扮得那麼漂亮而有威嚴的教員的風彩。西保的保正並沒有漏看那條金線，自己無法弄到的，想使兒子達成，這就是做父母的願望，比做一個不足道的鄉下商人，還是那樣活得有意義。因此，多多賺錢，多弄些不動產，快樂地過着有意義的人生。但到了大正八年，第一次世界大戰終了以後，民主主義思想在日本盛行，波及殖民地台灣來。大正十年左右，民族運動的文化團體在台灣的北部成立，但言論機關不普及的關係，這個偏僻的山脚街只聽到風聞罷了。

幸而，陳武章在學校的成績都是第一名，所以陳久旺對兒子抱着很大希望。使兒子向文官方面發展，但女兒如果沒有女學校（高女中）畢業，無法嫁給理想的丈夫，這使久旺稍感到這是奇怪的時代。萬一無法唸女學校，以一棟房子做嫁粧，也可以找到接近理想的女婿吧。兒子如果對生意沒有興趣，就把店交給女兒吧。當然跟老掌櫃共同經營的話，女兒夫妻就不至於吃苦那麼多。以後他就是安樂度着晚年，跟妻兩人旅行着，走遍了日本以及大陸，不勞而活着。因他是保正的關係，給養子啓敏一甲多的竹林，以及將菜園漸漸弄成水田的約一甲地給他的話，街上沒有說閒話的餘地吧。陳久旺追着這些理想的幻影，只有這些變成他煩惱的種子。

陳啓敏從國小中退是大正十年，他已經十六歲了。他的念頭裏根本沒有希望，只是每天如何逃過皮鞭罷了。自從他便嬰兒的弟弟哭得很厲害的六歲起，他看見走過家裏前面的送葬行列，鄰居一帶的孩子們害怕得連忙逃開，他卻羨慕得很，看棺材也不怕，覺得好好地死去被人哭也是愉快的一件事。像他死了，恐怕誰都不會替自己哭無疑。本來他對阿春婆特別留念，但自從她從他的衣袋拿走芒果的日子起，他覺得她對他的情份也可疑了。那一天，他在後院檢到恰好掉下來的芒果。剝了皮，一次吃掉覺得太可惜，爲了慢慢地享受，在芒果屁股那裏咬開一點，像吸奶一般吸裏面的汁，喉嚨如會響似的覺得好吃得很。正在這個時候，被吩咐做事情，於是慌着將芒果放進衣袋裏去。當他做完事情時，芒果的黃色汁卻滲出衣袋外面來。阿春婆目力敏銳地一發覺它，便怒吼起來。

「咦！這個孩子，螞蟻會圍攏來，污垢無法洗掉……」她突然把手插進阿敏的衣袋，拿起芒果便往院子丢掉。

阿敏的眼精雖追踪芒果，但他打算事情完了又拾起來吃，但雞群誤以爲餌而圍着芒果，開始啄起來，連雞都可恨呢。他在生家——農家的時候，只要到靠近墳墓的地方，他要摘多少芒果和蕃石榴吃，就自由地可摘多少吃。當然芒果的事情並不成問題，只是他正在吃的東西被拿掉，且被丟掉——這些事情纏繞着他腦海中不放，使阿敏痛恨而更感到孤獨起來。但自公學校中退，去撿柴以後，他能在山上自由奔跑，他想這也是生活的一種飛躍。他雖不怕死，卻不想死；生活越苦，他越不想死。台灣有個俗語說：「死皇帝不如活乞食」，意思是說：死的皇帝，不如活的乞丐，人一死什麼都完了。另有一個比喻是：早上起來，孫乞丐在鬧人；爺爺乞丐說：「孫兒，我們的生活會從此轉好是有的，變成不好是不可能的。好孩子，我們就去吧！」這是常會聽到的。只要好好地等，會等到海上好天氣的。啓敏並不以那好天氣爲目標，只是每天被追趕似的反覆過着日夜，連想的餘裕也沒有。世上所說：什麼好，什麼壞；那由人的立場而解釋不同罷了，能成爲自己的利益的事，那一定是好的。這麼一來，根本沒有好也沒有壞，越說越煩罷了。因此，爲了避免那種煩，儘量少跟人交談，跟別人衝突哩。在外人看來，啓敏是保正的兒子。但爲了將來多多少少會獲得好處，每天在精神上繼續受折磨，不如暢快地工作，人生還有比這更有意義的麼？但一旦被那鎖鏈繫住，不是那麼簡單可以切斷的。當然這不是他本人有那具體的意識，而可以向人說明的。只是在街上特別顯目而徹底的孤獨者——像傻瓜那樣的生活態度，這就是它。後來阿敏惹了事，街上的人批評他：不吠的狗也會咬人！

戴着有帽遮而沒有帽章的帽子，去檢柴的只有陳啓敏罷了。從夏天到了冬天，啓敏習慣檢柴的工作，要檢背回去的一捆柴，是不花兩小時的。無論是官有林或私有林。要拿枯樹或枯枝，都是自由可以拿的。因此，靠近街上的山林的柴都被取盡了，要檢柴去的路越來越遠了，來往要走接近十公里路才行。趕路的話，來得及吃家裏的中飯的。但中餐後，不去挑飲用水不行。這種工作比檢柴單調而吃力，他上學校的時候由年輕的店員挑水，但他從學校中退後，又輪到啓敏幹挑水工作。這山脚街的梅仔坑庄的燃料全部使用柴。山上的農民專門檢柴爲生的相當多，致使取柴的林場遠了。爲了要檢一捆柴也需半天，連阿春婆也囉嗦起來。

「你不趕快回來，又挨打我就不管了！你中飯也沒有吃，在山上幹一些什麼呢？」

啓敏默不做聲。他在山上喝泉水，找不合季節的果實。在山上跟要好的小鬼們玩得眞有趣呀。對山上的工作，啓敏最近像野豬那樣敏捷。要加入這些小鬼伙伴，參加的人要翻觔斗給啓敏看才行。啓敏看了這個入會規矩的翻觔斗以後，啓敏才會幫忙檢柴。小鬼們檢柴好了，就在山上的空地玩。大家玩的時候，啓敏只看着並沒有加入，因他跳着繞的動作太笨，嘴也不暢快，不像大家那樣活潑地玩，但啓敏默默看着，他像孩子王似的，採取不偏不倚的態度。他時時露出白牙齒，拍拍手喝采。他懷念着自己第一次跟弟弟穿同樣的衣服，戴同樣的帽子，穿同樣的長統皮鞋入學那時的事。有時他要孩子們玩學校遊戲給他看，五、六個小鬼一會兒變成一列橫隊，一會兒變成縱隊，喊番號玩。那喊號令的級長是啓敏所指派的。但儘管如此玩，大家打開便當要吃的時候，啓敏極自然地走進草叢間的小路去。大家要分便當給他吃，他絕對不接受。

啓敏常被阿春婆注意這椿事，所以竟拜託阿春婆轉告養父：他一日要檢兩人份的柴回來。

「那你中飯怎麼辦呢？」

「不要。」

阿春婆聽了，皺皺眉頭。減掉中飯，無法幹那種艱苦的工作。啓敏這五個月來，差不多天天上山的結果，知道山上那些東西値錢，比方金錢草是貴重的藥草，像雪下面那樣的草，但金錢草的葉硬而光滑草的模樣像錢的樣子。他一發現它，把它摘以後弔掛在柴捆的前面，故意在街路上慢慢地走，立刻便被發現着，討價還價，也會立刻賣掉五十錢或一元。聽說它就是血液循環的特效藥。此外，還有種種賺錢的東西，如弄了陷阱抓竹雞，立刻一匹可以賣掉十錢。如果煮湯的話，一隻恰好可以弄成一碗湯，他把悄悄地賺的錢藏在懷中，趁人看不見時買粗點心，代替便當而拿到山上去。但阿春婆以及養父母以爲：啓敏在山上吃小鬼們分給他的便當。正在這個時候，陳家收回離家五公里遠的水田，打算自耕。在這以前，那水田借給山上農民，他們一家人們住在田間小屋——田寮。因他們擅自摘水田以外桂竹竹叢的竹筍出售，地主陳久旺對他們有怨言，要他們也繳那竹叢的租費。山上的農民表示：耕一甲地左右的山邊水田是無法生活的，央求能以竹叢的收入補貼水田的不足，但地主絕對不肯。於是山上的農民一家人就從那田寮撤走。於是：那水田在種稻或割稻時僱農民來工作。水稻一年有兩次收成，農閒期並沒有另種別的蔬菜。第二期水稻收成後，山上的人如果想種蘿蔔或芥菜，地主就不要代價提供水田讓他們去種。啓敏就是幫忙種田。他忙着田野工作或協助家事，連弟弟成爲國民學校幾年級的學生都不曉得。他的學生帽已經破破爛爛的，他爲防止蚊子襲擊他光光的和尚頭，不知什麼時候起，把大人舊的呢帽戴到眼部，腰邊圍着帶子，赤脚到山野工作去。水田的工作戴笠仔較好，但山上的工作戴笠仔麻煩得很，還是像袋子那樣的帽子方便得多。在山上廣場打瞌睡時，把呢帽的帽簷拉下來，強烈的光線就不會射進眼裏來。盛夏時不戴帽子，陽光像鋸子的牙齒那樣厲害，晒得頭昏腦脹起來。第一期稻作的稻穗正在長成的時候，弟弟考取台南師範學校的新聞刊在地方報紙，梅仔坑庄的士紳集在學校的教室，舉行盛大的慶祝會——啓敏從店員聽了這個消息，那是昭和二年（一九二七年）四月的事。

啓敏已經過二十歲了。這一年梅仔坑庄開始有了電燈，夜裏街上也活躍起來。好像從黑暗中，有街上並排的房子浮現着，靜悄悄的街路看來很熱鬧，從市場傍邊的飲食店可聽見敲碗的聲音。廟前的廣場點着街燈，從令沒有祭典，也有到這裏來乘涼的庄民。夜裏很少到街上的啓敏也出去看一看有電燈的夜裏街上的情形。飛蛾執拗地戲着街燈，大概會死吧——啓敏有趣地望着。分散着散步的人們，像靜靜的影子動着。沒有驟雨的晚上，連風都悶熱得很，空手走着，汗都冒上來。反而將竹椅搬在隧道似的停仔脚，坐在那裏較涼快哩。廟前小路的草叢裏，螢像火星那樣飛來飛去，也因有了電氣的出現，像塵埃那樣流着。螢不是在黑暗中，還是沒有趣味的。這就是啓敏初看有電氣的梅仔坑庄夜裏街上的印象。

是放暑假吧，啓敏從田間工作回來的時候，看見到台南師範學校去唸書的陳武章，跟到台南長老教女學校去唸書的妹妹淑銀一起回來。武章雪白的制服有金鈕釦，帽子套着白色帽子套，穿着黑鞋，看來帥得很。淑銀穿着裙子，楚楚動人。啓敏突然不知怎麼跟他們打招呼才好。

「陳啓敏！我回來的呀！」弟弟以以往級長的口吻說。

啓敏露出白牙齒，行個禮。弟弟流暢地操着日語，但啓敏如鴨仔聽雷一般，不知說什麼。啓敏沒有辦法，離開大家，到後院子收拾劈柴工作去。弟弟剛才大概是問：他們不在期間，他好好地幹活吧。

把樓梯園開墾成水田，收割水稻後，啓敏要住在田寮才行。日間他要晒稻穀，傍晚起又把稻穀耙在一處，蓋上稻草。第二天早上，又在院子把稻穀耙開着晒太陽。如果感到驟雨又來襲的樣子，一個人忙做一團，把稻穀耙在一處蓋稻草。要把稻穀晒乾以前，啓敏須獨自在田寮過活——自己燒飯，在谷間小溪洗澡，在油燈下吃自己所燒的飯菜，這又是快樂的事。這時，身邊無人，他都不必感到拘束，在院子一邊望着螢飛來飛去，一邊快樂地吃晚餐，這是多麼寫意的生活啊！在漆黑的森林中，貓頭鷹出了陰鬱的聲音，羨慕地鳴叫着。晚餐後，收拾餐具，暫時在屋簷前端放着椅子，一邊用扇子趕着蚊子，一邊望着在黑暗中清清楚楚繫着曲線的山上的星空。數不盡的星閃爍着，似乎看見神的財產一般的感覺。只要拿到一顆星，轉世生爲人就會變成富翁的，像他這種人，大概都沒有拿到什麼東西，一脚被踢開着，投胎生爲人無疑。看着星空，自信明天天氣也會好，於是他把竹椅子拿進去，下了田寮的門閂，吹熄了油燈，鑽進蚊帳裏去。蚊子在蚊帳外，像雷那樣響着。你們怎麼吼都沒有用，他嘲笑着蚊子，感到舒坦起來，在不知不覺中睡去。

晒稻穀最怕的是下雨，如果被雨淋濕的話，不但晒乾的時間會拖長，如果陰曇的日子一繼續，在稻穀推裏籠罩着熱氣，怕稻穀會冒出芽來。因此，看見驟雨要早來的天氣模樣，雖是下午一、二點鐘，還是急着把稻穀耙在一處，把稻草蓋好。那時他不怕閒着無聊，可以走下前面小溪去釣魚。釣上的魚，他不僅可以欣賞牠們在桶裏游來游去，還可以添晚餐的菜，可說一石二鳥。除了家裏給他的自炊材料外，啓敏覺得自己拿出錢來買太儍，所以他捨不得自掏腰包買它的。不錯，這雖只有他一個人吃，他要做的是家裏的工作，當然要家裏拿出來的。如果自己要去玩，花自己的錢也不可惜。店員們愛逗弄有那種哲學的啓敏，也有出手摸摸他結在肚臍邊帶子結的惡作劇的店員。不知什麼緣故，他討厭被店員們察覺這個秘密。從這個時候起，啓敏只要積一整數的錢，就把它放在牛奶空罐子裏面，又把那罐子放進陶器的壺子裏，然後把它埋在田寮後山的雜木林裏面。所埋的地方上面拉着大便，所以地面上的獨角仙與蒼蠅會替他守護地下的東西。這種行爲從啓敏而講是一種快樂的秘密，又是精神反抗的一種出路。

稻穀晒乾了，把它裝在麻袋裏，一袋袋堆放在房間裏，報告養父後僱牛車，搬運到從州路與保甲路彎過去的廣場上。第一期稻作收成後，第二期稻作的插秧沒有多久便會開始，因此農閒期的時間很短。所以，啓敏不知道弟弟們如何度過暑假期間。不過，第一期稻作收割時，武章跟妹妹曾到過田寮來。跟割稻時的農民們一起吃飯，眞是快樂得很。白白的飯，還有豐富的菜，都要啓敏從街上的家挑來才行。當時的習慣是：只有割稻時吃白飯，平常是混合蕃薯等東西煮着。在山上田寮吃豐富的中飯，這是比遠足還快活得很。他就是那時跟弟妹們一起吃過飯哩。

第三章之三

西保保正陳久旺的妻認識字，他們的兒子讀師範學校，女兒讀女學校，所以他們的家庭被稱爲比較開明；但東保的保正跟他們相反，固定做山上產品與日常雜貨的生意，保守地過日子。東保保正有兒子二人，長子頭腦好，人緣也好，但要把他弄成讀書人，不是保正所喜歡的。次男是生來具有商人氣質，但整天坐在賬房與熱中生意的緣故吧，身體軟弱得很。女兒兩人都是美人，要讓她們上公學校唸書不放心，所以連國民教育也不讓她們去接受，專門要她們幫助料理家事。

「要使人安靜過日子，這是最幸福的，爲了不必要的慾望痛苦煩惱，不知使他領悟：大富由天、小富由勤儉，這才要緊……」東保的保正像口頭禪那樣說。

但東保保正的太太雖不識字，卻以冒失、有幽默而聞名。儘管那是保守的時代，女人到了五十歲，一直躲在家裏後面，會覺得太無聊了。於是，她到前面店上來幫忙。反正家事有媳婦和女兒們在料理，阿婆在店前指揮，似乎也最適合她。處事老練，跟人沒有隔閡的阿婆，人家對她頗懷好感。於是，東保的保正夫人愛把一知半解學來的日語活用着。舉一個例子說，有這種事，午前有派出所主管巡查中山的太太來買東西，她看見了，滿臉笑容地拿起一個鴨蛋說：

「太太，這是オバケ！」

「咦，妖精？」中山太太圓瞪着眼珠，凝視着保正太太拿起來的鴨蛋。接着，她看見對方把那鴨蛋放進自己紙袋裏，於是中山太太會意了。「啊，另送的東西……。保正太太，那不是說オバケ，而說オマケ的呀。」

「オマケ、オバケ」兩人快活地說着，笑出聲來。

反正差不多——保正太太想着，不大受拘束。她看見有好感的中山太太要離去，不知想到什

麼，說「稍等一下！」然後拉對方的袖子又說：給妳マンコ。

中山太太聽了，不由得臉紅起來。

保正太太從裏面拿着放在紙袋滿滿的芒果來。

「啊，那是マンゴー的呀。」中山太太教她。

保正太太還要重復着說剛才所說的話，中山太太慌着拉她的衣角到賬房的一角落去，在她耳邊用台灣話說：

「妳說那句話不行的呀。」

保正太太用右手敲敲胸部，又用日本話說「山上有」，意思是說：是在自己山上長大的芒果。

「不，妳剛才所說的話是——」中山太太急死了，沒有辦法，一邊咬着保正太太的耳朵，一邊拉着保正太太的手摸摸自己大腿那裏的恥部。

這次保正太太才發覺自己所說的話向意外的地方發展，她感到臉紅起來。因此，保正太太想中山太太實在太使她喜歡了。中山太太如果捅她的，她會立刻知道的；但對方卻沒有這麼做，使他摸自己的，中山太太的謙虛使她感動了，她不知覺得難為情或高興，無法分清楚，於是加深了兩人的友情了。

台灣到處都因語言上的隔閡，成為日本人跟台灣人間的裂縫很多，台灣人不大容易學好日語的另一方面，要表現細膩感情的台語，也漸漸地會失掉吧。老是使用着橘子皮式的日語，台語的語彙正在消失哩。所謂「橘子皮式日語」就是：台灣中部的有位富翁從日本旅行回來，誇口說他靠自己的語言，一點兒都不感到不自由，快樂地在日本旅行……。替他洗塵的朋友們感到奇怪。而且，他差點就能娶日本人的女侍爲姨太太，因他已有妻妾六人，不好意思向她開口說做他第七個妻子哩。

「這又爲什麼呢？」朋友疑惑地問。

不，那女侍實在太溫柔了，我託她剝橘子的皮給我吃，她說「是」，便剝了橘子皮，一瓣一瓣地給我吃。我一邊吃橘子、一邊望着坐在身邊女侍圓熟的腰，迷惑是不是向她說還是不說呢？

「剝橘子皮給我吃，日語怎麼說呢？」

「那太簡單不是麼？說：橘子、皮，サヨナラ（再見），她就坐下來，剝了橘子的皮給我吃……」

替他洗塵的朋友們都笑出聲來。

「有道理，那日本人的女侍的確很聰明，橘子與皮說再見的話，那當然是表示剝橘子皮無疑……」

於是，把無視文法的日語，稱爲橘子皮式的日語。

東保的保正看見妻操着不通的日語，跟中山太太捧腹大笑，實在吃了一驚。覺得女人還是有語言的天才。等中山太太走後，問太太說，妳們到底講什麼事情，講得那麼高興呢？老妻紅着臉，向丈夫低聲耳語，東保的保正臉色蒼白起來，不高興地提醒妻：

「糊里糊塗的，不會卻要用日語才不行！雖然是老太婆，日本人老實得很，如果夜裏要來拿的話，妳到底要怎麼辦呢？開玩笑應該有個分寸，否則妳會倒霉的！」

「不，我已經感到吃不消了！這麼一點點的差，就會鬧出天大的笑話，我感到害怕起來。」

但西保的保正夫人因會讀漢文，做事比較愼重，不亂用自己所不懂的話。也許這個緣故吧，有人認爲她不容易接近。但西保保正被訓導兒子改爲日本式名字，在愼重與滑稽裏面到底隱藏着什麼，這是什麼人都無法想像得到——大家這樣批評着。東保保正始終保留着台灣人的名字，但保正太太與中山巡查太太要好得很。過了一些日子，西保保正的兒子在師範學校畢業，回來當梅仔坑庄母校當訓導，所以梅仔坑庄開盛大的慶祝會歡迎他。正在這個時候，中山巡查調升到嘉義市任新職，又舉行盛大的歡送會歡送他。本來歡送會是男人參加，而沒有女人參加爲慣例，但東保保正太太想不能只目送中山巡查太太，於是她決定在自己家裏設一桌酒席，招待中山巡查太太話別。於是，中山和子帶着新主管巡查吉田的太太來，介紹給東保保正太太。吉田巡查太太比中山和子講台灣話講得好，所以這一夜只有女人的一桌，不像男人十幾桌那樣公式化，而充滿着人情味的歡送迎會哩。東保的保正太太不斷地揩眼淚，勸中山和子喝酒、吃菜。陪客人吃的只有兩個女兒和兩個媳婦，是在家庭氣氛中進行的。吉田巡查夫人對這位年齡五十歲上下的台灣婆子與大約四十歲的中山和子的友情，她感到會心的微笑。中山和子衷心對梅仔坑庄依依不捨，而要離開這位坦誠相處的婆子，心裏感到難過的樣子，保正太太到現在爲止，還對中山和子的手指有像絹綿那樣的感觸，覺得那是超越異民族而存在的友情。

不久，庄民聽到中國與日本在大陸上打仗的消息。陳啓敏已經三十歲了，弟弟結婚，妹妹也出嫁了。在街上，流行歌不知不覺地變成軍歌了。那是昭和十二年（一九三七年）夏天的時候。梅仔坑庄山上村莊的年輕人曾得志被徵去當軍伕，那天早上公學校學生、與役場有關係的團體、庄民等被動員着，像歡送軍人那樣送曾得志。這是梅仔坑庄有史以來，要歡送英雄似的大場面。軍伕曾得志穿跟日本兵一樣的服裝，從肩上斜掛着紅布條。但軍伕所穿的不是皮鞋，而是布鞋。日本兵跟軍伕的差別，就是皮鞋與布鞋的麼？不，軍伕到戰場去，也是不佩劍的——有人在背後這麼說。想起沒有武裝而被子彈打死，庄民覺得太傻，以暗然神傷的表情送着軍伕。但敵兵是同樣的漢民族，他們看見沒有武裝的軍伕的屍體，說不定能原諒這些軍伕參加日本陣營的——背後有人在私語着。軍伕黃色像瘧疾剛好的臉孔，立刻使人認清楚他就是台灣人，但曾得志把嘴閉得緊緊的顰蹙着臉孔，裝做武士的樣子。他大概從電影上看到日本武士的表情，加以在壯丁團訓練時所學的，好好地表現出來的吧？

爲了歡送這些軍伕，連託日本作曲家作「軍伕之歌」的時間都沒有。當時基隆警察署的三宅署長積極地將台灣民謠等改換爲日語歌詞，使用在皇民化運動上。他們模仿台籍作曲家鄧雨賢所作的"雨夜花"的調子，作成「軍伕之歌」使大家唱。因此，軍伕之歌是帶着寂寞而哀怨的調子。撿柴的小鬼們在山上空地唱它給啓敏聽。往常陳啓敏對小鬼們所唱的寂寞的歌，多多少少會解憂愁，但這時候的他卻有生以來第一次變成虛無的心境。從豆腐店的養女，也是媳婦的王秀英七歲的女兒阿蘭不到這裏來以後，一切都覺得空虛而一點兒辦法也沒有。那阿蘭不知不覺地來，也不知不覺地不來了。阿蘭像迷路般加入撿柴的伙伴，她無胆怯地倒立、翻觔斗給啓敏看。啓敏覺得不敢當，而從未感到如此高興過。阿蘭在頭頂上束着一綹長髮，穿着藍色粗布的台灣服，腰間繫着繩子，光着脚沒有穿鞋子。倒立的時候，她把那一綹長髮銜在嘴裏，眞像可感的女俠客一般。睜得大大的眼睛與圓圓的臉，不斷且好奇地燿輝着。嘴唇像花瓣那樣，卻把嘴閉得緊緊地，看來淘氣得很。我就是喜歡這種孩子！從阿蘭加入小鬼伙伴以後，啓敏才覺得活得有意思。也許歲數大了，自然希望有自己的孩子也說不定。啓敏一個人在的時候，想起阿蘭，無法了解自己爲什麼那麼疼愛她？只要她在他眼前，看見她的舉止，他的情緒就穩靜起來。有辮髮的男孩子在倒立的時候，把那辮髮在地上拖着，但阿蘭把長髮銜在嘴裏，像女俠客的樣子。現在他看不見她，使他失望了。因而，奇怪地他對阿蘭的母親秀英動了心。

啓敏跟豆腐店的獨生子王仁德同年，但在公學校時王仁德是比他高二年級的學生。王仁德使秀英生阿蘭，卻一點兒沒有照顧她們母女的生活。王仁德娶了在嘉義市服務的汽車公司董事長太太親戚的女兒，有了兩個孩子卻染指了秀英，這樁事只要是梅仔坑庄的人是無人不知的。因此，秀英到底是豆腐店的養女，或是媳婦，現在還不能決定身份。那個女人過去看來是寒酸的，但自知道她就是阿蘭的母親以後，暗自動心着，注意那檢柴女人。她只有二十五歲，看來比年齡蒼老了許多。她胸部雖然豐滿，因臉上一點兒表情也沒有，所以簡直沒有女人的氣息。可是，去年有一個夏天下午兩點鐘左右，下着很大的驟雨，啓敏跑進往山上村莊的州路與彎進圳頭村境界的山上小屋，想避一避雨的時候，碰見落湯雞似的秀英正從肩上把一捆柴拿下來。濕淋淋的衣服黏上身體，看來像裸體的樣子。啓敏不由得伸手摸摸秀英露出來的豐腴的乳房。秀英勃然大怒，將那捆柴一丟，便團着拳頭，使出混身的力氣往啓敏的鼻樑打下去。啓敏突然被打了眉間，往後仰着，一屁股坐在地上。從鼻上流出血來，啓敏抬起臉來，突出下巴，以站立的姿勢淋雨着，想止住鼻血，但鼻血從下巴往胸部流個不停。在雨中，啓敏以可怕的樣子直立着。秀英迅速從腰邊的刀囊拔出刀來，瞪視着啓敏，迎接啓敏向她撲來。連這個下賤的男人也要欺侮我麼？秀英的眼睛燃燒着憎恨的火焰，覺得啓敏再冒犯她，她打算把他打死而繼續瞪視着。啓敏已經失掉爭鬥意識，將臉仰望而被雨打着，但鼻血仍流個不停。啓敏往後退兩三步，將右手移到後面，摸索蔓草的草葉，用兩手把它揉成一團，便把它塞進流鼻血的鼻孔裏。啓敏並沒有想着眼前的女人。站在驟雨中的啓敏，像要放進油鍋炸前沾麵粉的蝦子那樣豎立着。他連向秀英投一瞥也不曾，立刻冒雨走開了。拿着刀提防他侵犯的秀英感到洩氣了，把刀放進刀囊，便發覺自己淋濕得像裸體一般的樣子，禁不住顫抖起來。說不定還有什麼人會來！她抓着衣服的這裏那裏，絞了一絞，讓水擠出來以後，走着小路趕回家去。

啓敏對自己到了三十歲，卻沒有想到犯了罪，他覺得自己無臉見阿蘭和對不起她。於是，啓敏更感到憂鬱了，不像從前那樣，在穿通山坡的廣場上跟撿柴的小鬼們玩，他已經沒有這種興趣了。街上都談着戰爭的事，開墾山上樓梯田約一甲地稻田的耕作，差不多都由啓敏承担着，因此他雖然一早就離開家，卻無法立刻下手工作。

夏天過去，蜻蜓成群在稻穗上飛來飛去的時候，秋天的收成逼近了。每天早晨，啓敏在街郊山腰穿通的山坡上想得沒精打彩的樣子，使小鬼們感到不安了。秀英不久也聽到啓敏這種變化，以爲啓敏是不是快死哩？一個人的性格突然變化，聽說這就是死的前兆……。啓敏變成更不愛講話、消瘦，一點兒活力也沒有。女兒阿蘭常常告訴她山上阿叔的事。每次聽到她名字，秀英就想到下驟雨那天他在山上向她輕薄的情景。他不是壞人，但一時中了魔才幹出那卑鄙的行爲吧——

秀英想着，對咀咒啓敏的心理漸漸地淡薄了。

第四章之一

王氏秀英今年二十五歲，她養父王明通五十五歲，養母王賴氏媛五十三歲，該做秀英丈夫的司機王仁德已有三十歲了。秀英滿週歲的時候，被抱養到這個家做養女，長大後養父母打算把她跟兒子王仁德送做堆，成爲夫妻，但王仁德公學校畢業——十六歲那一年，到嘉義市汽車股份公司當小伙計去。他是個獨生子，本來並沒有到嘉義市去的必要，但他是抬轎子的兒子，在鄉村比較沒有發達的機會，聽人勸告到嘉義市去工作。如預期那樣，不到五、六年王仁德便做了司機回來。王明通家房子前面，由參觀汽車的孩子們包圍而熱鬧非常。大正十三年（一九二四年），梅仔坑庄開始設立汽車股份公司，買了半舊福特汽車二輛，正在駕駛梅仔坑庄與大林街的州路間的時候，包租的新汽車很少來過。因此，王仁德在庄內頭一個做司機，駕駛着嶄新的汽車回來，眞是衣錦還鄉，可說是轎伕的兒子立志成功哩。梅仔坑庄汽車股份公司董事長立刻跟王仁德商量：在故鄉工作總是比較方便，要他回到梅仔坑庄的公司來服務……。可是，王仁德被嘉義市所服務的公司董事長夫人的堂妹看中了，做她的女婿。轎伕王明通感到很得意。所以，最初的孫女和媳婦用那包租的車回來時，王明通辦了三桌酒席，請轎伕伙伴、顧客、親戚來吃飯，讓媳婦跟親朋們見面，且熱鬧熱鬧一番。轎伕夫妻各拿到媳婦送給他們的一套布料，連秀英也拿到竹葉模樣，薄毛織品的一套布料。不過，秀英感到彷徨起來。她的身份從媳婦很明顯地變成養女，這是無所謂的，但將來她要嫁到那裏去呢？她突然感到渺茫起來。王仁德的妻跟鄉下姑娘不同，不僅豔麗，應對有方，跟公公婆婆簡直像十年前就認識一般交談着。看了這種情形，秀英覺得自己還是個下女以下的姑娘罷了，所以她走進厨房來的時候，秀英連頭都不敢抬起來正視她。

「妳是秀英吧？」

「是的。」

秀英想她一定是聽阿德說無疑。

午餐後，女的抱嬰兒乘上汽車的時候，秀英從厨房後門望着養父母以及包圍着車的來客。阿德用細的鐵棒往汽車前端插進去，發動着車的馬達。汽車的馬達一發動，阿德把那鐵棒往駕駛台一丟，自己便坐在舵輪前面。當車子加速度駛開的時候，目送的人一齊歡呼起來。秀英雖覺得歡送身份值得羡慕的人們一般，但她鬆了一口氣後，空虛卻向她心上逼過來。

那年歲暮平安祭的晚上，養父母到廟前看戲的時候，秀英聽着汽車停在外面的聲音，但這時她正在洗澡，裸體的她不便跑出去看一看。接着，喊「阿爸」的阿德聲音傳來。

「他們到廟前去看戲的呀！」

秀英正在應的時候，阿德已經走到洗澡間竹門前面來。秀英雖說是十五、六歲的姑娘，大個子的她裸身已經成熟着。在男人看來女人的裸體，都看成絕世美人的。當插在竹門門耳的樹枝被折斷的刹那間，秀英已經被阿德摟抱着，連聲音也發不出來，只用身體掙扎着。

「阿秀！我是妳丈夫的呀！」

酒臭的氣息，和所說的話雖然強烈地刺進她的神經，但她如何拚命地掙扎，對方卻不把她放開，秀英無法逃脫已經知道女人身體的司機魔掌。

我的一生完了，這或許是我的命運也說不定——秀英不得不看開。

那天晚上，養父母沒有把戲看完就回來。

「你喝了酒，明天一早回去好了！」

阿德聽父母這麼說，隔了很久地第一次住在家裏，而且無恥地走進秀英的臥房來，連衣服也不脫，和衣躺下來。秀英看了，坐在牀上的一邊，一直坐着，要等阿德起來。養父母對這，連一言半句也沒有說，走進自己臥房去，秀英覺得二老太可恨了，只有自己的兒子才是人，對養女的我死活卻不管——秀英咬緊牙關目送着他們：我被推進人生的一個角落，像奴隸那樣替他們工作還不夠麼？肚臍下要命似的激痛，使秀英禁不住流出眼淚來。乾脆上吊死給他們看吧，那麼全庄都轟動起來，那多痛快喲！但她忽然想起去年菜館脾臟發腫的跑堂被顧客打死的事來。聽說嘉義市的法院法醫沒有來檢屍以前，是不能埋葬的。而且，在衆人眼前一絲不掛——露出裸體檢屍……。秀英聽了這些情形，覺得死後又要丟臉現醜才行。想了這些，她又不能下決心上吊了。她覺得自己太受委屈，而頭簡直要裂開的樣子，但除聽其自然以外，她又沒有什麼辦法呢！家裏靜悄悄的，一帶有蟲聲唧唧，隔着路那邊的水溝有雨蛙孤獨似的叫聲傳來。她用扇子趕了蚊子，放下蚊帳，自己坐在阿德脚尖的一邊，繼續想着。夜相當深的樣子。阿德響着鼾聲睡熟了，似乎把剛才忘得一乾二淨的鼾聲使她恨他入骨。睡在鄰房的夫妻悄悄話傳來，或許在講自己跟阿德的事情也說不定。她尖起耳朵一聽，養母下流的聲音傳來。這好像是有生以來第一次發覺養母下流似的，討厭輕視的感情塡胸，她幾乎要嘔吐一般生氣起來。她盡力別使神經花在那裏，把精神集中狗在遠處吠的聲音。鄰房竹牀咯吱咯吱聲響着。下流的夫妻，只能生出下流的兒子來。這時，阿德翻了身醒來了。

「咦！」

阿德開始發覺自己所睡的地方在那裏的樣子。從天窗漏進來的月亮光線，也使他發覺阿秀坐在那裏。

「別坐在那裏，睡不就好了麼？」

阿德伸出手，拉着阿秀的手。阿秀用力把他的手推開，感到噁心。於是，阿德想起剛才的事吧，唏，唏笑着，說：傻女孩子！

「妳怎樣生氣，也一樣不是麼？」

被他這麼一說，阿秀一下子感到洩氣而精疲力竭了。是的，我已經不行了！生氣也一樣無可挽回的，義兄阿德就是侵犯自己的男人！但她剛才尖銳的神經刺痛，到現在還沒有消失呢。

「別生氣了，秀妹，我疼妳……」

阿秀竟被拖倒在阿德身邊，一點兒辦法也沒有。

秀英的肚皮因此膨脹起來，每次到河邊去洗衣服都感到很難過，且成爲近鄰一帶的談話資料。都沒有聽到兩人送做堆，秀英何時被交配着，大起肚皮來呢？這一定是阿德的品種吧，否則抬轎子的不會默不做聲的——她們看秀英時互相私語的聲音，連秀英都聽到哩。

「那個司機難免也太貪心了，但主要的是：要把那一個做妻，那一個做妾，這倒是爲難的呀。」

「當然先入戶籍的爲妻……」

「聽說嘉義市的女人知道秀英的肚皮大了，大鬧特鬧不是麼？」

「那當然要鬧的！丈夫可不可以收留姨太太，完全是由大太太做主，誰都不肯把丈夫分給別的女人，這不是女人們的本性不是麼？」

女人們放出暴露人家短處的笑聲。

「那秀英的孩子會變成私生子麼？」

「那種事，如果要早些知道，要問律師或保甲書記（註：現在的村里幹事）才行，我們是不知道的呀。」

在河邊洗衣服的女人們對這些事感到興趣，而想探索哩。

秀英常常感到那些女人們把視線停在自個的肚皮。每逢收穫季節，山上的農民們震動着地上，把山上的產品搬運到街上的市場來，這幾乎使她無法忍受呢。梅仔坑庄的山莊因竹子多，因此要製造做金銀紙的竹紙工場有兩三處；而從那竹紙再做金銀紙的店也有兩三間。雖然有竹紙上貼銀箔的副業，秀英只是想想而已，根本沒有時間從事副業。因此，她懷中除了壓歲錢以外，沒有辦法拿到現款。她一想到將來自己有孩子而懷中都沒有錢，她的心就感到憂鬱起來。秀英最近跟過去不同，她常常會想到自己身上的事。

梅仔坑庄因爲是山脚街的緣故，交通很不方便。這時雖有電燈，卻還沒有自來水。山上的人每天所靠的是鋤頭與扁担罷了。因過着單純的生活，每天的話題範圍狹小，只是說些張家長李家短罷了。連在郊外的雞的打架，也不到一小時便傳遍全街的地方。街上並沒有秘密，一切都是穿堂而過。有報紙的只有公家機關與保事務所，在世界上所發生的事又只是聽到，而無法知道是不是眞的。因此，街上的話題離開不了人事的範圍。繳稅的錢和被徵的人力，被政府剝削的痛苦只有放在心裏，一有錯誤就有牢獄之災，所以什麼人都不敢講出口來。在日本人統治下，台灣人只有聽天由命哩。大正十年（一九二一年）前後，民族運動的文化團體也到梅仔坑庄來演講過。聽衆像迎神賽會似的集在一起，但這些在不知不覺中消失了，每天卻嚷：「戰爭，戰爭！」哩。從歷史上看來，台灣人並沒有跟同民族打過仗，從未想過以同民族為敵，所以聽這些戰爭的消息心裏很難過。但這時卻在這裏那裏有：「代天伐不義……」的日本軍歌被唱着，在這種環境下，秀英生了阿蘭咧。

第四章之二

台灣鄉下小康以下的家庭常有抱養女，大了以後做兒子老婆的習慣。在貧窮的家，要找合得來的媳婦，並不是那麼容易的。這邊雖然中意對方，對方如果不答應的話，只是空指望罷了，最好的方法還是在自己的家養育媳婦哪。當然以獨生子時為多。秀英被抱養到王仁德家的時候，王仁德七歲，而秀英才勉強能走路的時候，二人像兄妹那樣被養育着。台灣的孩子平常被穿上俗稱青蛙褲，像圍裙連着褲子一般的衣服。於是，後背與屁股完全裸露，褲子前下面也剪開着。因此，女孩子一蹲下來就可以小解，男孩站着拉出管子來也可以撒尿，不必每次煩父母。

「喂，妳沒有陰莖……」

秀英被哥哥一嘲笑，她就望着自己的大腿，感到孤單。的確地，像把桃子劈成兩半而被壓扁似的。哥哥卻用那管子把尿撒高處去。哥哥有時淘氣而把妹妹推倒着，使她哭也有。他們像兄妹，同時也是打架的對手。因此，都看到對方的缺點，養女和兒子大起來，要使他們送做堆不成的也有。他們往往對對方不感到異性的魅力，要送做堆的日子，男的跑掉也有。這也是貧窮家庭要替兒子娶媳婦悲劇之一。跟這相反，是從養女撚起的滑稽故事，成飯前酒後的談資有下面一段笑話：

「阿母說妳要做我妻子……」

「那椿事，我知道的呀。」

「那我要把妳推倒呢！」

「咦！你什麼時候變成那麼有力氣的？」

「我要脫掉妳的褲子……」

「嘿，你變成多會照料人的呀。」

這是揶揄未成熟的男女不等雙親允許而開始遊戲哩。

王仁德的父親王明通想做男人中的男人，認爲寧學文不如學武，致使落到抬轎子的地步。妻阿媛纏足着，曾是良家的女兒，她做夢也沒有想到自己會變成轎伕的老婆呢！不過，她嫁到王家的時候，夫家在梅仔坑庄還是數一數二的雜穀店，在街郊的山邊有一甲多地的菜園，在現在所住的房子附近有兩甲多的水田。因明通是獨生子，但願他身體健康就好，所以對兒子熱中打拳並沒有阻止，也沒有想到在殖民地用武的機會太少了。打拳或學拳術的，只有做江湖藝人賣藥，或跟師兄弟在迎神賽會弄獅陣拿一些酒錢以外，差不多沒有收入來源。做江湖藝人，不僅要表現武術，嘴也來手也來才行，否則做不成生意的。尤其好武的人，很想表露英雄氣概，把自己所學的拳試一試，跟對方比個高低的。只要做拳師，每月從學拳的可以收到謝禮，也可以醫治打撲傷患者，收入也相當可觀，但要做拳師也不是那麼簡單的。文是學向人低聲下氣，走小門而生活的技術；武是以肩膀衝風而生活，所以不適合殖民地的部門。他們沒有收入，生活華奢、花錢卻濶氣得很。所以雙親一死，王明通完全以頭兒自居，把上代留給他的財產，很快地花光了。愛打架的人，別人只看見他，心裏都會感到厭煩的。有一大堆結拜弟兄的，懷中雖然空空如的，還是想聳聳肩膀子走路呢！這種男人的生活基礎，往往自己都忽略它。加以有打拳集團的男人們，警察的眼睛不斷地亮着，注意他們的一舉一動。對言論與集會使用不少神經的殖民地的警察，對這種頭腦單純的集團，以爲是不是跟文化團體連結，而變成神經過敏起來。對於這種集團，街上的人們在表面上認爲他們是庄內引以爲榮的，但在內心裏採取敬而遠之的態度。王明通的生活立刻成了問題，夫妻兩人整天坐在敗落的店前，發呆地等什麼人一般。走過他店面的人連頭回也不回。快五十歲的妻阿媛把纏足的一隻小脚放在另一隻脚上，如被放進籠子裏的鸚鵡一般，要活躍的餘地也沒有。她很會說話，不胖不瘦不高不矮，是個有魅力的女人。嚼檳榔的嘴，像染着黑牙齒一般，她笑的時候，像小姑娘那樣眼皮紅着。台灣稱這種典型的女人爲：帶桃花，意思是說所謂「愛男人似的女人」。但儘管有魅力的女人看店，農民不想走進有霉味的雜穀店，這是理所當然的，何況雜穀店資金的週轉較慢，而本錢也要多呢！於是，夫妻想來想去的結果，認爲幸而店面在市場，決定以賣水田的錢開豆腐店，夫妻迅速把它付諸實施了。

王明通夫妻的豆腐店如所預料那樣，生意興隆得很。當時在殺風景的鄉下市場，有嬌滴滴的半老徐娘在賣東西，從買手的山上的農民而講，不僅是錦上添花的感覺，連街上的年輕人也歡迎她。因她不是小姑娘，而已是快五十歲的人家太太，誰都能不客氣地跟她講講話。在市場附近雖共有三間豆腐店，但除非王明通的店先賣光，別的兩家不會有顧客光顧的。這從兩家豆腐店而講，是可恨的生意上的敵手，但看阿媛纏足的小脚，覺得她本來不是幹這種生意的，因家道中落才坐在豆腐店前面——這麼一想，根本就用不着恨的。

明治年代生的女人，差不多把纏足解開了，所以阿媛在當時而講，是沒有趕上時代潮流的。但快五十歲的半老徐娘像芭蕾舞演員那樣，舉起脚後跟走的樣子，總是惹起男人注視的。山上的農民們批評豆腐店的阿媛說她像油膩而好吃的母雞。

豆腐店是工作相當繁忙的生意，夫妻倆必須在黎明前起來磨一磨昨夜泡在水裏的黃豆，然後着手做豆腐工作。梅仔坑庄市場自早上六點鐘起開始熱鬧，到了下午三點鐘左右如退潮一般，山上的農民們都回去。在這段時間內，如果沒有把做好的豆腐賣光，只好把剩下來的賤賣給市場的麵店，炸成油豆腐，否則損失可就大了。那是沒有冰箱的時候。但阿媛的豆腐大概都會在上午中賣光。豆滓可餵豬，兼養豬利潤就大了。豬舍養五、六集豬，常常不餵牠們，就會叫起來。連養女秀英與阿德合起來，一家只有四個人，每天卻忙得團團轉。因生意順利了，阿媛每天沒有午睡的話，體力不能支持下去。早上無論如何要在六點鐘以前把豆腐排在店面才行。山上的農民們，如故意爲難似的來得早。像冬天天還沒有亮，就可聽到農民們震動着地上，搬東西趕市場的聲音。夏天像針刺似的陽光晒在全身上，肩膀的東西會感到更重，所以他們要在日出以前趕到市場來才行。在市場熱鬧時間，要把豆腐全部賣出去才好，於是阿媛乾脆就向山上的農民們賣俏，因此講話也漸漸地隨便起來。

「漂亮的頭家娘，豆腐四塊……」

「小白臉的哥哥，請別取笑好不好？」

「我不是取笑，而是說眞話的呀。」

這位仁兄的眼神已經不像農民了。

「頭家娘，妳要注意這個傢伙才行！瞧，那像要吃人的眼神……」

在傍邊聽的農民們笑出來，把所有視線集中阿嬡臉上。她把眼皮稍紅着，濕潤的瞳孔像要瞪視也要規戒似的望着農民們，使山上的農民們比加送豆腐都高興。豆腐一塊二錢，別店五錢可以買到三塊。但只有阿嬡的店是把兩塊先用山竿葉包着，擺在店前。換句話說，買三塊豆腐，阿嬡的店比別人貴一錢。說三塊豆腐只差一錢，她店的豆腐比較新鮮，大家都在她的店買，不如說被阿嬡肉感的身材迷惑着，覺得多花一錢無所謂也說不定。不僅是農民，在鄉下覺得一錢不小。差一錢不但賺得多，也使她覺得可以誇口的。乾脆向男人賣俏，雖然是生意上的詭計，但看見自己使顧客高興，自己也高興。她看見男人們斜着眼睛瞧女人的乳房、眼尾露骨地垂下來，覺得很好玩。於是，豆腐相反地變成贈品，很快地賣完。這麼一來，阿嬡自然更大胆了。但開玩笑一過份，別的農民們會嫉妬着說：

「這個傢伙眞不知道阿通拳頭的厲害！」

阿嬡聽了，雖一面高興，一面卻吃了一驚。事實上，顧客們如果不知道阿通的拳術相當高明的話，夜裏來敲阿嬡家後門的男人不知會有幾個呢！在外面如果有農人們的笑聲太熱鬧了，阿通會走出來看一看的。阿嬡目力敏銳地一發現他，慌着使個眼神告訴他：你快進去！丈夫的臉消失了，妻裝做要到裏面廁所的樣子，離開店面。

「你在我身邊的話，做不成生意，好像要趕走客人不是麼？」

「……」

「你要放明白一點，默默坐在那裏，你想豆腐能賣出去麼？」

「那我知道。不過，阿金那傢伙實在太過份了！」

「你這個人眞是無藥可治的呀！很多顧客之中，偶而有一兩個這種人，這不是應該的麼？你如果要疑神疑鬼的話，我可不管你的生意喲！」

生活窮困的時候，差不多都是妻回娘家去拿錢接濟的關係，阿通不敢再哼一聲。不過，阿金一出現妻面前，阿通總會感到不安。阿金不是山上的農民，而是街上的中年男人。他個子跟阿通差不多，但年齡比阿通年輕十歲。他長相不錯，且有男人氣概。這使阿通對他稍感到不痛快。可是，妻阿媛面對面被丈夫一指名阿金，在心裏也會吃了一驚的。這個男人具有丈夫所沒有的細膩而敏銳地感覺。他在街上是稍有資產的餅乾店的小老闆。這個男人走過她店面時，斜瞧着吹口哨的樣子，聽來像託微風而引誘自己的樣子。她被丈夫指摘而吃了一驚，發覺自己是不是愛上這個男人呢？但她一偷漢子，立刻會看到白刀子進去紅刀子出來的！因有這個意識，她抑制着稍要動搖的心，但被丈夫一明說，像被堵住的堤防有了裂痕一般，阿媛感到自己心跳起來。

「你到底怎麼了？難道你以爲我會偷漢子麼？縱令我有種心思，在這麼狹小的街上，我雖然可以不顧你面子，你想我可以不顧娘家的體面麼？」

她所說的他並不是不知道，但阿通總是討厭那個男人。丈夫雖然默不做聲，但她看來他並不是完全了解的樣子。妻想自己說的是眞心話，但看丈夫那種臉孔，過去從未感覺到的事情掠過她腦海中。

「你到底嫉妒些什麼呢？」她含淚欲哭的聲音說。嫉妒是弱者悲哀的行爲。這種丈夫，她對將來不堪設想。丈夫不知道妻在生意上極其緊張的心情。丈夫對妻一失掉信心，連妻跟賣菜的站着講話都以爲在商量幽會的時間呢！丈夫對妻失掉信心時，對妻的言語與行動，會感到害怕的。這不把它看做危機的前奏不行！女人對這一點倒是敏感得很。她竟吞聲哭泣起來：

「你連我的心理也不知道……」

阿通默默地把妻緊緊擁抱着，他擔心皮膚白白，秀色可餐的妻的身體哩。他實在不希望妻抛頭露面做生意，但現實的生活叫阿通又有什麼辦法呢？阿通心裏也感到難過起來。妻對這種沒有信心的丈夫感到太不可靠了。她到現在爲止，在內心的深處裏把丈夫當做性生活眞正的伴侶，也把他當做人生路途的保鏢，但丈夫的言行使他感到悲哀起來。她似乎了解女人是菜子命的道理，由所播種的土地不一樣而生長出來的不一樣。她做夢也沒有想到自己會嫁給這種男人。娘家的鄰居們在背後批評說：像阿嫚這樣美麗的花，卻把它插在牛糞上。但初嫁王家時，夫家的家境還不錯。換句話說，着眼家產與阿通長得帥，錯就錯在這些。自己看來像貴婦人，或許賣笑命也說不定。本來她很滿意丈夫，但做生意以後對賺錢本身雖也感到興趣，對跟男人們開玩笑也覺得驚險有趣。晚上，她跟丈夫過得快活的時候，她忽然想別的男人如何使妻感到快樂呢？有這種想法，難道這就是不貞的開始麼？把丈夫換爲別的男人的臉而想的時候，她的感情高漲起來，覺得心跳而騷動起來。

被丈夫阿通指出以後，她雖跟顧客開玩笑着，但莫明的不安增加着，頭腦不能淸晰哩。只要阿通不出什麼事就好，她想，好像從生意的絕頂推下來一般，黑暗的影子常在腦子裏搖幌着。其實，她最近看阿金的眼神，如心被絲線牽着，白活那麼大年紀還心跳着，竟規誠似的瞪視着他，想向他說：我丈夫粗暴得很，你要小心才好……。她像訴說那種眼神，從阿金看來又是難得的。

於是，兩人不能像一般人之間那樣，隨便講話了。他們互相在心裏上感到拘束，所以縱令阿金來買豆腐，看來也不自然呢！變成這樣，都是丈夫加油添醋的緣故啊——阿嫒有時怨恨丈夫。兩人之間有些奇怪，鄰居們在互相談論着。

豆腐的生意在中元節最忙。在過年過節中，中元節在梅仔坑庄還是最熱鬧的。因此，豆腐店自兩三天前起就僱了兩三個臨時女工，幫忙做豆腐才行。中元節以外，中秋節也很忙。因在中秋節所做的春捲，一定需要豆腐。阿嫒想她的店可以在中元節撈一筆，而起勁得很。因此，中元節一過中午，豆腐完全賣光了，她也就鬆了一口氣，得準備家裏拜拜的牲禮，晚上招待幾個老顧客——山上的顧客才行。爲準備這些，阿嫒忙得眞是團團轉。當丈夫挑着牲禮到廟前的祭壇拜拜回來以後，阿嫒要立刻準備招待客人的晚餐。山上的顧客們會到街上來看戲呢！丈夫阿通隔了很久地跟顧客們圍着餐桌，互相敬酒，興高采烈地笑着。阿嫒先收拾部分餐具，想起答應兩個孩子去一起看戲的事情來。客人吃完了飯，丈夫也微醉着，跟客人看熱鬧去。這時阿嫒才把圍巾解開，坐在餐桌前面。這時阿德十三歲，秀英已經八歲了。大正初葉時，鄉下的中元節跟現在不同，在過年過節中做得最舖張的。拜拜時父親一定只管喝酒，不會管孩子，所以看戲都由母親帶去。

阿德跟妹妹從餐桌伸出上身，要求阿嫒說：

「阿母，那我一個人去！」

「你不聽阿母所說的話麼？」母親瞪着他：「你不給阿母吃飯就帶你去看戲麼？跟秀英乖乖地到外面去等一等。」

兄妹離開餐桌的椅子，在外面等母親。山上的農民們拿着火把，陸續走過外面。阿媛收拾餐桌，還沒有把厨房完全收拾好，丈夫就回來。咦，一定發生什麼事的！但阿媛並不想問丈夫。丈夫立刻走進寢室去，便舒服地放出鼾聲睡着。阿媛忙把厨房收拾好了，帶兩個孩子離開家到廟前去。她一到街上，立刻就會知道丈夫剛才做過什麼事的。不出她所料，她一到廟前去，便有熟人告訴她：阿金被迎面而來的醉漢狠狠打在側腹，吐血昏倒在水溝邊，剛剛被救回家……。裝做醉酒的樣子，忽然用力毆打對方。當感到對方有什麼反應時，裝作不知道而離去。爲雪平常的怨恨，阿通想要偸襲才好。阿通使用過這種手段兩三次，以爲什麼人都沒有發覺哩。那只是妻和街上的人不知道罷了，挨打的人怎麼會不知道呢！阿金立前意識：這是阿通因嫉妬而打他的。當阿金在自己家的牀上恢復意識的時候，他呻吟着在心裏咒罵：你如果要吃醋的話，把老婆關在臥房裏，不讓她走出一步不就好了麼？連抱也沒有抱，摸也沒有摸，卻打我，此仇非報不可——他在心裏發誓着。

阿媛立刻知道那個醉漢就是自己丈夫，心冷了半截。她覺得阿金太可憐，丈夫的嫉妬太瘋狂了。她無心看戲，但回去見丈夫的臉又是厭煩得很。她勉強跟兒子坐在阿德拿來的兩只竹椅上，膝上抱着秀英。眼淚快要掉下來，她咬緊牙關忍受着。失掉信心的男人，可說太可憐了，他已經自暴自棄，但別人又無可奈何他。她望着臨時搭的戲台，想如果演悲劇的話，她能藉這個機會哭一場，但戲台上卻有女俠與山賊拼命的樣子。山賊打敗了，一逃進後台，女俠合着胡琴和弦仔的伴奏，唱起歌來。台上的變化雖盡入眼睛和耳朵，但她不知演的是什麼，因她心不在焉哩。膝上的秀英攬住母親的懷中睡着。阿德也開始打瞌睡了。

「阿德！要回去的呀。」母親搖醒他。

他雖再仰望戲台上一眼，已經對戲失掉興趣了。

「你要拿椅子回去的呀。」阿嫒站起來，一手牽着秀英的手，一手拿着竹椅催促着。

「咦，現在這一段是最好的戲呀。」蔬菜店的老闆娘以在行戲的口吻說着。

阿嫒摸稜兩可地說：「小孩想睡……」

回到家裏來，安頓兩個孩子睡覺以後，阿嫒也爲了準備睡覺而換了衣服。丈夫伸出手來。她想要嘔吐，但如果打他的手，後果會變成怎麼樣，因她知道丈夫粗暴的脾氣，所以格外要忍受才好。如果這時她拒絕他，更會招來他的誤會，事情不知會惡化到什麼程度呢！她如被蟲爬到身上似的，雞皮疙瘩起來。

「你怎麼把沒有罪的人打得那麼厲害呢？他連我的手都沒有摸過，你打他那麼厲害，你都不覺得不好意思麼？我在街上聽這個消息，眞是難爲情死了！」

丈夫酒醒了，更伸手要摟抱她。

阿媛忍受着憤怒，卻快要嘔吐了。

「你爲什麼這麼做，不說來不行！」

「他太沒有把我放在眼裏，我不是一般開豆腐店的，人窮志不窮，老婆被人愛上，怎麼能不做聲呢！」

妻聽丈夫說人窮志不窮，她發獃了。肚皮餓了，還能說大話麼？她想把丈夫撞倒下去——她被這種衝動驅策着，禁不住發抖起來。但丈夫想要看妻的裸身，慾望使他的情緒高漲着。她面對着他，連一些反抗的力量都沒有。如果他不是丈夫，她眞想向這個男人的心窩刺一刀，那她會感到多痛快喲——阿媛雖這麼想，她感到身疲力竭，意識夜深了。戲的鑼鼓聲從遠處被夜風載着傳來。

第四章之三

王明通夫婦的豆腐店，顧客顯目地減少，阿媛焦急地覺得不多招攬顧客不行。因走過她店的就把臉掉過去，不像從前那樣縱令不買東西而跟她微笑着打打招呼，只是走過她面前去，使阿媛有突然被拋棄一般的感到寂寞。

「阿丙仔，你朝那裏看的呀。」阿媛喊。

顧客如想起來似的，呆如木雞般望着她。

「幫我忙，買四塊！」她半強迫地推銷着。

「大羅仔！」阿媛喊。

羅某有三個弟兄，所以阿媛常喊老大爲大羅仔。

大羅吃了一驚，將臉掉過去。

「你不看路走，會跌倒的。」阿媛翻弄眼珠凝視着大羅。

大羅跟阿媛過去開玩笑開得很露骨，他是山上有些資產的農民。

「你那裏是大家庭，給我買八塊吧！」阿媛不管三七廿一，把豆腐包在山芋葉子交給對方。

阿通因嫉妬而偷襲對方，有這麼大的影響，王明通自己也沒有料到的。他愛吃醋而偷打對方的事，很快地傳遍了各地，在山上的村莊引起騷動，使農民們對阿媛採取敬而遠之的態度。連山上農民的妻子也叮嚀到街上去的丈夫：

「你不能跟阿媛講話的呀。」

阿通會向跟妻子開玩笑的人側腹打一拳——風聲很快地從街上傳到山上的村莊去。如果她不先打招呼，現出媚態而誰都不來光顧的狀態繼續下去的話，不久要處理賣不完的豆腐，是不是要落到兼做炸豆腐的地步呢？——她想到這裏，心就冷了半截哩。那就是要把賣不完的豆腐用油炸起來，立刻能在店面吃而供應醬油以及切碎的葱、蒜才行，她實在沒有時間做這些了。阿嫒想到日後的生活，眞想哭出來。姑娘時代所抱的夢支離破碎了，對敗落下去感到不甘，覺得自己不能被擊倒，有捲土重來的必要，但她想到自己所做的都會被丈夫破壞，她就要灰心了。像溶化水銀那樣夏天的火傘照街路，使阿嫒看了，會感到焦急萬分，農民稀疏的來往，眞叫她担心咧。

「老周，你怎麼沒有精神呀！」

對方被她喊着吃了一驚，難爲情地將臉朝着她。

「幫忙買兩塊豆腐呀。」她說，看見對方走進來，除兩塊一包外再加一包兩塊，強迫對方買。

「你怎麼了？不像過去那麼有精神的呀。是生病呢？還是被太太欺侮呢？」阿嫒降低聲音，用體貼的口吻說着，向他送個秋波。

顧客不由得留神了周圍一番，默默接受強迫推銷的豆腐，忙着付了錢，匆匆地離開。

男人對女人的秋波，本來就沒有什麼抗拒的力量，何況她忍受不住夏天下午兩點鐘的熱氣，故意將領子的鈕釦解開，打着扇子，更增加徐娘半老的妖豔。阿嫒每天以鑽營的心情賣豆腐，每天所做的雖能勉強賣完，但身心都勞累到極點。於是，阿嫒每天覺得自己要轉業才行。

但被打到要害的阿金，身體完全壞了。中醫說他癆傷——變成肺病，因此阿金對阿通痛恨入骨。這一帶——自大林街以及山脚街的梅仔坑庄，甚至到竹崎庄，分爲猴拳派與鶴拳派的二派，二派從始祖起就結拜爲弟兄，所以從未爲地盤的事發生爭奪。在背後，徒弟間雖時有糾紛，但門主會知道以前，差不多都在小頭目處解決掉。阿通的師父陳萬生是猴拳派的門主，住在大林街。梅仔坑庄民要來往嘉義市，大林街是必經之路的。阿通想這樣對自己有利，但阿金並沒有參加他們的門派，是所謂「中立派」，只是學打拳罷了。阿金被王明通打傷以後，不惜千金跟鶴拳派的小頭目搭上，訴說自己的寃枉，喚起義憤。鶴拳派住在梅仔坑庄的頗多，檢討的結果，認爲派出所在眼前，也要考慮周圍以及鄉下街的事，阿金的復仇還是採取阿通所使用的偸襲的方法。阿通是爲了出出氣而出的拳頭，但阿金是花大錢而揮的義憤的拳頭，所以還得了。中秋——八月十五日的晚上，利用迎神賽會，兇狠地把阿通打倒在地上。當他被抬進店上來的時候，阿嫒以爲丈夫已經完了，而放聲哭出來。他哭的是對殘酷的衝擊而流出來的眼淚，不是悲傷丈夫要死而流淚的。自己前世不知造了什麼孽，竟被拋入這種災禍中去，這使她格外難過。曾被稱美麗姑娘的自己，現在落魄到這個樣子。

看見阿嫒哭得茫然不知所措，阿通的朋友們勸慰她：

「阿通嫂，現在不是哭的時候，要趕快請醫生來看才行……」

那時的梅仔坑庄，還沒有從近代的西醫學校畢業的正式醫生，都是沒有唸過醫學校的中醫，而且都是內科兼外科的萬能醫生。能碰到擁有祖傳秘方醫生的患者，可說是幸運之至！阿嫒雖也請自己街上的醫生來，但也派人送信息到大林街去，用轎子將阿通的師父請來。俗語說：「眼前的一斗勝過遠處的一石」，阿嫒深深地感覺到的確是這樣。她恨丈夫虛榮地只在遠處交朋友，他的師弟兄在大林街的比在梅仔坑庄的爲多，但緊急時來不及幫忙了。不在鄰居交朋友，而吹牛在遠處有親友，這本身就是用意不善的證據。爲了師徒的情分，師父不辭深夜，只好乘轎子前來療傷。但遠處乘轎的緊急出診，跟試驗性質差不多，所以不得不感到憂鬱。如果沒有好好治療的話，不但自己的地盤會動搖，也會影響猴拳派敎練的聲譽。眞敎過無聊的弟子的呀——師父在轎子裏想，因轎伕在趕路，身體在跳躍一般。也因身體在往上下跳的緣故，連思考打撲傷的治療方法也中斷着，在腦裏搖幌，使他感到不安起來。總之，從入門時起，認爲這哥兒弟子是半開玩笑地進來，這就錯了。本人也愛學不學的，自己也不大用心敎他，都交給大徒弟們去敎他。總之，美男子就是禍災的根源也說不定。本人也以爲自己像是故事上的主角——裝腔作勢爲美男俠客自居，師父想起這些，更覺得讓無聊的傢伙進來——他深刻地想着，連心胸部都阻塞了。可是，當時的練武場有這種哥兒在，以爲可以誇口。這些事浮現腦海中，瞬間所有的想法都停頓了。夜裏乘了大約三個鐘頭跳動的轎子，逾六十歲的師父感到有些吃不消。但阿媛不管那些，師父是救命的神仙，既然師父來了，把一切交給他就行——她想着，到厨房去準備早餐，因天亮了，讓探丈夫病的人都吃過飯才回去。應急治療完了，把阿通從店面桌櫃上抬到臥房時，阿媛所準備的早餐也已經排在餐桌上。大家吃了早餐一回去，師父喝着熱茶向阿媛說：

「大概不會喪命的。不過，內外傷都有，或許要拖了相當久也說不定，只有這一點討厭……。」

阿媛揩着眼淚，不回答什麼。

一會兒，她拿着油燈，嚮導師父往客房去。

「對不起，今天叫師父很累吧？」

「不要緊，我年紀雖大了，不會爲這些感到吃不消的。」師父故意逞能地說，同情徒弟美麗的妻子。「不會死的，妳放心好了。今天下午看看傷勢，我打算傍晚回家一趟，明天再來就是了」。

「師父，你明天回去好麼？昨夜你都沒有睡，再乘轎不是太累麼？」

「不，這一次我要走路回去。坐轎子，不如徒步來得輕鬆……」

「是麼？那就請歇息吧！」阿媛像踏芭蕾一般的步伐，搖着屁股從客房走出去。

「眞是無用的傢伙……」師父又發牢騷着，一躺下來，雖不願意想，腦海中卻浮現纏足，像竹子那樣沒有質量感的她。他再起來，把油燈吹熄，再躺下來，感到背骨這邊痛那邊痛起來。傍晚，她送他紅包時，他只收紅紙。另加五元做慰問金給徒弟妻子的阿嫒——他這麼一決定，就在心裏發牢騷：自己眞碰到霉頭哩。

阿通並沒有死，但鬥雞一旦打輸了，變成沒有用，人也跟牠一樣。一直保持的自尊心，如果徹底在衆人面前被擊倒，好像從夢中醒過來一般，人也變了。王明通的豆腐店，因此完全倒了。賣田地剩下來的錢，和開豆腐店賺的錢，雖支出阿通的治療費並沒有困難，但整整歇業三個月的生活後，對往後的日子怎麼過，一點兒主張也沒有。每天，阿嫒聽阿通訴說這裏痛那裏痛，餵猪養雞，照料兩個孩子而忙碌着，十二月已經迫近了。把儲蓄金用光後的阿嫒，內心火急得很，但丈夫意外地泰然自若得很。到了歲暮，丈夫可以走了。有時他的手可伸到妻的臀部那麼康復了。

「別傻，你想死麼？」妻每次狠狠地把丈夫的手推開，皺皺眉頭。

「不，不是的。只是說叫妳太辛苦了。」

「傻里傻氣的，這都是你自己找的麻煩！你如果知道的話，就要想一想今後要怎麼辦才好呀！我們不能老是這樣下去……」

妻這麼一說，丈夫獃如木雞的樣子。妻看他這種臉孔，簡直要噴出血來一般滿臉通紅，但阿通卻沒有察覺到。

「還剩下店不是麼？靠近市場值錢得很。」

「吃完了店以後，你打算怎麼辦？」

妻詰問似的話，使阿通沉默下來。早晚寒冷得多了，連從街路來往的農民的狀況，也會感到十二月的氣氛，使漠不關心的阿通也清楚妻所說的事。

丈夫養傷兩三個月期間，阿媛帶着兩個孩子，回娘家兩趟，跟雙親商量過。那就是把店賣了，在街郊面臨路的地方開一家小雜貨店賣日用品。日用品雜貨跟豆腐不同，賣不完的不會立刻腐壞的。她起初就做這種生意好了，但像丈夫那種性格，還是不能成功，起初還是開豆腐店較好哩。如果是雜貨店，本錢大得很，碰到更大的霉頭也說不定。現在的丈夫已經沒有問題了，這像珍藏的計劃似的，使阿媛漸漸重燃着希望之火。於是，阿媛利用阿德學校的放假，讓他們父子三個人看家，打算當天去當天回來，爲了想跟娘家的雙親做最後的安排，一早就離開了家。

阿媛纏足的脚靠着拐杖，從田間裏的小路往沿着河的村莊趕路的姿態，像芭蕾舞明星在跳回娘家的舞一般，富着魅力。阿金有好幾次在街郊遠遠看到過阿媛這種姿態。阿金是窺伺她一早離開家這個機會，抑是在早上的散步偶然發現阿媛好不容易一個人走吧，他大模大樣地出現她面前。阿媛起初嚇了一跳。她聽人家說阿金的傷已經好，但看來還是幌幌搖搖的，不是健康的樣子。阿金已經報過仇了，但阿媛不知道他心裏不甘心，更無法料到他如何向她圖謀不軌呢！

舊曆年過去，農閑期的田地光光地，是一邊廣野。從水稻殘株長出艾蒿嫩芽，田埂有蒲公英開着花。苗床與間作的菜葉的露珠，受朝陽照射而耀輝着。在台灣舊曆年正月期間，帶孩子訪問時，對方有給孩子紅包的習慣。因此，雖過初五正月間還是不要帶孩子去訪問人家較好。阿嬡把靠近市場的店出售的事情託過娘家。但至少正月間想在店裏過日子，於是約好正月十六日傭人假期時談這樁事。娘家對粗暴而沒有志氣的女婿，已經看透了，勸女兒離婚，但旣然生過孩子，又沒有理性的男人不知會幹出什麼事來，使阿嬡無法決定，娘家也無可奈何。父母們雖覺得女兒可憐，但娘家的弟兄們縱令到梅仔坑庄來，也不會到阿嬡的家裏來。她再婚的條件太差了，而且對一生無法守活寡的妹妹，哥哥們並不欣賞她。話雖如此，阿嬡一回娘家，她雖不開口，從母親或哥哥拿到三元或五元，她回娘家等於回來要錢的。

阿金窺伺這種阿嬡吧，趁田間小路沒有人影，他直立阿嬡面前使她呆立不動着。

「阿嬡姐，我有話跟妳說，請妳到那小屋子裏去。」他一講完，匆匆地一個人往前走。看來他對她並沒有殺意，阿嬡反而害怕地看了周圍一帶，如果被人看到了，怕會招致殺身之禍哩。因有那種恐懼，她一邊看十公尺前阿金的背影，一邊留意週圍趕着路。到了這個時候，阿金還會說什麼呢？那自己也不向他說一些什麼不行！阿嬡雖在心的深處感到不安，還是走進那肥料小屋去。那是農民爲存肥料和避避雨的兩坪大的小房子。小屋裏空空如的，阿金將身子靠在小屋的一邊，等着阿嬡。霉味與肥料的臭味撲鼻而來。阿嬡的心卜卜地跳動着，她很仔細地注意着阿金的眼睛。男的臉上浮着溫和的表情，喊阿媛爲姐姐。

「阿媛姐！妳也知道我愛妳，這是千眞萬確的，但我連妳的手碰過一次也沒有，卻被知道要害的妳先生打傷着，我一生完了，穿了這麼多的衣服還不覺得溫暖，妳摸摸看我的手……」阿金一邊說一邊握着阿媛的手。

阿媛把手交給他。的確地，男的手冰冷而發抖着。話雖如此，那要怎麼辦呢？她靜靜地凝視着阿金的眼睛，像小姑娘那樣好奇地心跳着，感到頭暈起來。

「我跟妳相差十歲，我如果沒有妻子的話，或者跟妳丈夫爭奪也說不定。但我是有婦之夫，因此抱着單思戀的心情看着妳。難道只是這樣就可以被殺的麼？姐姐，阿媛姐，我要死以前，不擁抱妳一次，我死不瞑目的。因此到今天以前，我每天都等着妳的呀。」阿金一口氣講完，臉上漸漸發紅着，開始脫大衣了。

阿媛聽了，像掉了魂而要倒下來一般，她被丈夫以外的男人擁抱着，對方的體臭使她打戰着，連反抗也不能。她的身體在空中漂浮着，失掉抵抗的能力。

「媛仔！我這樣被殺也心甘情願！我愛妳，我想吻妳，但肺病傳染妳就不好……。媛仔，我爲了妳，被殺也沒有關係……」

阿媛聽了，刹那間耳朵開始發熱起來。

他幫着把她拉起來，拂去大衣上的灰塵，又穿上去。於是，他探望外面，跳出去的時候說：「阿媛，我不能再增加妳麻煩了，這樣我滿足可以到那個世界去。」然後，他把大衣的領子豎起來，跑也似的走出小屋去。

從姐姐到喊她小名的過程，使她浮現腦海中。「我滿足可以到那個世界去」他所說的話，現在以為像火焰呢！這時並沒有刮風，卻縮着脖子走去的他背影，看來也很可憐。握在手裏的手帕，好像失去貞操遺恨的象徵似的，她的心胸被莫明的感情束得緊緊地，她的眼淚禁不住流下來，使她一點兒辦法也沒有。她將身體靠着小屋的一邊，一邊打扮一邊放聲哭着。她一個人在這裏哭，現在誰都不會怪她的。她打扮好了，眺望外面，看不見他影子了。春天溫和的陽光普照田地上，今天是她難忘的春天。她突然不想回娘家去，見娘家的人覺得太難過了。她揩了眼淚，走出小屋去。在稻田上看不見人影，都是幸福的人們，而今天她只有一個人在田埂走，覺得很不幸，於是她重新又掉下眼淚來。她很細心地沿着田埂，走出牛車路去。把揉成一團的手帕往埤圳一丟，被流水捲着，手帕在水面翻着流走了。她看着它吃了一驚。這個埤圳的下流成為梅仔坑庄的飲料水，她後悔把手帕丟進埤圳，怕神明會責備她。但她想起老人說在溪流只流一里就會清淨，於是她有獲救一般的感覺。她在這種心情下不願意回娘家，但見丈夫卻覺得痛苦極了。不過，只差一小時自己的身子就受到汚辱，所以她還是蒼白着臉孔回到家來。她本來並沒有不倫的企圖，卻犯了不倫的行爲，但奇怪地沒有自責的念頭。只是在回娘家的半途折返的理由，像在水面漂浮的紙片那樣旋渦着。

丈夫在空空如的店面，把一隻脚放在另一隻脚的膝上，使用着煙斗，逍遙自在地抽着香煙。他看見妻沒有多久就回來，吃驚似的站起來。

「怎麼了，妳怎麼回來得那麼快？」

「在途中，肚子疼起來。」阿媛說着走進厠所。

在厠所外面，丈夫告訴妻子說阿祿來訪問他們，現在剛帶阿德和秀英到外面去玩罷了。那是意味着阿祿沒有忘記歲暮返禮的義氣。阿通挨打時，阿祿照料到他最後，所以阿媛送阿祿專賣局（現公賣局前身）出品的清酒、蝴蝶蘭兩瓶與一隻雞的。妻從厠所出來，阿通奇異地看着她。

「妳的臉色太壞了。」

「肚子疼……」

「怎麼疼法呢？妳說說看，我去買藥……」

「我不需要藥。」

「臉色眞的不好的呀。」丈夫的說法像詰問似的。

「像懷孕那樣，肚子發脹着。」她口快地形容着說完了以後，心裏嚇了一跳。

如她所預料那樣，丈夫並沒有把”像懷孕那樣“聽清楚，腦海中只想着懷孕。

「咦，懷孕？」

如果是自己的話，該有四個月以上，可看見肚子大的。或許從外面輸入也說不定。於是血沖上頭來。

「妳給我看一看！」丈夫着慌起來。

這是你自作自受——阿媛暗自告訴他，把身體躺在牀上，變成自暴自棄的心情沉默着。

丈夫把臥房的門「砰！」的一聲關好以後，就靠天窗的光線，臨時做婦產科醫生，而冒牌醫生立刻變色狼了。

妻把胳臂放在額頭上，閉着眼睛，將身體交給色狼。剛才在田間小屋發生的事，像畫那樣在她腦海中浮現着。

「姐姐……嫒仔！我愛妳，這樣我可以死了！」

當她的身體發熱的時候，男的離開她。田野美麗的情景，浮現在她眼前，現在好像是它的延續一般。她從呱呱落地以來，從未被置放在這樣美麗的環境中過。故鄉青梅竹馬的男友們的臉孔，跟阿金的臉孔重疊着，一掠過她腦海中，卻被吹上來的風捲起的紙屑一般消失了。

色狼興高采烈得很，用後手把臥房的門「砰」的一聲關的聲音，使阿媛再恢復了自由。在故鄉籬笆外時隱時現的幼時朋友們的臉孔笑着，漸漸地遠去，使她難受起來，眼淚流過太陽穴。阿媛就這樣睡了。

「阿母生病的呀。」

兩個孩子回來的樣子。在厨房燒飯的丈夫向孩子說話傳來，但阿媛並不想起牀，大約在一小時間強暴的兩個男人的獸性重疊着，使阿媛嘆息起來。我不願意做淫婦，那是自尊心所不允許的——阿媛在心裏那樣呼喊着，覺得耳鳴哩。

阿通走出臥房，要收晒在竹竿的衣服時，發現看慣了的妻處理月事的布也在衣服裏面，使他浮着會心的微笑，他的心裏開朗起來。頭腦聰明的妻的話，常常跟自己的想法有出入——他覺得自己對不起她。

第五章之一

陳啓敏山上的田寮是在東南山上村莊的附近，但王明通新的房子却恰巧在那對面往西北山莊的街郊路邊。第二年歲暮新屋築成，選正月二十六日的黃道吉日的早晨搬家，在市場附近的店也跟賣主約定交屋，二番雞啼的時候，阿媛已經起牀了。

從今天起，這家店就要交給人家，現在自己剩下來的不動產，只有百坪的地皮與二十五坪的房屋罷了。房屋對面的山邊雖有一甲多的菜園，但當時不大值錢，一甲山地不過是三百元，除種雜糧以外，沒有多大用處。

她打開厨房的房門一看，空空如的豬舍使她想起賤賣豬而感到難過。大約十隻的雞自昨晚起被關進籠子裏，放在豬舍屋簷下面，只有公雞直立着，把脖子伸得長長地，正在報曉着。東山山上有一顆星，還有像梳子那樣的月亮浮現着，在蒼白的空中發亮的只有這兩種罷了。廣潤的空中，空虛地向心胸逼來。在那後面有惡魔投出的黑毛布似的雲，靜靜地飄浮着，看來有些可怕。這是擇日師選的黃道吉日的早晨，搬家的日子，流淚是不吉利的。阿媛走進房子裏準備早餐。

家裏沒有那麼暗了，一家四個人包圍着餐桌。孩子們因可以住新房子而在歡鬧着。從這裏到新房子的路程，連一千公尺都沒有，但還是僱兩個工人搬家，重要的東西放在兩只籠子裏，由丈夫挑着。孩子兩個跟着父親走，阿媛把自己身邊的東西用包袱包着，拿在手上。纏足的脚這時雖解開了，像竹筍那樣的脚型，無法立刻變大，走法仍是芭蕾舞明星那樣的姿態。這次搬家不是光榮的，在路上碰到熟人時稍有自卑感，但她覺得不能太示弱。

「我要到新房子去吃湯圓的呀。」

從河裏洗衣服回來的熟女人這麼一說，阿媛抱怨道：

「妳如果不眞正來，我以爲妳是在取笑我，我會恨妳的呀。」

抱着所洗衣服的女人走近很會講話的阿媛身邊去打耳語說：「只有妳家的湯圓我會去吃的。」

「說什麼話呀！」

兩人嘻嘻哈哈地笑出來。阿媛是個待人週到的女人，嘴也來手也來，而街上的人們對她的評論也好。

新房子的整理告一段落以後，把曾計畫的小雜貨店準備開張了。起初跟各種物品批發商約定：付現款，價格算便宜；烟酒零售執照託分房屋建地給她們的地主陳先生去說項，這就需通過專賣局批發商的允許，所以託顏面廣的陳先生去活動。

「用妳的名義去申請，我怎麼能說不呢！妳倒是發現到好處的呀，生意一定會很好的。」

「我會感恩的，拜託你！」

本來想用丈夫的名義去申請，但爲了來往方便，烟酒的執照使用阿嫒的名字。開業的日子近了，雖說沒有招牌的店，還是先注重吉利，恰巧擇日師說農曆三月十五日好，就在那前一天晚上她到廟去參拜着，祈求神佛保佑。回家以後，她把供物的菓餅分些給兩個孩子吃，把豬肉和雞肉收進菜橱裏去，只煮雞的內臟，放進掛麵，當做點心吃……她吩咐丈夫這麼煮。打開厨房後門，月光想洗盡廣野似的照亮着地平線。稻田有第一期作的稻穗出齊着，使她不由得嘆息着，所有的事情使她着急而焦燥起來。在浪費多的男人世界裏，女人好像吃虧的樣子。最近丈夫相信妻子，能夠了解日間用美貌和獻媚賺生活費的妻，不懷疑擁抱着當自己做枕頭而睡的妻。妻在日間與夜裏變成兩種樣子罷了。夜的時間只有三分之一，其他三分之二的時間彷彿是自己一個人在開拓路一般，他感到一個人在來回着，空虛得很。以前只有過年過節喝的酒，他自傷勢好了以後就淺嚐着。妻起初以爲他爲消遣無聊而並沒有干涉他，但最近漸漸地喝多起來。失掉鬥志的男人變成酒鬼，這是阿嫒所吃不消的，妻最近常常因酒的事情，眼睛發亮了。

「這不是開玩笑的，這一次失敗了，我們會變成乞丐的呀。我不願意做乞丐，你想我生病了會變成怎麼樣呢？爲了醫你的身體，把稻田一甲多和賣豆腐辛苦賺的錢，全部花光了。你要知道我們這一次生意失敗了，會變成乞丐的呀。」阿嫒說着，快哽咽起來。

「我知道的，我會留意不會變成那樣的！」

「從此你不能拿賣東西的錢喝酒，至少酒錢應自己賺才行，但酒也不能喝得過多，所賺的一半錢要存在我這裏，古人說：晴天要準備雨天的糧食不是麼？」

「是的，我會那麼做的。」

阿嫒的店如所預期那樣，顧客集攏來。因鄉下沒有茶室，阿嫒在店前的停仔脚擺着竹桌子，桌上放着茶壺，讓口乾的農民們隨意喝。那裏擺着十幾只竹椅子和長櫈子，使它變成農民們的歇息所。在店前設立農民們的歇息所，阿嫒這個構想成功了。要回山上的農民約好在此等待，拿出便當在這裏吃的也有。免費的歇息所，從山上的農民而講，是難能可貴的地方。重義氣的農民，雖說是停仔脚的椅子，每天免費休息，心裏還是不安的。

「家裏所需要的日用品，向我們的家買好嗎？」阿嫒溫柔地向他們說。

農民們漸漸地向她的店買東西了。

丈夫看店的營業狀況不錯，也就放心了。端午節過後的某天傍晚，阿嫒看見他一個人在喝燒酒，她怒火中燒，抓起那酒瓶，便往後院子擲過去。丈夫氣的站起來，但鬥不過妻的憤怒。妻聲淚俱下地說：雜穀店倒閉是周轉資金不夠的緣故不是嗎？山上的農民，只有收成時才有收入，因此店的生意看來繁榮，現款不夠——資金不足，丈夫不管這些，卻一個人喝酒，這實在太可恨了！王明通被拿走了酒，又被妻數落了一番，不高興地走進臥房去，決定脚也不洗就睡覺。阿嫒靠着厨房後門的柱子，繼續哭着。兩個孩子不知所措地站在母親身邊，爲難萬分。

王明通每天到菜園去工作，他所能種的只有蕃薯罷了。蕃薯種了四個月就可以收成，在收成蕃薯以前，可以適當地把蕃薯藤摘取回來，把它煮好，滲進米糠就可以餵豬。蕃薯的收成完了，留些可貯藏的生蕃薯外，別的晒成蕃薯干或蕃薯籤的話，能做豬或雞的飼料很久。王明通的田野工作，在能出售豬以前是見不到錢的。雞在過年過節宰，不賣錢。所以要在出售豬以前，他的口袋常常空空如的，那裏有什麼酒錢呢！家裏雖在賣香烟，連紙烟一包都拿不到，妻只給他烟草罷了。他不敢走進市場，看見人家在麵攤喝兩杯，幾乎流出口水來。如果掛賬喝的話，阿嫒可能會跟他鬧的。於是，王明通做轎伕是開店後三個月後的事。伙伴邀他做轎伕候補後，他知道容易賺到烟酒錢。起初他把轎槓放在肩上時，有些羞愧，但可免費抽烟喝酒，還有現款可賺，所以自第二次起轎槓就很容易落在他肩膀上。走平坦的路時，王明通抬着前面的轎槓，走下坡的時候抬着後面的轎槓，因此受轎伕伙伴器重着。起初爬山坡時，抬前面轎槓的伙伴告訴他：

「阿通，不要將腰子搖晃着，如果把客人從轎子掉下來，你的飯卻吃不成的呀。」

轎裏的客人哈哈大笑着。

丈夫雖然做轎伕，阿嫒小小的日用品雜貨店卻被稱爲檳榔店仔而生意繁榮着。這是梅仔坑庄空前的生意法，使街上有店舖的老闆們驚嘆着，批評說：這個女人如果是男的，而生在日本的話，做個州知事也說不定。檳榔店仔不用店員，農民把自己所需要的任意從橱子拿下來，給阿嫒看了以後放進籠子裏去。相反地，如更碰到狡猾的農民，阿嫒會把眼睛釘着不放。大正時代，在鄉下用這種方法作生意很稀奇，這是她想出來的呢？還是聽過人家講而學的呢？或是窮則變變則通而用這一策略奏效的呢？街上的人們一邊佩服，一邊探討哩。在農民的歇脚處連結檳榔店仔，這些着眼處有阿嫒的智慧，她所用的跟孫子的兵法不謀而合。她是有魅力而善於策劃的女人，才能做出這樁事，而不是人人所能幹出來的。過年過節等拜拜前生意太忙時，有空而肯幫忙的農民做臨時店員。在沒有娛樂的鄉下，這種臨時店員的工作像大人的遊戲那樣，有趣得很。阿嫒硬將兩包香烟塞進那農民的口袋，順便招待晚餐，囑他到廟前去看戲後才回家——她如此慰勞着他。農家婦女走一兩小時的路也不爲遠到梅仔坑庄來看迎神賽會。常常來幫忙的農民，阿嫒要丈夫邀請對方來吃飯。

檳榔店仔的生意，自早上六點鐘丈夫起牀，弄開板窗，把那窗板放在窗際馬型竹架上，做成台，台上放着放餅等東西的玻璃罐開始；到了下午五點鐘左右，把放在那台上的餅罐收進家裏橱子，又把窗板嵌成窗而收店了。這就是丈夫早晚的工作。阿德在公學校讀書，養女秀英在厨房學幫養母忙。從餵雞——輕鬆的工作開始，再學餵豬的要領。把餌流進槽裏，狡猾的豬只將鼻尖放進去挑着，不是眞正吃。每天如果沒有吃得飽飽的，豬不會長胖的。於是在那上面撒了米糠，豬就被它香味引誘着，連餌一起吃掉。米糠一沒有，如催促似的一齊把頭抬起來，鼻尖放出聲音動着，仰視着阿秀的臉。秀英又撒米糠，縱令不小心將米糠撒在豬眼睛上面，牠們仍不管眼睛而將嘴伸進槽裏去，爭先恐後而貪婪地吃着。秀英覺得很好玩，於是起勁地撒着米糠，想要取笑豬。養母看見了，曾罵過她：

「阿秀，妳不能那麼浪費米糠……」

有養豬收入的來源，也有丈夫抬轎的收入，店的買賣雖都是掛賬，不會被倒閉的。於是，阿媛鬆了一口氣，覺得生活有着落了。她跟人家講話漸漸地隨便起來，農民們對她也不客氣起來，愛說露骨的話，跟女人談淫邪的話，這倒有特別的妙味。這跟脫衣舞劇場不同，連警察也無從取締的。在沒有娛樂的山脚街，這是最大的樂趣。話雖如此，阿媛不會把跟太太們的交往忽視的。太太們對阿媛的印象不但好，一碰到她的嘴，街上的女人們都變成她姐妹一般。因此，太太們對她只有羨慕，而沒有人說阿媛的壞話。男人們雖在談論轎伕的老婆會不會悄悄地偸漢子，卻不容易看到那種男人。

「轎伕那傢伙，頭腦的迴轉雖不怎麼好，對女人或許有一套本領……」也有愛管閒事的男人這麼說。

阿嫒知道男人們在背後如何窺覘自己，所以不能隨便給什麼他們任何機會，這就是守身的鐵則。但她有時會想起自己一句也沒有說而曾把身體交給阿金的事。從那以後，阿金的確地不再來纏她。事後她擔心那演變，在不安與期待交集着，她常感到害怕。但到了第二年夏天，她聽到阿金喀血而死的時候，她起初雖受了打擊，卻立刻鬆了一口氣，覺得一切成過去了。從現在看來，那樁事反而成爲美麗的回憶。證據的自然消滅可說天佑，覺得阿金還是值得同情的，這種事不可能再發生了，但她貫注精神做生意，積了錢又怎麼樣呢？一想到這些，她的心又沉重起來。不過，她想人生的旅途橫着未知數，除本能的喜悅以外，還有別的什麼也說不定。也因不知道未來，每天聽着丈夫弄開窗板的聲音，笑樂着跟山上的農民談淫邪的話做生意，過着看來也像小狗互相調戲一般的生活。農民們當然想看談淫邪時的她的反應，但說太粗露的話，阿嫒會紅着臉，把眼尾往上吊着，有一次甚至用趕雞的竹子往那男人丟過去。

第五章之二

阿嫒夫妻跟西保保正夫妻的年齡差不多，獨生子的王仁德與陳啓敏雖是同年，但陳啓敏爲等弟妹上學，遲上公學校唸書。因此，陳啓敏唸一年級的時候，王仁德已經唸三年級了。阿德的成績是中等程度，雖是轎伕的兒子，因他是獨生子，還是讓他唸完公學校。公學校學費每月十錢，當時的十錢在貧窮家庭不算小錢，加以簿册，鉛筆等學用品，成爲一大負擔。當時台灣人口未滿五百萬，生存競爭沒有現在這麼激烈，縱令不受義務教育，只肯賣力工作，生活不僅沒有問題，什麼人都能娶妻養家。女人既然受男人扶養，不像現在這麼重視女子教育。養女秀英趁哥哥王仁德不在時，愛偷看教科書上所印的畫。

「別碰它……」阿德打過她的手。

那阿德卻意外地在嘉義市任職，使梅仔坑庄的年輕人們羡慕，因有人介紹到汽軍公司當工友，父母雖不大贊成，王仁德卻收拾行李，跟介紹人走。父母沒辦法，要給阿德三元。介紹人說：「公司供應食、宿，不帶錢去也沒有關係，認眞工作，考取司機執照看看，學校的訓導雖有名氣，薪水不過是四十元罷了，但司機最少一百元，這裏那裏都要他……」

轎伕夫妻聽了，臉上也就充滿希望送兒子出遠門了。

鄉下人跟都市生的小伙計不同，純樸而不會頑皮，加以起勁地工作，阿德受器重着，如果他留心的話，要做司機並不難，但當時的司機考試不僅靠駕駛技術，還要通過學科，要詳讀汽車性能與機械部分才行。這些書都是日文，台灣人有語言上的困難，讀來更是艱難萬分。但司機的待遇儘管好，生活稍寬裕的家庭是不希望兒子當司機，怕有什麼差錯就要坐牢。話雖如此，當時一

—大正初期時的台灣司機眞吃香，酒家茶室是司機的天下。

如所預料那樣，王仁德於第五年做司機且做汽車公司董事長太太的堂妹女婿的消息傳到梅仔坑庄來。這麼一來，該做王仁德老婆的秀英落空了，但看來秀英也並沒有什麼悲傷。養父母想秀英旣然無法做媳婦，養女跟女兒相同，有機會時給她找個合適的丈夫嫁出去——他們這樣計畫着。

儘管母親的阿媛聰明，她對長大成人的兒子不接受自己的計畫感到失望，但能跟董事長太太的親戚結婚，使她感到欣慰。當聽到嘉義市的媳婦生女孩時，抬轎子的丈夫埋怨：「生了個女的！」

秀英第二次被偷襲恰巧是端午節，轎伕夫妻到廟前看戲而不在的時候，王仁德回來。往年端午節時，廟前靜得很，恰巧這一年梅仔坑庄也設立汽車股份公司，由公司主辦在廟前演戲三天，男女戲班裏也有「亂彈調」的女戲子，從嘉義市邀請，受到庄民們的歡迎。秀英留守而洗澡時，王仁德又回來看見了，闖進洗澡間來，不管三七是二十一，又強暴秀英。這是秀英十七歲的時候。

「阿秀，妳是我老婆的呀。」

阿德從洗澡間一走出去，汽車的聲音遠去，只留下在耳邊的喃喃細語。她從裸體而被擁抱的羞辱蘇醒過來，忙打扮後走進自己臥房哭着。她百感交集着，不知自己怎麼做好。隔着豬舍的稻田裏，青蛙起勁地叫着，好像在諷刺人一般。靜悄悄的前面路上有人聲與脚步聲傳來，接着開門聲打破了寂靜。養父母走進屋子裏來，從油燈淡淡的光線看見阿德留放在桌上的包袱，問：

「誰來過呢？」

秀英不想起來迎接他們，連回答他們的氣力也沒有。

養父母把放在桌上的算盤推開，正在解開阿德拿回來的包袱。包袱裏面有從嘉義市帶來送雙親的禮品。既然放着禮品而看不見阿德，這使他們感到不安起來。阿媛推開秀英臥房的門走進去，養父站在外面看着。

「阿德回來的麼？」

秀英默不做聲。

看她並不是睡覺的樣子，養母搖着她的肩頭問：

「阿德回來的麼？」

秀英的歔欷更厲害起來。

養母預料到所發生的事情吧，一抽手便把站在房門口的丈夫推開，走出秀英的臥房。

「怎麼了？」

「你在這裏發呆什麼？」養母憤怒起來，拿丈夫出氣：「眞像你不考慮後果……」

「很多人說像妳而聰明得很哪。」

「傻瓜！」

在隔壁房間有養父母的一問一答傳來。

眞由不得人，阿嫒嘆息着。養女結果變成兒子的姨太太麼？她一想到這裏，心就冷了半截。他根本就不配娶小的，阿嫒感到氣恨起來。阿德還是愛阿秀的麼？嘉義市的媳婦肯讓阿德娶小的麼？她覺得自己碰了壁一般的感覺。丈夫在她身邊坐臥不安着，說阿德還是向阿秀下手麼？然後，他伸出手來。阿嫒用力打丈夫的手。丈夫把手抽起來。結婚二十幾年了，妻從未主動地邀他，但他想起他邀她時她從未拒絕過，他就知道今夜的妻的心情有些不尋常……。漸漸地，阿嫒流出眼淚來，無法控制住了。丈夫從自己的手掌感覺妻的臉淋濕着，於是他就安慰她：「傻瓜，事情順其自然以外沒有辦法……」然後，他把她摟抱得緊緊的。女人像孩子，當她哭的時候，抱她安慰一番就行——轎伕阿通想，他對妻是溫柔得很。

第二天，秀英板着臉，毫無表情地如往常那樣繼續做早上的工作，但嘴被絲線縫住一般沉默着，她看養父母的眼睛跟過去不同，認爲他們母子同謀着，不把抱養的她當做人，她討厭自己——養女無倚無靠的存在。

看了阿秀這種舉動，養父母想起庄內上吊事件，禁不住發抖起來。年輕的木工跟鄰居的農婦，夜裏在倉庫擁抱時被婆婆發現了，年輕木工雖跑掉了，農婦卻於第二天晚上吊死了！所以，在家裏吊死的話，這還得了，房屋的價值會降低，怨恨之餘變成寃鬼出現也說不定。因此，養父母雖覺得養女可恨，怕她萬一自殺就糟了，不敢嚴厲對付她。受過損傷的姑娘，對死一點兒都不害怕，只是害怕死後還會丟臉，這使秀英斷決自殺的念頭。養父母在談話時偶而故意提高聲音，要讓她聽到似的說：男女之間，常爲一點兒事情發生錯誤，這是常有的事，做人是避免不了的——他們的目的是要安慰她的樣子。

養父母跟養女雖暗自勾心鬥角着，但表面上對彼此的感情彷彿在捉迷藏一般。

外面街路有從山上下來的農民匆忙的脚步聲傳來，養父母不能牢坐在早餐的餐桌上聊天了。太陽已經在東山上露半個臉，晒着下垂的水田稻穗，第一期稻作的收成也逼近了。

第五章之三

再過一個月就是中元節的某天晚上，阿德回來了。他說利用夜裏空的時間回來的。那是向秀英施暴的第二個月月底的事。母親雖很想打聽兒子對養女的感情，卻找不出合適的語句開口。兒子已經長大成人了，她怕如果傷了他的感情，像長了翅膀的鳥立刻會飛走一般，她雖感到不安，還是不得不說：

「你今晚住在家裏，明天再走，你也得跟阿秀談一談才行……」

這好像是把兒子導引秀英的房間去的說法，那也就是表示：你跟阿秀的事情，我知道了，這樁事你自己要解決才好。兒子聽母親正面這麼說，羞窘地回答：見了梅仔坑庄汽車股份公司董事長賴秀成先生後再回來……。於是，他走出外面去，駕駛着汽車回街上去。

秀英在隔壁的房間聽養母向兒子說，她吃了一驚，不知是養母在關懷她，或會把她怎麼樣呢？她感到不安起來。今夜阿德如果走進自己房間來，她到底採取怎樣態度呢？她想，因無法決定而感到連手指頭都發抖着。跟他像兄妹那樣在這個家長大，兄妹要變成仇人或夫妻，秀英是無法想像哩。躺在牀上，聽在稻田或水溝的青蛙或雨蛙的叫聲，她感到昏昏欲睡了。推開臥房房門的聲音吵醒了她，她的心卜卜地跳着，阿德走進來。阿德看見臥房房門沒有下着閂，以爲阿秀在等他，他想起她的身體，慾望高漲起來。透過油燈淡淡的光線看見秀英朝牆邊睡着，他溫柔地喊她：

「秀仔！」

秀英轉向起牀，坐在牀邊默不做聲而望着阿德。

阿德離開阿秀的時候，豬餌酸酸的味道撲鼻而來。阿秀頭髮上燒焦的茶油，與汗臭使他幾乎窒息了。剎那間，他看着正在打扮的阿秀後悔了，覺得女人可取的不僅是身體，而情調也很重要哩。那是跟美人俱樂部美容霜，與金鶴香水的味道太遠的世界。糟了，他想，對自己無分別的情慾，他感到厭惡自己，而被那厭惡自己的感情又彈回去，撞上被豬臭味包住的阿秀的身體。他雖很疲倦，卻無法睡得很熟，頭番雞報曉了沒有多久便跳起來。秀英也慌着起來，想幫助他換衣，卻站着不知如何下手。

阿德向鄰室父母說他要趕快回嘉義市去才行。養父拿油燈跟養母送他。秀英羞窘地站在自己臥房房門口。等王仁德的汽車聲音遠去，養父母從外面走進來，關店門時她又走進臥房去。秀英看養父母的態度似乎不能了解，意識無賴轎伕夫妻彷彿開玩笑地把自己跟阿德結合一般，不把她放在他們一家三個人之中去。

從此以後，王仁德再也不在晚上回來。日間，他正式向公司請假，從嘉義市乘大林街經由的火車，再由大林街改乘往梅仔坑庄的巴士回來過。上個月，梅仔坑庄汽車股份公司董事長賴秀成約他談話，說他是梅仔坑庄人，應回到梅仔坑庄的公司來服務，但阿德藉故回絕對方。在嘉義市，不但收入好，跟董事長太太有親戚關係，要出人頭地的機會較多。何況他妻子也反對回到鄉下來，說蚊子多，到處聞到豬的臭味而令人討厭……。從王仁德看來，比起鄉下來，還是住在城市比較能過有趣的人生。只靠乘客的小賬，就能到酒家——桃花鄉去。上一次住在鄉下時，妻盤問他。王仁德說賴董事長好意勸他喝酒的結果，他醉倒了。黎明前，他聞到豬的臭味而醒起來，急着在早餐前趕回嘉義來不是麼？——他向妻聲辯着。妻中意丈夫說「聞豬味而醒起來」，哈哈大笑着說：

「你眞可以說是電影說明師……」

那是夫妻倆去看當時無聲電影時，倆都佩服說明師巧妙的話，所以妻才這麼說的。不過，妻對鄉下的養女，還是提高着警覺哩。

大正十三年春天，梅仔坑庄成立汽車股份公司，買兩部半舊的福特汽車。大林街與梅仔坑庄州路的交通，由此方便起來。至少從街上沿着河邊到梅仔坑庄站可省掉三十——四十分鐘的徒步，婦人們大大地表示歡迎。兩部福特車每天來往八趟，每部如果坐五個人的話，輕鬆得很，但車門外也有乘客站着，常載接近十個乘客，車費照付，警察也不取締，公司與乘客都感到有趣。婦人和小孩一定有位子坐，但男人攀着車門站爲原則。公司反正賺錢，增加車輛或改爲大型巴士不就好了麼？庄民雖也有這種建議，並未能通過股東大會。雖說賺錢，用人費，車的修理費，交際費等相當可觀，鄉下股東對這些還沒有信心哪。像這種小小的公司，王仁德怎麼肯回來呢！

第一期稻作的收割完了，第二期作的插秧開始的時候，朝晚吹的風有秋天的氣息。蟬叫的聲音也沒有了，蜻蜓忙着在空中飛來飛去。秀英在廚房後面嘔吐着，曾對秀英的動作有所注意的養母，立刻有所察覺了。於是，她又生氣又覺得失望，心冷了半截，收拾店以後差不多不想講話了。兒子的胡鬧雖然難免過份，但養女阿秀也太邋遢的，使她的煩惱無從發洩了。尤其一兩回就會懷孕的女人，阿媛看來太貪婪了。自己過了好多年，一直沒有效果，肚皮裏空空如的，她一想到這裏，她更覺得阿秀太下賤了，好比母豬那樣只交配一次就能生好幾隻小豬哩。話雖如此，養母與養女碰了面，都會把視線掉過去。但秀英沒有心思管這些了，起初不安地想或許是……，但過了三個月還沒有月事來，她在背後感到寒冷起來。死是最幸福的，但想到死後裸身露在衆人眼前，她又不能死；想起說被董事長招待，被校長稱讚而得意洋洋的阿德的臉，打算生淘氣的他的孩子。如果自殺了，只會便宜他們罷了。秀英的肚皮一天比一天大起來。

鄰居的太太不客氣地問豪爽的阿媛說：

「阿通嫂，妳家的阿秀與阿德並沒有請人家吃飯，送作堆就成親，這不大適合妳平常的作風的呀。」

「別開玩笑！到了發情期，根本沒有把父母放在眼裏，還談什麼送作堆呢！」

「咦！人也有發情期麼？」

「妳別裝蒜呀！難道妳沒有麼？……沒有？妳說謊！我？當然有。因此，才跟抬轎子的在一起不是麼？」

對方滿臉通紅着，拿阿媛沒有辦法。在男人面前習慣談淫邪話的阿媛是無所謂的，但一般的女人會覺得不好意思而匆匆逃走，認爲再談下去，不知還會講出什麼來。

「咦！我以爲妳瘦，屁股卻蠻好看不是麼？」

阿嬡從背後取笑着，使對方心頭癢癢的，加速步伐離開。處世上採取厚臉皮，這就是阿嬡一貫的作風。但她也是個女人，外表和內心還是不一樣，一個人在的時候，還是會煩惱着想：我前世造什麼孽，要過這種生活呢？

第二年清明節快到的時候，秀英生了女兒，她就是阿蘭。

轎伕說又是女的！他對孫女不感興趣。女兒大了要出嫁，對娘家一點兒好處都沒有！何況還給她嫁粧，只有吃虧的份。以妻跟自己爲例子，立刻就會知道的。妻常常回娘家去，哭着要什麼東西回來。女人是菜子命，不可靠得很，男人才是屬於家裏的！轎伕只以利己的眼光看一切。每月，阿德多多少少會帶些錢回來。過年過節的時候，會另給些錢做貼補家用的。父母能工作時儘量工作着，不能工作時兒子有扶養父母的義務。女兒像子彈一樣，嫁出去就完了——當轎伕對女人常抱這種看法。但兒子把每月拿的薪水連袋悉數交給自己老婆，拿回來給父母的只有小數目，這一點轎伕不去想它。當然啦，因自己是轎伕的兒子，卑屈心使他對老婆不得不奉承也說不定。轎伕是解無聊而賺小賬的——王仁德或許這樣吹牛也說不定。司機的老婆把小錢包抓得緊緊地，認爲是女人的安全措置。因此，除非公公婆婆叫苦連天，她不能放鬆打開錢包的。

阿嬡本來打算以養女做媳婦，卻以奇怪的形式生女孩，這使她嘆息着，宿命地想：「謀事在人，成事在天」。如果養女是媳婦的話，兒子阿德的收入會統統拿回來。嘉義市的媳婦是有錢人家庭的女兒，但她娘家的錢並不會帶給婆家來。轎伕兒子的媳婦是好家庭出身，這只是體面好，其實是空得很，據說嘉義市的媳婦鬧起來，所以阿德不敢回來照顧秀英。如果不是這樣，嘉義市與梅仔坑庄兩邊的女人爭先恐後地繼續生孩子，這也是糟糕的，但阿德從此不再顧秀英的話，秀英萬一再跟別的男人生孩子的話怎麼辦呢？……阿嬡越想越覺得無窮盡，結論是一切還是靠自己，而她的店生意越來越好了。娘家的哥哥介紹一個名叫阿明的小伙計給她用。他只有十四歲，所挑的水跟主人轎伕一樣多，很會賣東西，人也聰明得很。他如果年紀大些，能跟秀英成一對，就可打如意算盤了！轎伕甚至在晚上睡覺時向妻耳語：秀英每天該打扮些，像女乞丐一樣太不注意自己的裝束……。他說的太多了，被妻踢了一脚。

秀英差不多整天都不到店面去，專門將精神放在厨房的工作，豬的飼料，以及每天燃燒的劈柴上面。有時她背着阿蘭工作，要到田野工作或撿柴去的時候，她讓阿蘭睡在用竹子做的船型搖籃裏，將結在搖籃裏一端的繩子，連結在養母坐前台的竹子。嬰兒哭叫的話，把那繩子拉着，放着。重複了這些動作，就沒有必要把嬰兒抱起來。餵奶和換尿布有一定的時間。撿柴遲回時，桀橱裏放着已放好糖的米乳和煉奶。因此，嬰兒阿蘭是不必太受人照料的。

這種家庭的男主人雖不受重視，但是悠閒得很。女人們一心一意地工作，王明通卻追一攫千金的夢。他對賭博有莫大興趣，但老婆最討厭的還是不要去做比較好。因此，每天好像等抬轎的工作，其實沒有抬轎的日子，生活像在路傍的石頭一般。於是，他對迎神賽會，比任何人都感到高興。晚上，他連妻兒要坐的竹椅一併夾在脅下，忙搬到廟前廣場去。他蹺起二郎腿坐着，抽着烟斗，只聽鑼鼓聲漫天響，望着還沒有人出場的戲台，都不會感到無聊的。他最中意把臉塗紅或塗黑的男演員在殺來殺去。好像自己也有份似的，心裏感到痛快之至！但他看見美女與小生眉來眼去，他嫉妬心油然而生，禁不住往妻所坐的女坐席望了一眼。看戲時，時間過得眞快！散戲的時候，他在廣場的一角落等着妻，興緻冲冲地又把竹椅拿回去。

五年過去，阿蘭能跟鄰居的小鬼們玩了。她雖是個女孩，能把倒立表演得很好。祖母也許討厭自己魯莽，不喜歡不像女孩的阿蘭。祖母雖希望能把她教育成溫柔的女孩子，卻無從下手。但抬轎祖父卻對這種女孩感到興趣。這是受女俠的戲的影響吧，覺得能擺出女俠的樣子也好。反正不是正式結婚生的孩子，將來有冒險性的生活卻是刺激有趣得很——祖父對她抱着很大的期待。母親秀英一心一意只想把她養育成康健的女孩，至於如何教育她，卻沒有好的意見。用母乳養大的阿蘭，秀英把她當做命根子一般疼她。日間她有時工作而累得要命，但夜裏母女並枕睡的時候，她的心裏感到舒坦起來，而且聽阿蘭談一天來的事情，她感到莫大的快樂。女兒使她感到人生的意義，她聽見阿蘭甜蜜的鼾聲，她也被引誘着墜在美夢中。養母待店員的阿明，比媳婦的自己好。養母是不是把阿蘭當做孫女，秀英對此不無疑問。但這些都無關緊要，阿蘭是我一個人的孩子——秀英想着，悄悄地抱着我兒，親親她頰邊。軟綿綿的孩子皮膚由頰邊傳來，使她滿腹子難過起來。除了自己以外，沒有人可靠的阿蘭，秀英覺得女兒太可憐了。爲了女兒，秀英想勇敢地活下去。縱令死去，靈魂還是不離女兒身邊而會守護着她……。

轎伕王明通自店的生意繁榮以後，想賺零用錢的精神又鬆懈了。抬轎的工作言候補變成本職，又從本職變成候補了。因精神鬆懈的緣故，把傭家供應的酒免費喝爲目的，被轎伕伙件討厭着。王明通常常把酒喝得過多了，脚步不穩而伙件感到頭大了。

「明通兄，今天請別喝太多的酒好麼？龍眼林村莊的路不好走的呀。轎子有警察的執照，萬一你把轎子弄翻了，雖賠償乘客受傷和修理轎子不要緊，如果被吊銷執照，我跟你不同，三餐立刻成問題了！」

「啊，我知道的。我也需零用錢，需得緊哪！最近你們連一次也不來喊我。我只好向阿明小夥計借零用錢的呀。那傢伙每月有三、四元的薪水，但我簡直像沒有薪水的長期傭工……」

「別說傻話吧！那有向老婆拿薪水的丈夫呀？她免費給你抱，給你飯吃，你還想薪水，你這個想法不對的呀。」

「別開玩笑好不好？我原來也是個有錢人，跟她在一起以後，才敗落到這個地步……」

「這一點你自己也有責任，現在發牢騷又有什麼用呢！」

「所以說夫妻間應該有情份吧。每天只是想着錢，錢，錢，別的什麼都不想……」王明通做了痛苦的辯護。

阿嫒恨無能的丈夫，絕不把錢包放鬆。但儘管是無能的丈夫，有了丈夫就不會受人欺侮的。從她而講，丈夫是保鑣似的存在，她如果沒有好好地把握他，最近連保鑣的職責也不可靠了。她對於店的收入，連一錢都不讓他經手。這是錢能使鬼推磨的社會，這個家由她兩手支撐着，錢是她的第二生命。她坐着只靠使眼色或用嘴巴就知道如何使山上的農民高興，而伙計阿明跟着顧客做買賣，生意就自然會繁榮的。最近店的週轉資金寬裕多了，被欠逃的連一家也沒有。事業一順利，心情跟嘴巴也上了軌道，於是阿嫒更妖豔起來。

在農村說女人，大略可分爲姑娘與老太婆兩大類，美麗的徐娘半老是很難見到的。如果說有的話，是躲在寬裕的家庭深閨裏，中間的徐娘半老能直接跟農民有關聯，這是比什麼都更具有魅力的。農村的姑娘一結婚，一個又一個地生孩子，看來很快地變成老太婆。雖說是年輕的妻子，不大打扮，怕被人家說閒話打扮給什麼人看，所以農村看來只有姑娘與老太婆罷了。

王明通熱鬧起來的檳榔店裏，只有像松鼠兒那樣敏捷的阿蘭一個人在穿着顧客之間玩着。有時她掠過祖母的眼睛，從窗板台上的玻璃罐中取粗點心。粗點心吃厭了，她就會拿走一錢銅幣，

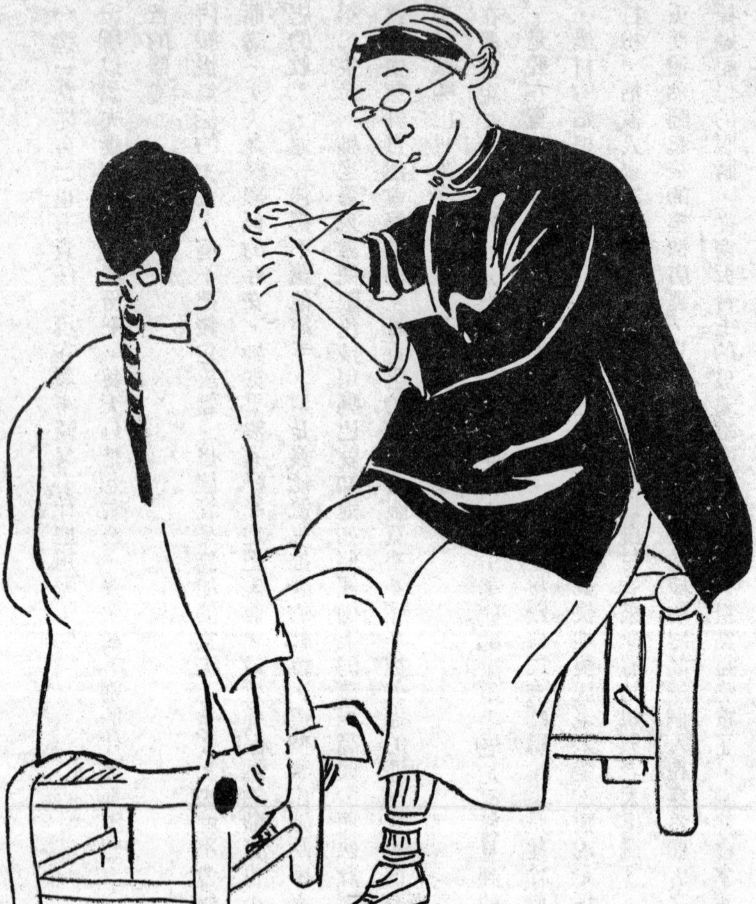

她並沒有把阿明伙計放在眼裏。阿明對敏捷的小姑娘，覺得很可愛。這也許被阿蘭看穿吧，她只是回來看笑着的小伙計一眼，拿一錢銅幣便往市場跑去。阿蘭從市場回來，被祖母看見了嘴邊沾着油。祖母的眼睛立刻嚴峻起來。阿蘭小心着，不敢走近祖母身邊來。於是，手裏拿着趕雞竹子的祖母立刻站起來問：

「妳吃什麼，從那裏拿到錢呢？」

「是人家給我的呀。」阿蘭理也不理。

祖母拿着竹子趕她。纏足的祖母像跳也似的跑着，怎樣也趕不上她。阿蘭在遠處笑着，好像是向祖母招手：過來吧，過來吧！祖母無可奈何她，臉上雖然還在生氣，肚皮裏已經息怒了，跑進店裏來。阿明小伙計笑着說：妳們祖孫像演戲那樣有趣得很。老太婆聽了，瞪大着眼睛，眞正氣起來地說：

「你笑什麼呀？你沒有好好地看守店，所以不知道錢被偷的事。或許你給她錢的吧？」

「不是的，我不知道的呀。」

如果拿他出氣就糟了，阿明翹起嘴巴表示受委屈了。

阿蘭看見小伙計挨罵，怕祖母這一次會眞正發脾氣，所以她沒有立刻回家，改變遊玩的方向。

母親從田野回來，怎樣等都沒有看見阿蘭回來，於是她感到不安，擔心地問阿明小伙計。阿明又小題大作地說明差些就挨祖母打……。秀英心痛得掉下眼淚來。這時她看見阿蘭從廚房的門口悄悄地走回來，於是她跑過去，把阿蘭抱起來，像親嬰兒似的親着女兒說：

「阿母正在擔心妳的呀！」

「沒有發生什麼的呀，阿母！」阿蘭說着，從母親懷中下來，拿着碗子倒了開水，給母親喝了一口以後，她響着喉嚨喝開水。

阿蘭太可憐了，她躲藏着，喉嚨不知如何乾呢？——做母親的鬆了一口氣，於是開始準備晚飯。晚飯後她給阿蘭洗澡，帶女兒到臥房去，陪睡片刻，又到廚房去收拾着，自己洗澡以後，悄悄地躺在阿蘭身邊。

廚房的一切是屬於秀英的工作，至於店的事秀英連一次也沒有參與過。這是起因於她知道養母的脾氣，不願意多參與，但養母跟農民互談粗魯的話，她不願意到紅着臉的男人面前去，這才是她眞正的原因。何況養父母並沒有表示過要她幫忙，所以店的事跟秀英是屬於別人的事一般。

當她悄悄地走進來的時候，阿蘭有時還沒有睡，立刻擁抱着母親，細聲叫：「阿母！」

「蘭仔是個乖孩仔……」她把手當做女兒枕頭，敲着撒嬌的阿蘭的肩頭，用鼻聲哼着民謠代替搖籃曲……。

「阿母是爲蘭仔而活，如果蘭仔不需要阿母，阿母會隨時死……」

阿蘭聽了，害怕地把臉壓在母親懷中，撒嬌：

「不，不，阿母不能死，蘭仔很愛阿母……」

「蘭仔是個乖孩子，阿母要長久活着……」她把阿蘭抱得緊緊地，親女兒的頰，敲阿蘭的肩頭催女兒睡，經女兒要求用鼻子哼着歌，後來又講故事……母親的聲音越來越細，阿蘭朦朧起來，母女漸漸地被導入夢中。

第五章之四

梅仔坑在於大正十二年成立汽車股份公司，昭和三年有了電燈，昭和五年春天新開的理髮店有短髮的老闆娘出現在店前。街上的人們張大着眼睛看她，覺得她像鵪鶉那樣沒有尾巴，也像女人的頭脫了毛一般，看來太圓了。但漸漸地，連國校的女教員也變成那種頭，像鵪鶉那樣的女人一增加，在背後說閒話的也就沒有了。這是時代的潮流使它變的。但秀英並不想趕時髦，她也知道這樣比較方便，卻不想到燙髮店去。她還保留着視頭髮爲女人的命的觀念，沒有做尼姑的機會就不想剪髮的。未生阿蘭以前——姑娘時代的秀英是把頭髮梳成榭樹葉年糕型，但生了阿蘭以後用梳子挽髻鬆型，因此看來比實際年齡蒼老，其實阿蘭這時五歲，母親的秀英只有二十三歲罷了。

當時在田野工作的女人，還是穿草鞋或布鞋。女兒阿蘭看見母親穿草鞋，抓着衣服的下襬不放，她也想跟着去。因沒有給小孩穿的草鞋，不希望她赤脚踏有早上露水的山路。當時連公學校的兒童差不多都赤着脚上學，只有慶典儀式時禁止赤脚。連街上生活過得去的女孩也從家裏上學時穿着長統皮鞋，但一到學校就把鞋子脫掉。因此，下課後用包袱包着教科書，腋下挾着長統鞋走着。穿制服，把書包放在肩上，穿白長統皮鞋的只有日本人小學校的兒童罷了。台灣國校——公學校並沒有制服的規定，也不必穿鞋子。服裝各種各樣，要認清貧富，縱令不靠服裝，只看包袱的布料就立刻知道。不上學的孩子穿鞋子只有過年罷了。但阿蘭比起田野，還是希望撿柴去。到山上她可碰到撿柴的小鬼們，眞是有趣。他們會摘些花或過了季節的果實給她，阿蘭抓着母親衣服下襬不放，使母親了解女兒的心情，大約每三次帶她去一次。如秀英所預料那樣，她在山上跟撿柴的小鬼們打成一片，快樂地玩着。但她時時想起母親似的喊：

「阿母喲！」

她的聲音在山谷回音着，母親未回答以前一直喊着。

「阿母在這裏，就回去的呀！」

母親的答話也成回音，在山谷間響着。

阿蘭聽了，於是放心參加陳啓敏坐在石頭上指揮的小鬼們的一隊，玩得忘記一切。啓敏雖跟阿蘭的父親——司機同歲數，但他是山上粗漢，看來蒼老而幼稚得很。他的動作太遲頓，看來像小孩，人家以爲他是傻瓜哩。由於這個緣故吧，說他阿叔，不如說他是孩子頭比較妥當。那好像是從大人的世界排除的大人，加入孩子的世界一般。他的眼睛常笑嘻嘻的，如果孩子們笑着疑視他，他的眼睛失掉信心而朝別的地方去，只有嘴邊留着笑絲。阿蘭立刻發覺他這位阿叔有這些特點。於是，她覺得他太使人傾心了。啓敏不知什麼緣故疼愛小鬼中只是女孩的阿蘭。大家說不表現翻觔斗的話不能入夥，她立刻把辮髮銜在嘴裏表現翻觔斗着。小鬼們一齊拍拍手的聲音，從山谷回音着。啓敏覺得太難能可貴了，命令她：好了，好了；但她說：不要緊；而這一次卻把脚伸得直直的，表演倒立給大家看。於是，阿蘭參加伙伴的典禮終了似的，小鬼們拍手的聲音繼續着，阿蘭如故事中的小公主一般被歡迎着。阿蘭從未如此感到得意洋洋過。小鬼們崇拜到阿蘭到極點，凡是在山上能產生的果實或稀守的花，連可以辦家家酒的樹子都集中在阿蘭面前。啓敏看見活潑的阿蘭，如雨過天晴一般，心情開朗起來。起初他以爲她不顧一切的，卻並未如此。喊他爲啓敏叔的，阿蘭爲第一個。男孩子在倒立的時候，將辮髮在地面泥砂上拖着，但阿蘭銜着頭髮武裝後才做，這現出女孩的聰明，使他高興起來。啓敏不知道女孩在本能上愛護頭髮，因此格外覺得完美哩。相反地，他恨阿蘭的父親——司機，或許出自於義憤呢。啓敏對於拋棄阿蘭母女，只在嘉義市妻子處的王仁德，常常覺得可恨。是不是這個緣故吧，他更覺得阿蘭太可愛了。因此，他一到山上來，他就從森林、雜木林、山茶花樹林起勁地找要給她的果實、樹子、鮮花等，使他覺得生活有意義哩。他把過了季節的果實，用山芋的葉子包着，把它吊在樹枝上，然後開始撿柴，等阿蘭來。啓敏看阿蘭天眞爛漫地耀輝着眼睛與高采烈的樣子，他比什麼都高興。這種情況半年繼續着，這半年是啓敏的一生中最快活的半年。

接近炎夏的有一天下午，阿蘭聽到母親的回音：

「阿蘭，阿母要回去的呀。」

「好的，阿母等我呀。」

阿蘭的聲音立刻變成回音，她一回答便跑。阿蘭的辮髮用紅繩子束着，像蜻蜓的屁股那樣翹起來。小鬼們以及啓敏發獃地歡送着，到看不見阿蘭爲止。阿蘭往可聽到母親聲音方向跑着，在竹林間可看見母親背着柴捆，從竹林往埤圳所流的山腰下去。

「阿母，我來了！」

「妳吃了飯團沒有？」母親氣喘着問。

突然間，阿蘭「噯喲！」的喊一聲。母親嚇了一跳，忙將柴捆一丟，回頭一看，以爲阿蘭被蛇咬而憂慮萬分。阿蘭蹲下來，用兩手壓着。母親跑上來看用手壓的阿蘭的右脚，從脚掌心噴出血來，她不小心踏上竹子的殘株哩。竹子的殘株像刀刃那樣銳利得很。母親看了，立刻一手壓着阿蘭的傷口，一手摘着在附近的蔓草草葉，把它放在嘴裏，嚼爛了以後就把它敷在阿蘭脚的傷口。她拼命地重複了兩三回，把嚼爛後的蔓草草葉敷在傷口。藍青色的草汁在脚底裏擴大着。在那上面，將山芋葉蓋着，母親解開了頭巾，包裹阿蘭受傷的脚，母親以唾液與蔓草草葉完成應急措施以後，把阿蘭抱起來，從山上走下坡去，母親的呼吸裏有強烈的草汁青臭味。汗從母親的臉上，身體上如下雨般流着。阿蘭忽然把母親的眼睛一看，那不是汗，而盈滿眶的淚珠，漸漸地母親的臉孔扭歪着，母親因悲傷而大抽大噎地哭着打顫，傳到阿蘭的身體。

「阿母別哭，阿蘭要做乖孩子，我不喜歡阿母哭……」

但她抱着阿蘭，將神經集中在脚上走着繼續哭。她走下去埤圳，就讓阿蘭坐在石頭上，自己用兩手捧着水，漱口一番，將留在口中的草汁涮着。這些完了以後，她捧起水喝着，用那濕的雙手擦擦臉孔，她還是用濕的雙手擦擦阿蘭的臉孔。母親冷冷的手碰到臉孔，阿蘭覺得舒服得很。

「阿母……」阿蘭低聲喊着，兩手纏住母親兩腕。

母親已經不再哭了。阿蘭不知道怎樣道歉自己使母親這樣悲傷，但她更不知道母親的悲傷不僅是這些事呢！

「妳要坐在那裏不要動的呀，一動㯳就要掉下來，阿母去將柴搬來。」母親說着，又撥開草叢爬上山坡去。

阿蘭望着哭後的母親背影，她幼小的心靈也感到寂寞起來。稍暗的森林中靜悄悄地，埤圳潺潺的水流像低語一般聞來。她還想喊：「阿母！」，怕有回音而忍受着。她想起母親滿嘴裏嚼着苦苦的草，不由得低聲喊：阿母！我對不起妳，阿母！她在嘴裏重複着。母親剛強得很，什麼都能做，但需要母親，敬愛母親的不是只有自己麼？阿蘭望着用頭巾包的右脚想。

「阿蘭，妳動過脚沒有？」

她聽到母親的聲音，抬頭仰望母親，一邊回答「沒有」，一邊擔心母親是不是又哭，卻發現母親的臉被汗沾汚着使她嚇了一跳。

這條埤圳環繞着這座山的山腰，灌溉秀英家附近一帶水田，且跟供應梅仔坑庄民飲料水的河合流着。從埤圳邊的小路往西北走五公里，就可以走到秀英家前面的田間小路。秀英選繞遠的小路，就是不願意走街路哩。沒有從竹林的山坡下來，走出後面的保甲路就有梅仔坑庄與竹崎庄的州路，阿蘭與撿柴的小鬼們玩的地方恰巧在那裏。走過那裏，有走出街上前路或街上後路的近路，但對於碰到任何人都感到畏縮，覺得跟人打招呼太麻煩，如果能舒服走的話，多繞一公里又算什麼呢！她爲可愛的女兒，不願意把自己莫名的身分暴露在別人面前。她覺得阿蘭太可憐了，變成厭煩人的人。母女在山谷呼喚的回音，使秀英有說不出的高興。但由這一次的受傷，母親知道要把阿蘭帶到山上來實在太危險了。

「阿母！」

秀英不回答，將柴捆豎立在埤圳路邊的樹上，然後將衣服下襬拿上來，揩臉上的汗。她把衣服下襬拿下去，彈彈灰塵後蹲在阿蘭的所坐的石頭前面，輕輕地把用頭巾包的阿蘭的脚拿起來，問：

「還疼麼？」

「阿母給我敷藥，現在已經不疼了！」

「是麼？那就好……」

母親說完了又站起來，又到埤圳邊去，用雙手捧着水洗臉。然後又用那濕的手揩阿蘭的臉。阿蘭覺得涼爽起來，朝母親笑着，拉母親衣服的下襬。母親坐在阿蘭身邊的石頭上，深深嘆息着。

「會挨阿媽罵的。」

「不要緊，並不是淘氣才這樣哪。」

「……沒關係，挨罵也沒有辦法。」母親悄悄地說着，親了阿蘭的頰，撫摩了她頭髮問：「口渴了？」

阿蘭點點頭。母親摘了山芋芋葉，在埤圳洗乾淨後，在那山芋葉放着水，拿到阿蘭面前來。

水在山芋葉中，像真珠那樣滾動着，快要掉下來。母親巧妙地把放在葉子中的水流進阿蘭嘴中。水的一半漏掉下來，濕了阿蘭的胸部，阿蘭發癢着笑出來。母親被逗着也笑了。母親本來想揹阿蘭，但怕藥草會滑落，所以決定抱着她走。母親找到了合適的石頭讓阿蘭坐下去以後，又回到原路去揹柴捆。秀英重複着前進與後退，將阿蘭與柴捆帶回家。

祖母瞪大着眼睛看她母女。秀英的衣服好像碰到驟雨一般，被汗淋濕着。祖母看見孫女的脚裹着傷，粗聲問：

「被蛇咬麼？」

「踏了竹子的殘株……」秀英答着。

祖母歪曲着嘴，諷刺地問：「嗯，妳們母女在山上賽跑麼？」

「阿媽，不是的！我想摘花，不小心踏進竹子的殘株哩。」阿蘭爲袒護母親，突然說謊了。母親聽了，吃了一驚。祖母也就默不做聲了。祖父把一切交給祖母去處理，並不說什麼。秀英讓阿蘭坐在厨房的竹椅上，爲使脚上的藥不掉下來，另拿一只竹椅子來，讓阿蘭的右脚放在上面，然後她急着準備晚餐了。

阿蘭的脚傷因藥草而沒有多久就好了，她再也不說跟母親去——她雖然很想去，除非母親開口，不敢說出來。母親要到田野去的時候，她纏着後面看母親準備罷了。阿蘭的脚傷尚未好，拖着跛脚的時候，撿柴的小鬼們來打聽阿蘭的消息：阿蘭爲什麼不到山上去呢？這是大家很想知道的。他們看了阿蘭的脚，立刻明白一切了。阿蘭一邊躲開祖母可怕的視線，一邊向伙伴們說：踏了竹子的殘株，快會好的；但她並沒有說：脚傷好了，又到山上去。小鬼們立刻把這樁事告訴陳啓敏。他聽了，感到又失望又傷心，突然覺得山上的一切變成空空如的，連在空中一邊旋迴一邊啼的鳶的聲音都空虛的感覺。最可愛的女孩不再來了，啓敏不像過去那樣跟小鬼們玩，他已經沒有這個心思了。小鬼伙伴因失去主角而洩氣，有時在山路碰見阿蘭的母親秀英，就問阿蘭的脚傷。秀英繃着臉，答得有氣無力。

「阿姨，阿蘭的脚好了麼？」

「嗯。」

撿柴的小鬼們看見秀英的臉上好像說：阿蘭的脚傷都是你們的緣故；於是，他們就不好意思再講別的話了。山上撿柴伙伴的集合，因此自然解散了。啓敏老是一個人沒精打彩地坐在樹蔭下或石頭上，像神經停止一般，靜靜地一直坐着。不知不覺間，春天過去夏天又來了。撿柴的小鬼們因新陳代謝而出現新面孔，但大家不像以前那麼熱鬧了。大家都散開了，雖然在廣場偶而碰面，集體的遊戲沒有了。秀英出現在山上，也沒有人跟她講話，只看見啓敏以懷念的日光追着她背影。這也許因她是阿蘭的母親而懷念她也說不定。最近啓敏負責做開墾山上樓梯型菜園做水田的耕作，因此在田野的時間比較多，使他多享受自由自在的生活。水田恰巧在山腰埤圳下面，從插秧、除草、割稻、晒稻穀等——此間所要做的工作都是屬於自主性的，所以跟在家或店時不同，不會被人使喚的。休息的一些時間，他看見走田間小路的秀英，他不由得感到寬心的快樂。那個快樂在秀英消失前，一直留在心上。

啓敏在陳家的地位，說養子不如說撿柴與承擔水田的長期工人來得妥當。陳家的生意越來越繁榮，養父保正在街上是最有聲望的保正。在不懂日語的人簡直被當做傻瓜的環境裏，養父勉強可用日語，加以有訓導兒子跟在後面，他們在殖民地台灣是模範家庭，但做那模範家庭的雜工，不如做山上的農民比較輕鬆。關於戰爭的消息和店的事，啓敏常在粗點心店聽到這些，但這些都不關他的事。可是，當他聽到自己的名字不知不覺地被改爲「千田眞喜男」，啓敏實在嚇破了膽子。連一些日語都不能說的自己，變成日本式名字，成爲日本人，這等於要他從此做啞巴一樣。我從此要怎麼辦呢？他感到迷惑起來。於是，說他要見人更覺得麻煩，不如說害怕呢！因此，他在山路碰到日人巡查時，害怕得發抖起來。

「千田眞喜男，最近怎麼樣？」

四十上下的吉田巡查，爲巡視村莊而常在山路碰見陳啓敏。吉田巡查對梅仔坑庄的事情，都知道得很清楚。這個保正的養子，他的存在是從家裏的人除外的，但還是有日本人的名字，所以稍有奇異的感覺。也許這個巡查是海軍出身，見聞廣的緣故吧，有人道主義的想法，也有幽默感。人的命運只有神知道，巡查這麼想，也許是當海軍乘船時所受的影響也說不定。但啓敏那樣被喊着，他只呆笑着，臉紅起來。巡查感到洩氣了。啓敏看見巡查臉朝後面，他就鬆一口氣。如果巡查繼續問下去，他什麼都不懂，他或許被打嘴巴也說不定。因此，他跟巡查面對面的一瞬間，覺得比一日還長。他汗流滿面，眞想咀咒訓導弟弟，要改改自己的就行，多管閒事地連他的名字也改，使他災情慘重，心裏負擔沉重，實在太可恨了！

戰爭正盛由於配給制度的嚴格實施，連啓敏也感覺到。他用黃麻細細的絲做捉竹雞的陷阱。以前一隻十錢的，最近可以賣十五錢了。他把小錢放在腰帶前面，因店員老是模着向說笑：「我們的睪丸有兩個，你卻有三個」，使啓敏感到氣憤起來。於是，他想到把錢放在奶罐或壺子，在腦子裏數一數埋在地下的壺中到底有幾十元，這變成啓敏樂趣之一，也是啓敏唯一的秘密哪。在街上盛行着「黑市」的消息，啓敏覺得它好像跟警察捕繩的一端連在一起。但啓敏並不需賣也不需買黑市物品。他只是悄悄地積錢，每天追着秀英的幻影就夠了，這就是他的全部人生哩。

秀英讓阿蘭的頭枕在自己胳臂上，因阿蘭說起山上的阿叔，使她冒火起來，跟往常不同地用險惡的聲音說：

「住嘴！快要睡的呀，難道妳不怕妖精麼？」

孩子在夜裏不睡，一直講話，狐狸精聽到了會出來——母親曾把這個故事告訴阿蘭。阿蘭想起頭髮亂糟糟地，只有大大的頭從樓梯掉下來的妖精的故事，緊緊摟住母親的胸部。母親好像在哭的樣子。

第五章之五

啓敏發作性地在下午兩點多鐘的驟雨中非禮秀英，幸而街上什麼人都不知道。但啓敏因受那精神的創傷，變成更卑屈而更討厭跟人來往。所以他雖只有三十歲，看來更蒼老。他已經不跟撿柴的孩子們玩了。那年冬季，他只在穿通的山坡晒着陽光。穿通山坡像跳舞場——廣場，像夢的遺跡，他坐在田寮感到無聊，就自然而然地走到這裏來。這二十多年間的歲月，他在這個廣場流連過。

對於啓敏日常生活的改變，秀英並不是不知道。在梅仔坑庄發生的儘管是小事情，不出兩天就人人知道。被啓敏調情的幾天間，秀英每天過着暗淡的日子。如果這件事傳遍了庄內怎麼辦呢？縱令她都不曾被他怎麼樣，無聊的傳播風聞的人們，不知如何會加油添醋，製造什麼話題呢！因此，她害怕到田野去工作，又在山路遠遠看見啓敏時，她的神經尖銳起來。這一次他如果再向她非禮，她要把整捆柴捆向他丟過去，拔起刀來砍他——她這樣準備着。

她曾被義兄強暴着，連孩子都生了，但這本來就要送作堆成夫妻而變質的。但啓敏是別的男人，事先並沒有談婚娶而男女在一起，這是姦淫，當時梅仔坑庄的女人儘管窮，也保留這份自尊心。

啓敏就不同了。人會煩惱，因有明天才會這樣的，如果變成絕望了，只是重複今天罷了。他對秀英已經不感興趣了。阿蘭這個可愛的女孩，也在他夢中出現而留一些幻影罷了。不過，他知道秀英害怕自己，所以他儘量避免跟她相遇，縱令走了不得不相遇的同樣的山路，他就把柴捆丟在一邊，自己爬到山坡上去，等她走過去以後再下來背着柴捆才走。

他這種用心良苦，反而引起秀英的注目，覺得他是一個可憐的男人，害怕女人的一擊，連眼睛朝她看一看都不敢。夜裏她想到這樁事，就懷疑這個膽小的男人那時怎麼會有那發作性的勇氣呢？尤其阿蘭問起有沒有碰見山上的阿叔，她更會想起他。

過去秀英一躺下臥房就立刻睡熟，但最近不知什麼緣故全身充滿着力氣，想起自己毆打男人，甚至感到一種快感。夜裏靜悄悄的，連青蛙的叫聲都使她的心中引起一陣陣的騷動。從鄰房常有養父母的悄悄話傳來，她聽到過去從未發覺的事而嚇了一跳。她對六十歲上下的老夫妻，像年輕男女那樣情話綿綿，她感到憤怒，很想從這個家逃走——下流的聲音使她煩惱着。秀英被厭惡的情感驅策着，頭腦更清醒起來。

這個家使我討厭，她想，但我要到那裏去呢？她不得不想到自己的將來。過去她看不起的啓敏的事，像紙屑那樣浮現腦海中，她卻莫名地把握它，開始思考了。於是，秀英每天煩惱着。煩惱等於她對於明天萌芽希望，所以她每天的起居動作相當任性起來。她到山上去撿柴看見啓敏，心裏卻暖和起來。他要向自己撲來，是不是以前一次爲最後一次，她有時這麼想。但她每次上山去，不一定都能見到他，那時她反而覺得自己被拋棄似的，寂寞得很。到了晚上，她聽阿蘭談山上阿叔的往事，感到有趣，有時卻感動了。只要是裸身的女人就會撲過來——她以爲這是男人的習性而內心輕蔑着，但她覺得只有啓敏不是這樣。

夜深了，在隔着家裏前面的街路，對面水溝叫的青蛙聲，傳來了一陣。在街上遠處吠的狗聲，聽來寒冷的樣子。連鄰居養父的鼾聲也傳來。秀英如被窮追一般，厭惡這個家的情感，越來越激烈了。自己變成如此不幸，或許是什麼懲罰也說不定。連睡在她身邊的阿蘭睡的聲息也使她的心卜卜地跳，這到底是怎麼一回事呢！不知不覺間，秀英在夢裏彷彿在山中。

過了年後，第一期稻作的插秧完了，正在做最初的除草的時候，秀英把柴捆豎在田間小路的樹上，走下啓敏的水田去。她窺視田寮裏一看，啓敏把脚一隻放在另一隻上在膝上挑選着麻絲。他忽然感到人影而抬起頭來，發現她而吃驚地站起來，用要躲開一般的姿勢，凝視着秀英的眼睛。秀英留神着周圍的動靜，然後走進田寮裏去。竹牀前面的竹椅子，因被啓敏後退的脚踢着，翻倒在地上。

「阿敏！我打你，眞對不起……」

啓敏沈默着，起勁地凝視着秀英的臉，直直地站着。秀英看了正在害怕的啓敏，刹那間不知說什麼好？

「阿敏，你想看女人的奶吧？如果你想看的話，可以看的呀！」

秀英把左胸上面衣服的鈕釦解開，雪白的乳房像發光似的映入啓敏的眼簾。啓敏臉色的表情雖然緩和起來，但身體像黏住一般，還是直直地站着。秀英拉着他的手放在自己乳房上面。於是，啓敏一手擁抱秀英，把臉孔埋在兩乳之間，開口說：

「我很喜歡妳……」

秀英沒有想到啓敏會向她說這種話，所以他眞實的感情更使她感動了，於是她陶醉在從心底裏燃燒的情慾中。

「我也是的呀。」

啓敏只是想：我也有女人！有了愛我的女人！他繼續在心裏喊着，把身體交給她。秀英雖是一個女孩的母親，但在精神上是跟老處女一般燃燒着好奇心，隨心所欲地抱着自己第一個所愛的男人，跟他做愛着，這反而使兩人的愛情加深了。兩人怎麼以這種方式結成情侶呢？這恐怕只有神知道。

兩人從竹牀起身的時候，發現連田寮的門都沒有關而吃了一驚。啓敏走出田寮去，將周圍看了一看，連一隻狗也沒有看見，只有鳥快樂地叫罷了。於是，他把門關着，再抱着秀英，好好地享受抱自己女人的滋味。

「我已經不會讓你離開……」

「我縱令死了，也不讓妳離開……」

秀英看見自己結在腰邊的刀架不知不覺中解開而放在竹椅上，於是她開始準備回家了，一邊拿起那刀架再結在腰邊，一邊卻淚盈滿眶，然後將臉孔壓在啓敏的肩上，哽咽着說：

「我捨不得離開這裏……」

「我們一定要在一起的！」啓敏的聲音小得幾乎聽不清楚，但他用咬緊似的聲音說。

秀英不知道啓敏如此剛強而有志氣，於是她覺得他格外可愛起來，緊緊擁抱着他。秀英一走出田寮，匆匆地從後面的山坡爬上去。啓敏站在田寮屋簷下面，一直目送揹柴捆的她，到看不見爲止。他折返田寮時，突然感到家裏空虛得很，沒有秀英的家是沒有什麼意義可言，這是他過去從未有過的現象。他垂頭喪氣地坐在竹椅子上，追憶着阿秀的遺香，開始煩惱了。不趕快在一起的話，說不定兩人的好事會被破壞一般，他感到焦躁起來。我應該找個媒人說說親才行。王仁德並沒有把秀英不放走的任何理由，只要跟王明通夫妻談判就行。但貪婪的王明通，不知要敲多少錢呢？啓敏想起埋在雜木林中的壺子，但那些錢還是無濟於事的。想來想去，主要的還是金錢的問題。這使啓敏碰壁了。養父母給義弟和義妹花不少錢結婚，只要自己向他們講出來，多多少少會貼補的。最重要的是：找一個能替他着想的媒人！想到這裏，啓敏才發覺自己需要準備晚餐而到厨房去。屋簷的陽光陰子已經遠離，屋子裏稍暗了。

啓敏一個人朝着用竹子做的餐桌，憶起煮飯的阿春婆來，想自己要如何向阿婆提做媒的事而感到煩了。但彌漫在小屋子裏的秀英遺香，使他振作；像絹那樣柔滑的她體膚引起他勇氣來。但萬一事還未談成，風聞在街上一傳開，他一生便完了，於是他便緊張起來。貓頭鷹「咕，咕」叫着，是在取笑他，或在鼓勵他，這一點他不大清楚，但他覺得貓頭鷹今夜叫的與往常不同。像這種時候沒有商量的對象，這是一生中不幸之一，他深深感覺到。秀英也是一樣的。過去他想人生只好聽其自然，不知如何立了目標，爲明天而努力，但他現在不能這樣，將來兩人如果不能在一起，已經覺得人生失掉意義——這種想法盤佔他的腦海中，使他不得不想到明天。他不敢直接向阿春婆開口，常說他有三個睪丸的店員，雖然相當能幹，但爲人滑稽，不小心把這樁事向別人一提，成爲笑話，怕會把事情弄糟的。如果把錢給一個年紀較大的撿柴小鬼，要他悄悄地向阿春婆傳言：啓敏想要娶轎伕家的秀英爲妻……，那麼，阿春婆會問自己吧。那時他拜託她，她一定肯答允做他媒人，只要她走轎伕家一趟，事情會順利進行，養父母也不會有反對意見，事情也只好這麼辦了。他舖了棉被，走進蚊帳裏，滿腦子也只想這些。天下孤獨人，舉目無親人——這是他的寫照，幾乎要使他致命似的感到寂寞。在森林那邊，三寶鳥不斷地且要喊破喉嚨似的叫着。禽獸的世界，難道也像人一樣，因寂寞而會哭的麼？但自己已經有女人，有愛自己的女人，兩人已經結成爲夫妻了。下午發生的事一湧現他心頭，他便站起來，被呼喚秀英的心情驅策着：

「我計畫儘早叫媒人去說親事，正式娶妳爲妻……」

明天他碰見秀英的時候，他會這樣說着，使她高興高興。家裏雖靜悄悄地，但在外面的黑暗中有青蛙與貓頭鷹合唱，只有三寶鳥獨自離開而嘆息着，夜相當深的樣子。要趕快睡才行，明天先跟年長的撿柴小鬼談談，到底要給他多少錢才行呢？對啦，我還得跟他約定：事成之後，還會給他錢，還請他好好地吃一頓……。他拉又薄又硬的棉被蓋到脖子，這樣下了決心。是的，我完全忘掉了，明天如果秀英來，我先把壺中一元銀幣給她兩個，先讓她高興高興吧。啓敏有生以來，從未做過這樣快樂的夢。

第二天早上，啓敏離開牀，到廚房準備早餐的時候，太陽高高地升在山上，使啓敏着慌了。重要的事情一大堆，他卻這麼晚才起來，這是他從未有過的事。準備好早餐放在竹桌上，然後走下河裏去洗臉。映在水中的自己頭髮像猩猩那麼長，覺得愧對秀英。美人跟猴子是不配的，他覺得自己多多少少要像秀英丈夫的樣子才行！但昨天這種樣子不是順利過關的麼？於是，過了危橋似的喜悅，使他更覺得秀英的愛情是無法代替的了。漱了口，洗了臉，在心中計畫今天的預定表。首先，他要緩和養母的感情才好，爲了這他不能空手回家的。他打算把積在小屋前面的柴分成兩捆，一捆揹回家，另一捆今天就給秀英吧。這麼一來，她就能節省撿柴的時間。此外，他少跟義弟夫妻談話，他們說不定把寒酸的義兄當做眼中釘的。然後他找年長的撿柴小鬼，無意中進行那樁事。至於頭髮，雖理成時髦的長髮最好，但突然理那種髮型會使人覺得奇怪，而且還沒有正式做新郎，留那種頭髮也怪難爲情的，還是剃爲光頭最好。啓敏感到心情輕爽起來，從河裏走過成爲樓梯田的路回到田寮來，坐在竹桌前面。晒衣服的竹竿上的露水，受朝陽照射着，像並排眞珠那樣美麗。他匆匆地吃了早飯，揹着柴捆，雖然一邊爬着田寮後面的山坡，一邊在心裏祈求今天的預定事項能順利進行……。

可是，別的事情解決了，主要的撿柴小鬼被除草的臨時工約去而不在，啓敏想到對方去處的水田去，但他還要到雜木林中去掘所埋的壺子，給秀英兩個一元銀幣，還有她來找自己而不在的話，遺憾得很。他到市場悄悄地買六只肉粽，打算阿秀來時兩人吃。他拿着用山芋葉包的熱熱的肉粽，往山上田寮急急地走。

從埤圳邊的小路望下去，田寮的屋頂受強烈的陽光照射着，好像在等主人與女主人等得不耐煩一般，是間靜靜的住居。本來這時該從小屋屋頂冒出燒中飯的煙的時刻，但一帶靜悄悄的，除鳥啼聲外，連人的氣息也沒有。

啓敏忙從山坡下來，走進小屋子裏去。秀英好像沒有來過。本來他猜想她今天大概於早上來，中午回去一看還是要到下午才來，於是他把那包粽子放在竹桌上，然後到厨房去，嚮着喉嚨喝罐子裏的開水。接着，他把鋤頭挑在肩上，繞着一週看一看稻田的水量，再回到小屋來。

秀英既然還沒有來，自己吃三只粽子代替中飯，剩下的三只留給秀英吃吧。啓敏一邊吃粽子，一邊想像着他跟秀英掘放錢的壺子的樂趣。吃完粽子後，啓敏爲等秀英的寂寞和沒事可做的無聊而感到難受。先掘錢壺而等她呢？或再一次到稻田去看看水稻的伸長程度或肥料的效果呢？但他都沒有心思做其中任何一件事。簷端的陽光陰子雖然伸長，卻沒有聽到秀英來的脚步聲。這麼一來，只有往壞的方面想，以爲不能再見到她也說不定。像猩猩那樣的男人默不做聲，爲了還禮而嘗試獻身也說不定。如照料阿蘭或毆打自己爲藉口，女人半開玩笑地向他傾倒過來也說不定。但想起阿秀那時所說的話，和那時的狀態，卻不盡然，回家後受虐待，或生病發燒而不能來的吧？——不祥的預感使他操心起來。

夜暮漸漸逼來，豹脚蚊只向他的和尙頭圍攏來。他戴着像袋子一般的灰色帽子，站在厨房。

粽子還是把秀英的份留下來比較好。於是，他開始準備晚飯了。鹹魚與湯雖放在竹桌上，但他不想吃，穿着木屐，拿着毛巾，往小溪下去。溪流的水聲聽來像私語不安一般。他忙洗澡着，回來吃飯，但留給秀英吃的粽子一直引他注目着，覺得飯不好吃而很難下嚥，於是他把飯菜收進小菜橱去，竄進牀上蚊帳裏去。

從沒有抹泥土的牆壁的空隙，可看見星星。看着星星，環境雖如原來那樣，只有頭腦變了，想像豐富起來。那數不盡的星星就是神的財產，昨天雖掉下一顆給他，他彷彿拿不到一般。在遠處又有三寶鳥啼着。牠一生求情侶，啼着，然後吐血，跟現在的自己境遇很相似哩。貓頭鷹與青蛙的合唱，今天聽來像地獄的交響曲一般。不，還有明天！啓敏想起她的體溫和耳語，重燃着希望，感到自己站在生或死的關頭。秀英雪白的乳房的幻影，使啓敏的神經飄飄然起來，如搭在白雲一般的感覺。

第五章之六

秀英於那第二天雖然着急着一早就想到田野去，但昨晚回家時覺得家裏的空氣險惡，所以故意不去撿柴。她忍受着不能見啓敏的鬱鬱不樂，收拾着留在家裏的工作。她突然覺得家裏的人陌生得很，於是更討厭這個家。今天啓敏在小屋眼巴巴地等自己去無疑。他的心情也像她那樣吧。如果是這樣的話，他一定會設法的。

她這種表情的變化並不能逃過轎伕養父的耳目。臉上很久沒有表情的女人露出喜怒哀樂，或許是有男人的緣故。轎伕曾聽過母女於夜裏談山上阿叔的事，使轎伕若有所悟了。如竹椅與竹桌相配一樣，女婢與男僕是門當戶對的。突然，轎伕的腦海中閃爍着：好機會到臨了！

曾盯視養女不放的轎伕，那天傍晚看見遲回來的秀英，發現她像被男人擁抱過的女人一般，臉上的表情快活得很。於是，他的視線跟着秀英的身體轉着。秀英也感到養父母險峻而懷疑的目光，以爲今天的事被看穿而小心着。互相刺探的神經，在偶而視線相碰時，可以窺視與既往不同的表情。於是秀英故意不到山上撿柴去。

白等一天的轎伕，意識被秀英察覺到，而後悔自己太露骨，用眼睛追秀英不放才鑄成大錯。他應裝做不知道，等秀英到田野去的時候跟踪好了。於是，轎伕連跟妻商談都不曾，嚴格守密着，跟妻只談家中的生意，裝做不管秀英似的。妻知道丈夫以怎樣的心情看秀英，但她只是看着事情的進展，不向丈夫表示意見，只是阿秀的態度雖然不到驕傲的地步，但舉止太隨便而充滿自信使養母看不順眼，但她只是把眼睛亮了一下，但不像從前那樣嚕嗦着。

第三天，驕伕把中餐的筷子一放，就爲了午睡到臥房去。他老婆仍在店面跟山上的農民們談淫邪的話而興高采烈着，小伙計坐在有靠背的竹椅子，忍受着打瞌睡，時時沒精打彩的回顧着農民們，忍耐着將要闔起來的眼皮。阿蘭像男孩那樣，在亭仔脚捻捻轉兒。秀英如要掠過人家眼睛似的把刀架結在腰邊，爲撿柴而走出家。轎伕在臥房感到秀英要走出去，他不能打草驚蛇才好。他計算秀英撿柴的時間，然後走下田間小屋，趁他倆做愛的時候，奪去兩人的褲子做證據，拿到派出所去一告，便是贏了。

保正先生，你的養子偸睡我的媳婦，你打算怎麼辦呢？他想起賺抬轎工錢的不簡單，感到快樂起來。他趁這個機會一敲，不但有十年份的零用錢，還可撈到很多店的本錢。我拿那一半做零用錢，妻也沒有什麼話可說吧？他徐徐地一起牀，想起昏昏欲睡的自己還得跟踪媳婦，心裏稍感不舒服起來。

轎伕穿着草鞋，把刀架結在腰邊，裝做到田野割豬菜——蕃薯藤，走出家。目標已定，轎伕決定躲在啓敏田寮前面的老鼠小路，但去得太早，怕被蚊子圍攻也得不償失，還是找合適的時間到目的地較好。現在秀英起勁地撿柴，急着幽會她情夫無疑——轎伕想着，躲避着人，撥開了山路的草，一走近啓敏的田寮，便彎曲着身體，隱藏在茅草後面，以便獵目的物。

啓敏昨天白等一天，感到很空虛，但他今天抱着或許能碰見的心理到街上去。一到街上他便流出汗來，將袋子似的帽子脫下來，塞進捲在腰邊的帶子間去。他回了養家，在厨房向阿春婆討好地笑着，要請她做媒的話到喉嚨便又吞下去。他也到撿柴小鬼的家去，家人說除草還沒有完。他在街上徘徊一會兒，快回田寮去，決定取出銀幣，等秀英來。今天或許早來也說不定。點心還是新鮮的東西較好，他想着買了兩人要吃的糯米糕。他雖在午餐前回來，沒有發現她來的跡象。一路上，他雖留意山裏有什麼動靜，卻沒有聽到砍柴的聲音。

他拿着鋤頭到雜木林去，掘出壺子，將銀幣兩個挾在腰帶間，然後又把壺子埋着，從雜木林的山下來，回到田寮一看，小屋子裏仍空空如的，使他難受。他把兩個銀幣塞進竹牀的竹筒裏，換了工作褲，上身赤裸，戴着笠仔，決定靠稻田的工作來消耗時間，他伏在稻田中尚未十分除草的地方，將雜草往泥中塞進去。今天秀英來的話，一定先到小屋裏來瞧了一番，然後才去撿柴無疑。如果自己不在小屋，有時間的出入就不行！——他一想到這裏，立刻停止未完的除草，又從稻田上來，回到田寮來。

簷端的陽光陰子伸長着，他想大概有下午一點鐘左右，於是他望着糯米糕與昨天留下來的粽子，考慮吃昨天剩下來的，或處理糯米糕呢？結果還是想讓秀英選一種較好，於是決定吃一人份的糯米糕。兩天來他都不燒中餐，從市場買現成的，雖然覺得太浪費，但到今天偶然積的錢，如果能爲秀英花也使他快樂的。吃完了糯米糕，還沒有看見秀英的影子。今天又是白等的麼？他告訴自己，到厨房洗了手，把糯米糕和粽子收進菜橱裏面去。他又回到中間的房間來，坐在牀邊望外一看，太陽在稻田上面亮晶晶地輝耀着。眼皮要閤起來，他昏昏欲睡，於是他把身子躺下來。難道這是在做夢麼？秀英在搖醒着他，他聽見她說：

「我來了！」

他霍地站起來，看見秀英坐在自己身邊，吞聲哭泣着，將手放在他肩上。

「妳怎麼了？」

「我已經無法忍受再住在那個家……」

「不要緊，我正在託媒人去做媒，說娶妳……」

秀英聽了，將被淚水淋濕的臉壓在啓敏的臉，高興得嘴邊現出微笑。

「稍等一下，」啓敏從竹筒挖出兩個銀幣來，拿給秀英說：「給你！」

「我沒有地方放，你拿着也是一樣的。」

啓敏聽了，覺得又道理而又把銀幣塞進原來的竹筒裏去。然後，他把糯米糕和粽子放在竹桌上，勸阿秀吃，但她說已經吃中飯而吃不下，你留着當晚飯吃而將點心退還給他。

「你不能太浪費金錢的呀。」她規勸啓敏，像妻似的口吻說。

啓敏高興她的用心，不由得緊緊摟抱她。

兩小時後，轎伕偷偷地走進老鼠小路的時候，啓敏把預先準備的一捆柴替她揹着爬山坡，體貼地在埤圳邊的小路交給她。他後面有秀英跟着走。轎伕發歎着，悔恨地砸砸嘴。傻瓜，已經完了麼？轎伕意識自己的計算錯了。她不需撿柴，爲幹那件事而來的麼？轎伕沒有預估這一點，他沒有料到那蠢貨——啓敏也有這種智慧。她們到底要我浪費多少精力呢？他原以爲一下子就可以捉姦，想到還要再躲到老鼠小路遭蚊子圍攻，他就生氣了。現在他要抄捷徑比秀英先回一步才行！如果被她發覺的話，不知還要花多少心思呢？他先回去洗澡一下，裝做從午睡醒來的樣子給她看要緊——轎伕想着，以趕轎同樣的速度飛回家來。要回山上的農民們已經稀疏了，妻已經去睡的樣子。在店面有小伙計和阿蘭競賽着捻捻轉兒。

秀英滿身大汗地揹着柴回來，但家中沉在靜寂中。阿蘭看見母親把柴捆往後院子一丢，就纏着母親說：

「阿母，我下次可以去麼？」

「那得問問阿媽是不是可以穿鞋子才能決定……」秀英故意提高聲音，讓洗澡間的養父能聽到似的說。而且，在心裏想他買給她吃的點心，卻不能帶回來給阿蘭吃而感到遺憾得很。

第二天，阿秀將中餐後的飯碗洗好，就準備到田野去。養父爲午睡到臥房去。阿蘭已經想開不跟母親到山上去，她戴着笠仔想捉蜻蜓，於是躡手躡脚追踪蜻蜓的屁股，看來很可愛。走出街郊，秀英想如果啓敏不在田寮的話，就把兩只飯碗排在桌上，他就曉得她來過。現在他爲找媒人，忙得要命吧。

台灣的天氣是不到端午節，不會有眞正的夏天到臨，陰霾的日子像殘冬，而晴天就像夏天。秀英趕到山腰埤圳的小路時，連額頭都冒出汗來。她回回頭，提高警覺地注意：別的撿柴人有沒有看見，有沒有人在跟踪？但在田間小路只有三隻野狗在玩耍着，沒有感到人的氣息。穿過森林，冰涼的空氣碰着面，感到舒適得很。她望着啓敏田寮的屋頂，覺得它雖靜悄悄地，孤獨而寂寞的一間房子，但她想起將來有自己的幾個孩子在那院子玩，她的心就卜卜跳着，重燃着希望的火。畫眉鳥用好聽的聲音叫着。當秀英看見啓敏等累着走出院子，阿秀就半跑半走着，從山坡走下來。忽然將臉朝這邊的啓敏，一發現阿秀的臉便跑着，朝山坡上來，但看見秀英搖搖手便停住了脚，接着忙走進小屋裏去。秀英是怕有人看而在警戒哩。但他跟秀英不同，無法壓制住愛情突進的心情。她微笑着走進小屋子裏來。

「我是來聽做媒的事呀。」她把結在腰邊刀架的繩子解開，把刀架放在竹椅上。

他抱着她，口快地把那經過和計畫告訴她。她很快地把刀架解開，變成無武裝使他很中意，好像自己立刻把女王脫光似的，感到高興而得意洋洋。

可是，轎伕摸索着別的老鼠小路，躲在小屋前面的草叢間等待着她們的相會，這是她做夢也無法知道的。

轎伕看見眼前的獵物，指頭發抖着，像獵野豬一般的感覺。對方是強敵啓敏，他把右手放在身後，從刀架拔起刀來準備着。轎伕把阿秀的女褲當做目標。

田寮有三個房間，中間爲居室兼客廳，左邊房間爲臥房兼倉庫，右邊房間成爲厨房。這是以前的佃戶所蓋的房子。啓敏不用臥房，而使用中間的房間。單身漢覺得這個房間眺望好，一切都方便。用竹子做的牆很通風，冬天雖寒冷，夏天比吹電風扇更涼快，日間很容易知道屋內的動靜。

轎伕在草叢中被蚊子襲擊着，開始焦躁起來，他正在等機會走過去，忽然搶了兩人的褲子，在院子將刀子亮出來，打算引導到派出所去，將身體的神經集中着。他們的影子像內行的戲子似的，轎伕咬牙切齒着，突然一跳出去就抓了在牀上的褲子，便跳出院子去。

兩人對忽然跳進來的大漢吃了一驚，分離了身體起來。兩人把外面一看，轎伕亮着刀像要殺他們的樣子。啓敏怒火冲天，臉色蒼白着，將自己的褲子給阿秀，自己拿了掛在壁上的工作褲一穿，便抓了刀子跳出院子去。

秀英急着一邊打扮，一邊喊：

「不能殺他，阿敏，等一下！」

秀英走出院子的時候，兩個男人像鬥雞那樣，就要撲過去一般，互相瞪視着。轎伕看見所窺視的兩人在穿褲子，發覺自己只抓了阿秀的褲子，覺得糟了，但他對啓敏的氣勢洶洶感到害怕了。

「你要幹麼？」轎伕用要斬過去的口吻說，瞪視啓敏。

殺氣騰騰的啓敏輕輕地點點頭，一步步逼近過去。

轎伕一步步往後退着，眼神裏表露着等啓敏有破綻便殺過去。

「阿敏！沒有相殺的必要，隨他去好了！」秀英走過去，抓住啓敏衣服的下襬。她早就看出養父不是來殺他倆。

但啓敏怒不可遏，看見轎伕的左手抓着她的褲子，他覺得不能輕易地把對方放過，於是他直直地瞪視着轎伕，大聲喊：

「你不把褲子放下去麼⁉」

「在派出所還……」

秀英知道啓敏憤怒得簡直要發瘋了，但如果在這裏相殺的話，一切就成泡影了，於是她開始叫：

「去，阿敏！我們一起到派出所去吧。」

轎伕王明通聽了，看見啓敏鬥志鬆懈了，於是他小心後退着，開始先走了。

「要怎樣解決，不到該去的地方，還是不能解決不是麼？」秀英安慰着啓敏說，她發覺自己不知何時用左手抱住他，慌着把手放開。「既然是這樣，那就沒有辦法……」她這樣說着，喚醒他因憤怒而發抖的神經。

是的，既然是這樣，不到該去的地方是無法解決的，他想，現在根本不是考慮養父保正的時候。

轎伕一邊走，一邊怕啓敏從背後砍來就糟了，於是他回回頭向啓敏說：「千田貞喜男！我不是爲相殺的目的而來的。你如果是男人，到該去的地方再談吧！」

「那你就還秀英的褲子吧！」

「所以我說在派出所還不是麼？褲子就是爲此拿的呀。」

「好，那就跟你去！」

轎伕走在前面，兩人跟着他走。轎伕暗自高興：如果是這樣，事情會順利進行的。假如兩人不跟他到派出所去，在途中溜走的話，只拿着女人的褲子到派出所去，也是一方面的證據，發生不了什麼作用的。何況女的是自己養女，一半像媳婦，如果女的說在家中不知不覺地丢掉一條褲子，警察也是無從調查的。他倆如果好好地跟自己走進派出所，對自己便有利了。轎伕覺得愚蠢的還是愚蠢，看來秀英還是狡猾得很。轎伕將女褲挾在左邊脅下，右邊仍握着刀，輕快地爬往埤圳的山坡。

秀英望着他的背影，被極端憎恨的感情襲擊着。喊他阿爸二十幾年，縱令不是這樣，吃同一鍋裏的飯，像下女那樣工作二十幾年，養父不顧這些，爲自己一個人的利益，在衆人面前打算把她脫光，他的存心不艮使她氣得發抖而臉色蒼白，連嘴唇都發白了。如果在這裏殺死轎伕，自己跟阿敏能殉情而死，那她感到多痛快啊！但阿蘭的臉在她腦海中閃爍着，她也不能讓阿敏這麼做。她靠近啓敏身邊走着，拉了他的手，發覺他的手也在發抖着。她倆看見她的褲子夾在轎伕脅下，憎恨得幾乎無法忍受了。

三人煞有介事的樣子出現街上的時候，無聊的鄉下街瞧熱鬧的群衆跟着他們後面，人山人海地集中在派出所前面。最前面的轎伕，接着爲啓敏，後面爲秀英，可看見她蒼白的臉，發白的嘴唇，連眉毛都倒豎起來。獻醜的三個人不把群衆放在眼裏似的，沉着得很。一個人爲急着處理獵物，兩個人卻燃燒着憤怒。

這是快下班的時候，派出所裏有吉田主管巡查與台灣人巡查外，另有一個日本巡查等一起在談話着。三個人陸續進來的時候，吉田巡查把重要的話鋒被打斷、刹那間表露着不愉快的表情而皺皺眉，但朝後面兩人一看，立刻知道發生什麼事了。台灣人巡查從椅子上站起來，便走近轎伕與啓敏身邊，從兩人的手拿起刀來。轎伕對派出所主管鞠躬着。警察對鄉下街的詳情，了解得很清楚。吉田巡查目不轉睛地瞪視着轎伕，傾耳聽對方談捉姦的經過。

「大人！千田眞喜男偸睡我女兒……」

「王明通！這個女人是你的女兒，抑是媳婦？或許是你兒子王仁德的姨太太麼？」

轎伕被警察一問，喉嚨塞住了，狠狽起來。

「到底是那一種身份，清楚地說！」

「媳，媳婦。」

「如果是媳婦的話，你兒子是不是每天在抱她？」

「沒有。」

連翻譯的台灣人巡查的聲調都在生氣的樣子。

轎伕在內心裏着慌起來，判斷警察在支持改姓名的人。

「沒有？那麼是姨太太麼？」

「不是的。」

「不是？那爲什麼說捉姦呢，你這個馬鹿野郎！」

吉田巡查的聲音粗暴起來，連翻譯的台灣人巡查都要打轎伕的嘴巴似的用怒聲問着。

「我不甘心女兒被開玩笑似地玩弄……」

「那託媒人談判不就好了麼？用不着用這種手段……」

轎伕語塞着，以直立不動的姿勢窺視着吉田巡查的眼色。轎伕看見吉田巡查的眼睛一轉向啓敏，他便鬆了一口氣。啓敏的臉孔卻緊張起來。

「千田眞喜男！你是開玩笑地抱着這個女人呢？還是爲娶做妻而抱她呢？」台灣人巡查很清楚地翻譯着。

啓敏理直氣壯地回答爲娶做妻子而抱她。那你託媒人談親事不就成了麼？啓敏對這個質問，一會兒看吉田巡查一會兒看台灣人警察說：正在找媒人哩。

「你什麼時候起抱這個女人呢？」翻譯的巡查問。

啓敏只把抱放在腦海中，沒有把被拒絕而打成流鼻血的事情包括在內，所以說：不記得確實的日子，但於去年夏天，在山上的東屋第一次抱她……。轎伕聽了，啞口無言，但燃燒着怒火的秀英聽了，用兩手掩面而吞聲哭着，兩肩發抖得很厲害。

「查某！妳眞的想跟這個男人做夫妻，自去年起就一直相抱的麼？」

秀英點點頭，她掩着面忍不住地大聲哭出來。

吉田巡查叫工友迅速把西保保正請來。保正未來以前，三個人從巡查的桌前退五步等着。轎伕在心裏想：保正來的時候，我要用什麼樣的條件跟他談呢？畜生！她們自去年就要好，那疏忽是笨直的自己用不着說，怎麼連敏感的妻阿嫚也怎麼如此糊塗呢？瞧熱鬧的群衆，從秀英哭得好傷心，以爲是從喜劇變爲悲劇哩。轎伕悄悄地往瞧熱鬧的群衆看了一眼。傻瓜，被抱一年的女人，價値就降低了。在這裏賣不出去的話，一定會更便宜的。那有比這個更好的買手呢？本來他打算敲保正扶養費一千元，現在看來也是渺茫得很。這時西保保正從容不迫地出現了，使轎伕感到迷惘起來。

「保正先生，勞駕得很，請坐！」這一次用不着翻譯，吉田巡查向保正說。

台灣人巡查站起來，勸他坐藤椅子。保正要坐下去以前，一手推回藤椅子，向三個巡查個別行禮道歉發生丟臉的事，經勸告才坐下來。保正連回頭看三個人一眼都沒有。

「保正先生，」吉田巡查用下巴指着啓敏，說：「喊你來雖然很抱歉，但因你養子的陰莖活躍起來的呀！」

吉田巡查幽默地說，但保正聽來在諷刺他。這些雖沒有經翻譯，瞧熱鬧的人裏面有懂日語的，所以群衆裏面有笑聲響起來。台灣人巡查立刻站起來，把瞧熱鬧的趕走，但瞧熱鬧的像波浪那樣退了又湧上來。

「是！」保正在窺視着吉田的臉色。

「那兩人說想做夫妻，自去年就相抱的呀。」

吉田巡查說着，又用下巴指着三人，保正還是連回頭看一眼也沒有。

「喂，王明通！到這裏來。」台灣人巡查隨着主管巡查，用台語喊轎伕：「你直接跟保正先生談一談吧！」

保正才跟轎伕面對面相向着。

「王明通！你打算怎麼辦，你就告訴我吧！」

保正的語氣聽來還是壓制轎伕似的。王明通突然語塞了。做保正養子的妻縱令是光榮，是不是可以不花錢而將人娶去麼？——轎伕懷疑着，凝視保正的眼睛。

「我要問的是：你的條件怎麼樣？」

「淨拿兩百四十元。」轎伕說。

淨拿就是不送什麼，把那二百四十元統統拿去的意思。

「好！今夜我把那筆錢送到你們東保保正先生的家裏，你就去拿吧。此外，你還有沒有要說的事情麼？……對啦，你娶妻的時候，聘金花多少呢？」

「十二元，但那時錢的價值不同，現在……」

「別說了！有嫁粧和處女，行情又不一樣。好的，眞對不起！」保正站起來，向三個巡查道歉着，很煩地連養子們的臉也不看，走出派出所去。

瞧熱鬧的失望了，三三五五散了。

轎伕把拿在手裏的秀英的褲如要丟過去似的還秀英。秀英把褲子揉成團以後拿在手中，俯着頭從派出所的後門走出去。啓敏凝視着被拿去的刀，直直地站着。轎伕走過去，下手想要把自己的刀拿回去，卻挨台灣人巡查罵了：

「馬鹿野郎，你怎麼能偷偷地拿派出所的東西呢？」

轎伕吃了一驚，忙抽回了手，而害怕地望着巡查的臉。

「你們想用刀做兇器，我本來打算沒收，但最近刀比較貴起來的樣子，所以你們於明天來拿好了！」巡查說。

兩人走出派出所。啓敏避免走了街上前面的路，從房子後面沿着溪邊的路，從廚房回去。轎伕還是從近路——街路回家。因保正答允他要求的數目，他有些後悔了。老婆會埋怨，不，一定生氣地罵：你只有抬轎的頭腦，如果二百四十元，不需捉姦，洽談就可以得到的！老婆噘嘴的臉孔，想要吃人的眼神，使他感到吃不消。自去年就要好，萬一秀英的肚皮大而人家不要了，連一文都拿不到。因此賤賣她——轎伕的腦中只想如何回答老婆，並沒有感到街上人們的視線。

阿嫒坐在店面上有靠背的竹椅子，等丈夫回來。秀英已經回來，跟阿蘭收拾行李。廚房由阿明伙計準備晚餐的樣子。剎那間，阿秀已經變成別人了？這是最後的一餐飯，她認爲阿秀該燒的，但她看見阿秀從未有過的蒼白的臉，和險峻的眼神，竟不敢開口。阿秀在衆人面前獻醜，難怪臉色這麼難看哩。但阿嫒聽二百四十元的聘金，給街上的人看可笑的戲才有這個數目，心裏很不滿意丈夫這個做法，她忍受着氣，正等待丈夫回來發作。

轎伕走回店裏來，看見妻的臉色便口快而生氣地說：

「啐，一年前就要好，肚子裏已經有他種子，如果被遺棄的話，免費送都沒有人要，所以便宜賣掉……。」

丈夫未回家前，瞧熱鬧的已經告訴阿嫒經過，但她並沒有聽秀英已經懷孕，所以她並沒有發脾氣而使轎伕鬆了一口氣。其實有種子和懷孕不一樣，妻上過他用語之妙的當，這使轎伕感到很得意。像秀英這種女體，常常注進種子的話，一定會懷孕無疑，妻的冒然斷定使轎伕獲救了。

秀英雖在臥房聽到養父母在問答這些話，但心裏平靜得很，因她陶醉在今宵就能離開這個家的喜悅裏。

「妳也跟着走麼？阿蘭難道討厭這裏麼？」祖母問。

阿蘭回答：「我雖不是討厭這裏，還是跟阿母一起走，我會時時回來看阿媽，跟阿媽談話的呀。」

嗯，妳這個鬼靈精，祖母在心裏想，反正像妳這樣厲害的女孩，長大了還是靠不住的。阿德也似乎討厭她，連一度也沒有抱着親過她——阿嫒想到這些，也就默不作聲地注意母女怎樣走出家去……。

秀英只把蚊帳、棉被與母女身邊的東西收拾着，她對於罐頭，家具都沒有放在眼裏，倒是想把用三尺長桂竹所做，放石油、迎神賽會遊行所用的竹筒——火把帶走。那竹筒豎立在店的一角落。母女打算夜裏避人目，挑着東西，到山上田寮做新娘時用那竹筒做火把。它在這個時候會被利用，阿媛連做夢也沒有想到的。母女連晚餐也沒有吃，看外面暗了，便讓阿蘭拿火把，秀英便用扁擔將行李挑起來。

「走出街路以後，阿母給妳點火好了。」母親說。

阿蘭像要參加迎神賽會的行列似的，把沒有點火的火把高高舉起，站在母親前面走出了家。養父母以及店的小伙計在目送着她們，但都沒有人跟她們講話。只有阿蘭歡鬧着，向小伙計揮揮手道：「我還會來的呀！」

母女往黑暗中匆匆地走着。

第六章之一

從金源成商店後面的路回來的千田眞喜男——陳啓敏最初碰見的人還是阿春婆。她已從剛才回家的他養父獲悉一切，所以見到他便問：

「阿敏，聽說順利解決是麼？」

啓敏只是點點頭，就到店員寢室去。一會兒，有一個店員笑嘻嘻地走進來喊啓敏。啓敏也正在收拾行李哩。

「阿敏，你爹喊你去！」

養父母在大廳神壇前面桌子傍邊的椅子，正在商談的樣子。弟弟夫妻站在養母身傍，加入商談的行列。看見啓敏走進來，正在說什麼的弟弟突然住了口。今天的養父兼具著保正的威嚴，使啓敏感到拘束，他直立在桌前。

「我們曾想替你找合適的媳婦，但不容易找到。不料你今天給我們丟臉，但既然那是你的願望，就讓你娶那女人爲妻。那山上的水田、竹林、雜木林都要給你，所以從今天起你自立門戶，自個兒生活。不過，你不能給武章丟臉，如果幹出丟臉的事，剛才說要給你的不動產，統統收回，這一點你要特別留心才好。等我們認爲你可以自立，就把上述不動產登記爲你的名子。在未登記前，你所有不動產的稅，你要負擔才行。爲了這個緣故，你要把水田收成的一半繳我，但這不是佃租，而爲你代繳稅，知道麼？」

「是的。」

啓敏未曾想到自己會拿到陳家財產，所以認爲這是天送來一般，感激地聽著養父的話。起初他只想暫時借田寮罷了。像佃租似的被拿去去一半收成，還剩下多少，他並沒有考慮這些。當時肥料不足，山上稻田收成最好的一季三千斤，兩季爲六千斤，把那一半換算爲米——打七折的話，有二千一百斤。夫妻與女兒一家三口，每月需米四十斤，年需五百—六百斤米，剩下的一千五百斤米充做生活費以及生產費用。一斤米僅賣七錢多，每月的收入連十元都沒有。扣除生產費用，雖說自耕農，比佃戶更窮。但啓敏不能精打細算，他充滿希望想：自己只要能跟阿秀在一起，兩人起勁地工作，一定能打開一條血路來。

養父繼續又說：「我給你結婚費用五百元，兩百四十剛才叫掌櫃送到東保保正家，那是做你妻子的聘金，這裏還剩下兩百六十元……」接著，養父把那鈔票給啓敏。

這是意料之外的收入，弟弟送他十二元紅包，養母二十四元，連阿春婆也把一元二十錢的紅包塞進啓敏的口袋裏。他沒有想到自己半輩子所工作的能拿到五百三十六元。這是太珍貴了，起碼他用不著花壺中未滿百元的錢，就該謝天謝地了。

「好了，你知道了吧？那你回田寮做準備……」

啓敏向養父母行在公學校學的鞠躬禮，然後向右轉著，朝向店員宿舍匆匆走去。那是接近晚餐的時間。養母吩咐阿春婆：啓敏高興拿什麼，就給他什麼。能放進可放三斗米的兩只竹籃的東西是有限的。啓敏首先著手的是：自己身邊的東西，以及棉被、蚊帳，然後要緊的火柴、蠟燭、鹽等。今夜，阿秀母女也會來吧？他們要拜山神土地才行。雖然他們在派出所舉行奇異的結婚儀式，今宵才是眞正的洞房華燭夜呢！他把眼前的東西整理著，放進籃子裏。一邊籃子在上面積著蚊帳與棉被。這時要拿去的東西太多，使啓敏感到頭痛，但籃子只有兩只，叫他又有什麼辦法呢！阿春婆來喊他去吃晚餐，他卻吃不下去了。店員們重新說要送他賀禮，他也沒有心思聽了。他挑著行李，走到厨房來的時候，被弟弟喊住了。弟弟當過訓導以後，從未喊過他哥哥，今夜卻喊他哥哥，使啓敏無法立刻回答，又把身體彎著，將挑在肩膀上的扁擔放下來。

「哥哥，請你在這裏蓋草，如果沒有印章，用拇印蓋也可以……」訓導弟弟右手拿著一張紙，左手拿著印泥。

啓敏立刻把右手拇指伸出去。他想看寫什麼而把脖子伸出去，但他怎看懂呢？那是用日文寫的，武章口快地唸給他聽，他還是聽不懂。武章用台語把要點告訴他，說山上的水田八分九釐，竹林一甲零三釐，雜木材一甲一分三釐，也告訴他地番後蓋拇印。那是要啓敏同意的合約書。啓敏以爲這是拿財產的手續，但武章是爲預防打官司而這麼做的。啓敏蓋了拇印以後，用竹籃的邊緣將粘在拇指的印泥擦掉，將扁擔挑在肩上，從厨房的後門ㄇ朝著田間小屋，加速步伐走著。黑夜包圍著他，路卻白白地浮現著，竹叢間已經有貓頭鷹叫著。

啓敏到達田寮的時候，一帶黑沉沉地，只有稻田的水面照著星空而發亮著。從肩膀放下行李，先從竹籃拿出蠟燭來，點了火以後就把它放在三個房間的中心地點。然後，他把行李放在中間的竹牀上，忙在爐灶起火了。燒了飯，煮了鹹肉，考慮做菜的順序。灶裏的火燃燒著，連柴裂開的熱鬧的聲音都可聽到。那像灶神在放鞭炮一般，會使人感到熱鬧的。啓敏透過竹牆的空隙，不斷地留意田寮上面埤圳邊的小路。那時如空降的火種一般，可看見火把搖幌著。啓敏從灶裏拔出燃燒的柴，跳出院子裏去。

「我們來了呀！」

阿蘭看見出現田寮院子的火便喊叫著。回音搖醒著黑暗，啓敏的心因那個聲音而卜卜跳起來。

「蘭仔，我正在等妳們呀！」啓敏希望回音不要那麼響，因它簡直響遍了山裏的村莊，使他感到膽怯哩。

阿蘭還是跟來了！從他而講，阿蘭是帶給他好運，如果沒有阿蘭，就沒有今天的自己，啓敏回顧著這些。於是，他看見阿蘭往院子下來，把還在燃燒的柴往傍邊一丟，把阿蘭抱起來，親親她的頰，淚止不住地流著。好久沒有見到阿蘭了，那段期間也是他面臨危機的時候。秀英把行李放在中間的房間，看見厨房的火在燃燒著，她忙到厨房去。剛才她看見啓敏抱著高舉火把的阿蘭，她也淚盈滿眶哪。啓敏看見秀英走進厨房，將阿蘭放下來，讓她坐在中間房間的竹椅子上，吹熄了火把，一邊說：

「蘭仔，要弄了很多菜給妳吃，妳稍等一下……」

啓敏立刻跳進厨房去，跟秀英談：飯菜燒好了，先拜山神土地後，一家三口便圍著餐桌吃。阿蘭從竹椅子跳下來，到厨房去，看見母親從鍋子裏濛濛的湯中，用筷子刺進鹹肉去，撈放盤子上。山上阿叔從炭炉取出燒得紅紅的木炭，大人們正在忙著厨房的工作。阿蘭因沒有自己插手的餘地，走出田寮的院子去看。

各座山在發青的上空下面，淸淸楚楚地描繪曲線，好像把飯糰放斜似的月亮出現空中。農曆的四月十日，在台灣雖說靠近夏天，未過端午節以前，氣候有激變的可能，所以在此山間農家，無法完全脫離過冬天的生活。溪流的水聲聽來寒冷，或許這兩三天來夜裏降雨的緣故也說不定。只在夜裏下雨，從農家而講，是被稱爲「堯舜天」——風調雨順，是很舒適、對萬物有利的氣候。

阿蘭曾聽到過貓頭鷹的叫聲，但連一次也沒有聽到過三寶鳥的叫聲。除了貓頭鷹以外，夜裏還有不睡而叫的鳥，這是她到田寮來了以後新發現的事物。她眺望星空，望著在空中描繪的黑黑的山的曲線，聽在黑暗中叫的鳥的叫聲，她聽得入迷了。

正在這個時候，啓敏把放在中間房間、代替餐桌的竹桌搬到院子的中間來。秀英把燒好的菜擺在桌上。以空罐子放米代替香炉而放在桌前，兩邊點著蠟燭，一家三人各拿三柱香站在餐桌供物前面。秀英站在中間，她看見啓敏不做聲，覺得只好由她向神禱告了……

「神啊，請你保佑我們一家三口的平安，我們不敢奢求添壽發財，只求平安無事就行了……」秀英說著，聲音哽咽，淚流頰邊來。她的人生實在太坎坷了，常常被折磨著，今天好不容易到達此地來了！秀英拜了一拜，又說：「神啊，我們不能爲祢做什麼，但我們都沒有做過什麼壞事，所以只求平安無事就好了！」

啓敏在傍邊聽著，覺得同感，妻能一下子說出自己的願望，認爲她太了不起了。阿蘭除了莫明的鳥的叫聲以外，似乎從發青的空中有神降臨一般的感覺。阿蘭在一生中從未忘記：母親只求家中平安無事的願望。

一會兒，一家三口快樂地圍著餐桌吃飯，但阿蘭嚼著鹹肉開始打盹了。秀英放下筷子，帶阿蘭到厨房去洗個臉以後，讓她睡在臥房蚊帳裏，然後夫妻倆面對面坐著吃飯。今宵是花燭夜，而且是有生以來最不受拘束的晚上，但奇怪的是：兩人並沒有一般男女那種神經的高昂。神聖而莊嚴的心情，在兩人之間互傳著。他覺得她像觀音菩薩的使者一般，於是他告訴她日後生活計劃，徵求她意見。

首先要用竹管將水引進厨房裏來，需養狗和貓，鵝鳥糞可退蛇，也要養牠；鷄可報曉，先造鷄舍才養……。對於這些，秀英一一點頭答應著，但她補充說：明天一早，希望能把放曬衣服的竹竿架弄好……。

餐桌上的菜有鹹肉，和煮鹹肉的湯放野生的芹菜，鹹魚用油煎成黃褐色，還有把花生炸的，看來菜很豐富。新娘是客氣的緣故吧，一直不來夾鹹肉，於是啓敏一次夾兩片放在妻的碗上。秀英開始微笑著，將一片夾給丈夫。

「我吃一片就行了，一片你吃……」

「這都可以吃完的，明天買新鮮的豬肉和魚……」

「你別那麼浪費，還有菜的時候，都不要買什麼好。我們苦過，還是要節省，讓大家刮目相看……」

秀英又流眼淚了，幾乎被養父弄成裸體的憤恨在她腦海中蘇醒過來。致命的瞬間與被羞恥的恐怖發抖的事塡胸著，秀英拿筷子的手就停在那裏不動。越過那可怕的經驗，才有今夜，這雖是剛才的事，卻彷彿經過很艱難且很長的路程一般的感覺。

「好啦，一切已經過去了！」啓敏察覺她的心中說：但他自己也幾乎掉下眼淚來。

他倆奇蹟地碰到好巡查。達到痛苦了幾年的願望。基督教和佛教都沒有助他和她去信教，但他們只覺得這是宇宙不可思議的神的安排罷了。他倆被神救了，他跟她在心裏上有了餘裕，他倆感謝神。華燭夜覺得還是熱鬧得很，匆匆地吃了晚餐，收拾了餐桌以後，覺得進牀太可惜，於是兩人把椅子拿出院子來，面對面地坐著，他多麼開心地向她說他們的婚事連媒人都不要。

像飯糰那樣的月亮掛在中空，山在空間描繪黑黑的曲線，像把天堂與人間劃清，令人有莊嚴的感覺。

他要把今天所發生的事告訴她才行，且把結在腰帶的錢統統交給她保管，以後家裏的開支都由她經手。三寶鳥和貓頭鷹的叫聲，兩人都沒有聽到，只有在這在那飛來飛去的螢蟲映入眼簾裏。今年稻穀收成的一半是屬於他們的！中午看見稻穗長得很整齊，肥料雖不足，可能是豐收的。戰爭變成激烈，從二人來講，應交給天意，不足予談的。夜露使秀英感到肩冷，於是她站起來，將竹椅拿在手上。

她幫助他將中間房間的蚊帳吊好，就說：你好好地休息，明早飯準備好了，我會來叫醒你的……於是，她便到阿蘭所睡的房間去。啓敏厨房、中間房間的油燈一吹熄，就上牀睡了。他想到妻跟孩子在鄰房睡，就感到寬慰起來，今天一定的疲勞也加速使他睡得很甜。

黎明的時候，啓敏聽到厨房有動靜而醒起來，他慌著要起牀，卻發覺妻在替他燒飯，於是他微笑著，再躺在牀上聽從厨房傳來的聲音。幸福感充滿在心裏，他還是睡不著覺。他一離牀便奔出院子，將鋤頭挑在肩上，往稻田走去。稻穗掛滿了露珠，映著傾西的月亮。東方的上空發白著，啓敏巡視從埤圳流入稻田的水量情形，因水如果溢出稻田，會把肥料沖走的。

「吃飯了呀！」秀英在小屋門口喊。

就來！他沒有立刻道出口來。心裏滿孕著幸福感，他朝著田寮，加速步伐走著。於是，他開始向妻說：

「蘭仔起來沒有？」

他沒有聽到妻的回答聲。她走進屋子裏去，大概到蘭仔的房間去吧。因他光著脚，脚被朝露淋濕著，感到舒服得很。

一家人圍餐桌吃飯的時候，朝陽出在東山上，房間到處都有光線，連風都溫暖得令人可親。這是端午節接近的氣候。夫妻倆商量今天工作的分配。阿蘭說她要跟阿叔到街上去。秀英迷惑了一會，終於同意了。昨天發生的事，似乎不是昨天發生一般的感覺。這是什麼關係哪，我們在一起的事給大家瞧瞧也好，反正這是派出所決定的事！

「今天要穿鞋子去的呀。」她說：「朝露會冷……」

阿蘭穿鞋子到街上去，其實還有別的意義在。

「是的。」阿蘭回答著，想起自己在竹林傷脚的事情來，覺得剛搬到山上來，還是不能再傷脚哪。

啓敏想先透過煮飯婆，向養父要留在倉庫的鐵線才好。最近在街上連鐵線都不大容易入手的，啓敏把筷子一放，趁妻給阿蘭拿出鞋子穿的時候，走進竹林去找過季的竹筍，想拿回養家去。他從田寮回去時，如果不帶什麼東西回去，他知道弟媳婦不高興的。昨天他們雖然在衆人面前丟臉，卻變成兩人結婚的一個過程，問題反而解決，使他們感到輕鬆起來。桂竹的竹筍有五、六支，啓敏把它放在空籃子挑著，追跑在前面的阿蘭，往後面的山坡爬上去。秀英高興地目送著兩人背影，追趕似的吩咐阿蘭：

「別亂買東西的呀！」

「是的呀！」阿蘭用淘氣的聲音說。

越過埤圳，從雜木林穿過竹林，就從保甲路走出州路，從山上可看見梅仔坑庄的街上。

啓敏看見阿蘭跳躍著辮髮，從山坡下去，他慌著喊住她：「蘭仔，妳那麼急的話，會跌倒的呀！」

在街路的兩傍有國校學生或街上的人們拿著日本國旗並立著。啓敏帶著阿蘭走那行列後面，到達派出所前面時，啓敏的心卜卜跳著，迷惑如果在此碰到吉田巡查的話不知怎麼辦？但行列的學生一齊唱起歌來，所以他獲救了。

那是軍歌，阿蘭也跟著唱起來，但啓敏看不下去了，他抓著阿蘭的手，如要拉似的，覺得快些到本家的店裏去才好。

從昭和十三年起，台灣連鄉下街差不多每天都有歡送征軍人的事。在台灣起初用半強迫性質的志願兵制度，後來卻實施徵兵制度，台灣的情勢時時在變哩。送軍伕的歌用流行歌，歡送台灣兵時，也唱送日本的軍歌。

啓敏起初聽日本軍歌的時候，羨慕生爲男人，能拿著鎗勇敢地在廣野奔跑，但有了妻的今天，他感到害怕起來。要殺無辜的人，莫明地被殺，這是可怕的事。他雖不會被征去當日本兵，但火彷彿燒到近鄰一般，使他不安起來，他拉著阿蘭的手，決定走街上的後路，從本家店的後門進去。他手指頭稍發抖著。這是怎麼一回事呢？昨天他不是要殺轎伕麼？他不了解自己害怕的原因。他或許太幸福而害怕不吉利的預感吧。但想起過了三十的自己，不會被征去當兵，也就放心了。啓敏不懂大批出動國民相殺的戰爭到底是怎麼一回事，他想這是自己沒有唸書的緣故。沒有人給他說明那戰爭的必要性，他也覺得沒有人給他說明必要。話雖如此，啓敏勉強能結婚的是：昭和十三年春頭的事。

他帶阿蘭到本家店後門口的時候，感到畏縮了，覺得帶她來難免太早些，他實在還不該帶她來。他一心一意想使阿蘭高興，忘記分寸哩。他顫顫微微地把院子的後門推開，要到厨房的後門以前，吩咐阿蘭：

「妳要乖，有禮貌，被人家稱讚才好呀！」

「是！」阿蘭活潑地說。

阿春婆突然從厨房的後門口出現了，啓敏吃了一驚地抬起臉來。

「咦！這個女孩不是長得很可愛麼？」

阿蘭向阿婆點頭行禮著，使阿婆感到很高興，於是她說喊少奶奶來看。弟媳婦拿梳子從臥房跑出來。阿蘭又向這位阿嬸點點頭行禮著。

「只要腰邊不縛繩子，看來不像鄉下孩子呀！」

阿蘭的頭髮梳得很漂亮，留前髮的圓臉可愛得很，她張大著眼睛看少奶奶。阿蘭辮髮的髮尾結著紅毛線。她所穿的上下台灣衣服是用淡紫色的棉織品做的，從沒有花紋看來，是做大人做衣服剩下來的布做的。白的長統皮鞋雖跟衣服不配合，但像大人那樣把繩子捆在腰邊，跳來跳去時太方便了。鄉下人都在腰部結帶子或繩子，這是工作上的一種武裝。因此，阿蘭看來像鄉下氣很重，但卻又使人覺得她像松鼠那樣敏捷。

「妳幾歲？八歲麼？看來像九歲，叫阿蘭麼？」弟媳婦蹲下去，將阿蘭繫在腰部的繩子解開，向阿春婆說：「這樣不是更可愛麼？」

「這個孩子很乖巧，見了我便立刻行禮……」

阿蘭立刻變成被養母以及店員瞧熱鬧的對象了，啓敏起初稍感得意，但後來感到煩了。他想把阿蘭的事丟一邊，爲改進住屋的環境，要趕著辦要討或要買的東西才好。

「蘭仔，妳在裏等著都不要到別處去，我有事要趕辦……」

阿蘭乖乖地說「是」。

有一個店員把大家送的賀禮——紅包塞進啓敏的口袋裏。

「昨天剛結婚，卻已經有八歲的女孩，眞是快得很！」

另有一個店員諷刺地開玩笑著，大家笑出來。

啓敏覺得太可恨，認爲還是不該把阿蘭帶來。但弟媳婦中意阿蘭，悄悄地向婆婆打耳語說：

這個孩子能把嬰仔照顧得好好地，是不是向啓敏開口呢？

「稍讓她習慣後，你向他拜託看看。」

但這要先使阿蘭對自己有好感的必要，弟媳婦將給自己孩子吃的米粉做的糕給阿蘭。阿蘭把糕拿在手上，並不想吃它，淸澈的瞳孔掃視着家中的東西。卻對說話存有不良的店員噘起嘴來，向上翻弄眼珠看人，這使她看來更可愛咧。

「咦！那算是在生氣麼？」她嬸母有趣地笑着。

阿蘭盼望立刻回山上去，眼巴巴地等阿叔回來。

啓敏在街上買這買那，聽見人們在背後譏笑他：那有小鷄母鷄一齊抱走的愚蠢的娶妻呢！但啓敏已經不能管這些了，他買齊所必需的東西，兩只籠子已經裝滿了，把它裝放在金源成商店前，爲帶走阿蘭，他走進店裏面去。阿蘭等得心焦似的跑過來，兩人便走出街路，過了市場，決定走主要的街路回去。街上山上的農民來來往往而正在熱鬧的時候。他打算回到山上的田寮去，三個人一起吃中飯。到了街郊，他看見一帶沒有人，就向阿蘭說：

「籠子裏有給妳吃的東西……」

他從肩膀放下扁擔，拿出用糯米蒸的甜糕來。啓敏知道鄉下的孩子愛吃它。但阿蘭的手裏還有嬸母給她的糕，於是她把它拿給他看，說有這先吃，那在家裏跟母親一齊吃。啓敏又彎着身子，將扁擔放在肩上，把東西挑起來。路兩傍的相思樹樹梢上，有太陽耀輝着，野鴿在叫着。阿蘭一邊吃點心，一邊想起學生們列隊唱軍歌的情景，她回回頭向啓敏說：我也想到學校唸書去！

「唸書？好，明年入學籍上學校就是了。」啓敏揩着額頭上的汗說。

「眞的麼?我眞高興,我一定做級長……」

「沒有女孩子做級長呀。」啓敏想說自己也到過學校唸書,但他終於住了口,向阿蘭笑笑罷了。

田寮如換了新一般,屋子裏也整頓得漂漂亮亮的,啓敏感到很滿足。東西被放在中間的房間,籠子裏齊備着目前爲建設新家庭所需要的東西。有生以來,秀英的懷中沒有放進這麼多的錢,而且想起這就是她倆的財產,突然有新娘氣氛充滿了她的信心,使她覺得自己的臉在發燒哪。

「一切事情,等吃了中飯再說吧。」

秀英想把熱噴噴的飯給啓敏吃。

吃中飯後啓敏也沒有休息,從雜木林掘出壺子來,把裏面的錢統統交給秀英以後,走進竹林去。首先他要做鷄舍,砍了竹子做它的材料。明天到本家的店去,如果在後院子有沒人養的瘦狗就抓了一隻回來,也向人要一隻小貓來養吧。狗如果讓牠亂跑,就不能看守,所以要把牠拴在固定的地方。啓敏砍竹子的聲音傳到屋子來。秀英把他拿回來的竹子劈成兩片,把它做導引水的竹管。流入稻田的埤圳,有一處離厨房不到十五公尺,有十支竹管就可以把埤圳的水導入厨房的缸裏面來。這使秀英感到太高興了。在街上的話,飲料水要去打來才行,但在這裏只靠水管的水,要用多少就可用多少。豎立着竹子,連劈成兩片的聲音,聽來像喜悅的新家庭的音樂。晚霞把對面的山染紅的時候，啓敏爲水管的工作，連汗都流出來。有了竹管的水以後，溢出缸的水要透過水溝，引進積存水的地方才好。鴨或鵝需要水。有空的時候把牠們用竹子圍着，放在存水的地方就安全了。在收割稻穀以前，要養鴨和鵝才行。收割後牠們會檢掉在水田的稻穗，不但可以省飼料，鴨和鵝都會肥起來。想來想去，要做的事情眞多！竹管的水流進廚房的缸的時候，秀英歡呼地喊：

「蘭仔快來看！水來了呀！」

阿蘭有趣地一直看着埤圳的水響着聲音落入缸中。

夜幕漸漸地在外面逼近着，餐桌已經擺着晚餐。啓敏用乾的毛巾擦汗，秀英的衣服也被汗濕着。今天好不容易把水管導引好，明天鷄舍或圍鵝所用的竹子已準備好，積放在院子傍邊，所以明天夫妻倆一齊來做，鷄舍等很快就會完成的。因阿蘭立刻就會打盹，所以要給她先洗澡才好。於是，秀英勸丈夫先吃晚飯，自己要給阿蘭洗澡後才吃，啓敏慢慢吃着，等她們母女來。妻所燒的飯菜，好得沒有吹毛求疵的餘地。三人都圍着餐桌的時候，啓敏說明年要讓阿蘭上學去，阿蘭聽了，把飯碗放在桌上，拍拍手道：

「阿母，我要當級長的呀。」

秀英笑着，這使啓敏比什麼都高興。他希望常看妻笑的臉。秀英笑的圓臉會使家裏快樂的。

阿蘭高興地扒着飯。

「我們要在廚房的墻上做一座神壇才行，」她把拿筷子的手放在餐桌上，望着丈夫說：「有木材我也會做………」

「我明天到街上的時候，買一塊木板好啦。」

用木板釘在牆上的神壇，台灣人稱爲「蟑螂翅膀」，是極簡單的。人忽然充滿了幸福感的反面，會感到不安，覺得沒有神的保佑，不知什麼時候會有什麼災禍降臨的。夫妻倆儘量想過不受人注意的生活，秀英聽啓敏說要阿蘭上學，她雖高興，也感到不安，怕由於阿蘭跟學校發生連繫，會帶給她們家不幸的機會似乎較多。但夫妻倆都無法具體地把那不安講出來。只是想把碰上來的社會連繫避一避，但想讓阿蘭好好地唸她們過去所沒有唸的書，在這種矛盾心理作祟下，她們實在無所適從，除祈救神還有什麼辦法呢！

啓敏夫妻急着要把田寮建設成像樣的家。端午節過去了，稻穗也發黃，收割近了，院子可聽見鷄啼的聲音。爲農家必要的東西，到本家店面去一下，弟媳婦說要阿蘭去照顧她的孩子的時候，啓敏的喉嚨阻塞了。

「好麼，大伯？」弟媳婦竟喊起大伯來了！

「是的，我回去跟那個孩子商量看看………」

「要跟孩子商量？」

「……問她是不是幹得了？」

「幹得了，那個孩子很聰明，一定幹得很好。」

「她說想要到學校去唸書呀。」

「到學校唸書？嗯……」弟媳婦似乎在說不配的樣子。

這也難怪，他的財產是這個家給的。我還你們財產，你們不要管我家事好了，她又不便這麼說。

「我回去商量看看……」

啓敏不敢正視弟媳婦，逃也似的趕回家了。他坐在想思樹樹蔭下的石頭上，暫時調整了呼吸以後想趕爬山坡的路。在樹梢上叫的蟬，像耳鳴那樣，啓敏感到沒有辦法了。如果不把阿蘭給他們照顧孩子，他們不但跟保正的本家疏遠，或許會切斷關係也說不定。如果叫阿蘭去照顧孩子，她又不能去上學，將來處境跟自己和她母親一樣，何況他家的人手也不夠的呀！他快要掉下眼淚來，卻看到人影，於是他挑起東西，開始爬山坡了。三個人好好地商量吧——他一路想着，回到田寮來。

秀英立刻發現丈夫暗淡的臉，問：「怎麼了？」

「沒什麼，只是本家要阿蘭去照顧孩子……」

妻子住了口，但阿蘭在傍邊聽着，立刻說我不願意！

「我要上學校去讀書呀。我不喜歡照顧嬰兒！如果一定要我去照顧，我會常常擰嬰兒的屁股……」

夫妻倆啞口失聲，目目相覷着。既然這樣又有什麼辦法呢！一樁困難過去了，又有一樁困難來煩他們。

妻看見他暗淡的臉，安慰他：「你別擔心好了，只要我們兩人同心合力工作的話，絕對不會餓死的。」

啓敏聽了，突然有所悟徹了。

「蘭仔，妳跟着我到這裏到那裏，才有這種事情發生的。如果沒有碰見那些人，不會有這種事發生的。」

阿蘭聽了，似乎明白了。別到這兒到那兒去，那只有增加麻煩罷了。秀英也不希望女兒像自己那種處境。於是，三個人便一齊在中餐餐桌傍的三只椅子坐下來。

一家三口充滿了希望，拼命地工作的結果，第一期稻作收成的時候，如所預料那樣：稻田或院子有鵝或鴨、鷄等如十年前飼養一般找餌，公鷄和母鷄也開始打架了。院子也像農家似的院子。

在過年過節中，梅仔坑庄在過中元節最鋪張，但因有戰爭的關係，自兩個月前就有不准演戲的風聞傳開。所以，今年不像從前那樣，爲過節而感到飄飄然。當時的中元節跟現在不同，自農曆七月一日起到月底，由街、庄而祭典的日子不同。初一就是開鬼門，讓鬼出來的日子；月底是關地獄門的。因祭典的日子不一樣，收成後有空的人就從這個街到那個街去，追戲子的屁股，或看看別街的祭典而樂一樂的季節。所以當局縱令不准演戲，也不會不准人家祭拜中元節鬼魂的，到娑婆（陽間）來的很多鬼魂，還是會到各街各自的親朋家去的，他們這麼想。

如果不是最初的中元節，啓敏賣家畜婚後就有相當的進款，但他覺得曾拿到人家的賀禮，該請人家吃頓飯；還給他們做媒的派出所，不送禮又過意不去。想請客沒有宴席的場所，又沒有人能替他們做道地的菜。阿秀一個人是無能爲力的。如果託菜館做的話，從明天起生活就會受影響的。於是，想來想去的結果，決定中元拿家畜做禮物還報人家。店員連掌櫃、阿春婆共七人，派出所的巡查三人，還有本家與主管巡查要特別多送才行。幸而，啓敏在雜木林的陷阱捉了一隻貉。於是決定拿貉一隻、鵝兩隻、鷄三隻到本家去。貉湯尤其跟鹹菜煮的，在陳家算最珍貴的菜。啓敏於那天晚上捉了貉以後，立刻叫妻準備拿到本家去的東西。合起兩捆竹筍，挑起來也蠻重，使肩膀相當吃力呢！送這麼多東西，弟媳婦阿玉的臉上表情多多少少會柔和吧——啓敏想着，走下靠近街上的山坡的時候，興緻也就開始高漲起來。

如他所預料那樣，他走進本家的時候，養父母和阿玉都對他冷淡，但從肩上把東西放下時，兩隻鵝叫起來，三隻鷄也騷動着，連嘴上讓牠咬小枝的貉也要鬧起來。於是，大家知道厨房有不尋常的東西進來，一家人便走進來包圍着啓敏拿來的東西。啓敏把東西丢了一邊，揩着臉上的汗，辯解他不能帶阿蘭來照顧孩子的原因說：

「那個孩子使我感到頭大，淘氣而滑稽　常常把飯碗弄壞，萬一把所抱的嬰兒掉下來，不知會變成怎麼樣，眞會使人擔心。因此，跟內人阿秀商談的結果，認爲她還是不能適合照顧嬰兒，本來想早些說，忙着工作而……」

稻穀已經繳了一半，中元節最需要的家畜拿這麼多來，養父母的臉上表情和藹，養父甚至問：

「你倒能捉到貉的呀？」

啓敏因道歉的話鋒被打斷了，所以慌着說：雜木林中藤的果實長熟發紅着，他以爲貉會來而弄了陷阱，結果牠陷進來了。啓敏彎着腰，從籠子裏把所有的東西拿出來。

今早恰買豬的排骨，拿竹筍來恰好，弟媳婦阿玉說。

啓敏一邊從籠子裏拿出鷄，一邊還拘泥阿蘭的照顧嬰兒的事，說阿蘭不適合照顧嬰兒。被抓翅膀的鷄如代替阿蘭說：「不，不！」一般悲鳴着。啓敏漸漸地冷靜起來，他喝着阿春婆端出來的茶，啓敏如趕着要走似的連坐也沒有坐。

「照顧嬰兒的多的是，別介意好了。」養父說。

啓敏把茶杯放在桌上，向阿春婆說：「我無法招待大家，所以明天拿鷄來送各位一隻……」

大家聽了，漸漸露出笑臉了。給人一隻鷄，這倒是奇怪的請客法——阿玉有生以來第一次聽到這種事，所以笑出聲來。

啓敏如逃似的把籃子挑起來，走出本家，在背後聽他們說：吃吃中飯再走；他卻加速脚步說：

「我有急事……」

是的，他也要準備過中元節——大家目送着他背影想。其實啓敏不是忙着準備祭拜，而忙着送禮。第二天上班前，啓敏已經站在吉田巡查的宿舍門口。吉田巡查的太太懂台灣話，使啓敏有獲救一般的感覺。他從袋子抓出鷄來。吉田巡查太太知道這就是幾個月前替他做媒的謝禮。

「一隻鷄就行了，拿這麼多不好意思……」

她想要推還給他，他強留着，匆匆離開。

剩下的兩隻鷄，他分送另外兩巡查各一隻也就完了。

還完了人情債，啓敏便迎接中元節的早上了。他家爲拜山神土地，宰鷄與鵝各一隻，於是院子和鷄舍顯得空空的，寂寞使他有些難受。鵝、鷄各有一對，漸漸地還會生殖增加的，他安慰自己，牽着阿蘭的手說：

「溪裏有鼈，我們去看一看吧。」

兩人走着樓梯田傍邊坡度小而漫長的下坡，啓敏又說：「用不着去照顧嬰兒，明年就上學校讀書，來回學校和家就行，別到這到那兒去，只會引起麻煩罷了。好啦，妳要做個乖孩子吧？」

「是啊，我不會到別處去的！」

「是麼？那就好！如果想吃的，買回家裏來吃好了。」

兩人站在溪邊，覺得愉快舒適。溪邊的沙攤雖有鼈的足跡，但很不容易找到鼈。

「從溪上流逃到下流去也說不定。」阿蘭不耐煩地說，她在溪邊等累了。但啓敏起勁地將手伸入石頭下面找着。「阿叔那麼做會被鼈咬了，聽說除非雷響了，會咬住不放下是麼？」

「沒有那種事！鼈在水中不會咬住的。」阿叔充滿自信地說。

沒有多久，阿蘭母親在院子喊他們回家去拜神。

兩人笑着空手而歸，只好對捉鼈死心，爬坡度小的山坡。

「發現時捉就好了，以爲今天捉較好才使牠跑掉……」

「今天，鼈或許放假而到那裏去玩也說不定……」

阿蘭像講故事一般的說法，使啓敏覺得她實在太可愛了。他對鼈雖然還有留念，只好將竹桌搬出院子去。他看見桌上擺滿供物，忙跟阿蘭走進廚房洗臉，也將放在神壇上的香拿下來。以妻爲中間，三人拿香並排站着的時候，對面山上的竹叢被夕陽染紅着，回巢的竹鷄啼着。空中因夕陽而發燒一般，也許今天有中元節的酒菜而發紅也說不定。啓敏在等待妻的禱告。

「請山神土地公，我家附近的衆神降納祭品，保佑我們一家平安無事，明年我們會準備更多祭品的……」

丈夫聽了妻的禱告，心裏充滿着謝意。她的臉上本來沒有表情，但到山上田寮來以後，變成表情極豐富的主婦。而且她處理金錢卻另有了不起的頭腦，丈夫那麼想。

「我們也拜石頭公去吧。」

朝着田寮，從右邊竹林山起傾斜的山丘前面有約三十公噸重的大石頭。那石頭很像鯰頭。在那突出處放銀紙，用小石頭壓着。於是，三個人又並立在那前面。

「石頭公，請保佑我們的頭也像石頭那麼硬……」

妻合掌拜着，啓敏和阿蘭看了，也忙拜着。三人又回到原來的地方，叫阿蘭看守祭品，啓敏和秀英又在厨房工作了。阿蘭尋找貓的所在，貓還沒有空注意餐桌上的祭品，牠正在厨房後面撿魚肚等內臟哩。

第六章之二

從大地自然產生的石頭，縱令被風吹雨打，都是泰然自若的。人的生命力也眞像那樣。中元節一過，插秧完的水田稻穗，綠青青地長着。站在田埂，可看見中元節放在石頭突出處的銀紙，因雨水像橡皮膏那樣貼在石頭上。妻、我、阿蘭都希望像石頭那樣堅強——他想，卻看到妻今早在厨房嘔吐而擔心著。

「不要緊，沒有擔心的必要……」妻充滿自信地說。

啓明還是很擔心著。秀英知道是八年前那樁事的翻版，她想說懷孕，卻說不出口來。阿蘭在院子把狗用鐵線做的脖圈解開，拿着狗脖圈，跟狗賽跑着。啓敏一回家，詳問妻不舒服的情形，想要到街上抓藥去。中元節買的小鴨，已經長出粗羽毛，在院子蠢動着，他決定把牠們趕到溪邊去，然後上街去。朝陽還剛離開對面的山峰罷了。

「不要緊，並沒有吃藥的必要，我們不能亂花錢，家裏快沒有錢了！」妻說着，把原有的錢和賣稻穀所得的錢用到什麼方面，一一講給他聽。

這麼一說，儲蓄快完了。付幫忙插秧的農民工錢和借水牛的租費，在第二期稻作收成以前，現款差不多沒有了。但秀英不會因此悶悶不樂，她叫丈夫慢慢準備所需的東西。

秋風吹了，啓敏發覺妻的肚子大起來，他想阿蘭將有弟弟或妹妹，她用不着像現在那樣跟狗玩了。但啓敏想起生產時的費用，他不由得緊張起來。他從山上或菜園拿能賣錢的東西到街上去賣，要賣竹鷄或貉時要特別擔心，怕被本家的人看到了，生氣地責罵：那些東西怎麼不拿到本家來，卻要把牠賣掉呢？

「別急，還來得及呀！」她安慰不休不眠工作的丈夫。

秋深了，收割完稻穀的時候，阿蘭在夜裏出高燒，用嘴呼吸着，啓敏慌着連頭都要暈了。他無法等到天亮，從鷄舍抓了一隻鷄，縛了鷄脚，放進蘆葦做的袋子裏，打算給醫生送禮。他用整幅布料做成的腰帶背着阿蘭，用舊大衣把阿蘭完全包着。阿蘭的兩支脚露出來，所以給她穿襪子。啓敏像在背上背被爐似的感到熱烘烘而更覺不安起來。發燒的身體碰到冷風，病會更重；正在痊癒的病，會捲土重來也說不定——這是連農民也知道的治病的常識。

啓敏小心地趕着拂曉微暗的山路。他到達街上的時候，梅仔坑唯一的醫院還是把門關得緊緊地。他等不及開門，就敲門了。藥劑生想睡且生氣的臉孔跟開門聲一起出現了。啓敏將放鷄的袋子伸出去，說孩子要給醫生看病，藥局生接受袋子便走進裏面去，接着醫師太太走出來，請啓敏進去坐在長櫈上，使阿蘭彎着兩脚坐下去。

夜裏沒有出診時，醫生睡得早，所以已經起來了。醫師看了帶禮物來的千田，臉上並沒有不高興的樣子，他也就鬆了一口氣。他沒有聽進醫生打招呼的聲音，一口氣告訴阿蘭的病狀，一邊解開帶子，把阿蘭從肩上抱下來。阿蘭因熱度而疲倦得要命，連診察椅都坐不牢，啓敏只好從她背後抱着，給醫生看。

「沒關係，這是出麻疹的呀。」醫生說：「她多大年齡了？……八歲麼？出麻疹有點遲……」醫生在病歷表上寫處方，交給藥劑生，然後用小銼子響着聲音切注射液的玻璃瓶口，吩咐阿蘭：「我要給妳打針，妳別動呀。妳的病不趕快好，每天妳阿爸背着妳來就太麻煩了！」

阿蘭第一次聽到街上的人把阿叔喊成自己阿爸。阿蘭想只要病能好，怎樣痛都不要緊。被稱爲阿爸的阿叔，像被雨淋似的滿面都是汗。打針後藥劑生告訴啓敏藥要怎麼吃。

「別吃硬的東西，也不要到外面去。」醫師告訴應注意事項以後，向啓敏說：「聽說千田先生相當有錢是麼？」

啓敏發窘地笑着，又背了阿蘭，拿藥要付錢。醫生叫藥劑生不要收，啓敏不肯，拿五元鈔票給藥劑生，結果找他三元，收他二元。他向醫師道謝着，急急忙忙地走出醫院，想買些東西而走向市場去。他想要醫阿蘭的病，人家要怎樣譏笑都不管了。他被稱爲有錢人，是婚前剃成光頭，戴像袋子一樣的帽子趕蚊子，頭髮常亂蓬蓬地，但婚後理成五分頭，衣服常清清爽爽的，腰帶的結——錢囊似乎比從前大。以前他常赤脚，婚後都穿草鞋戴帽。穿草鞋是妻秀英的命令。因裝束變了，啓敏被看成有錢人。秀英又因富於表情，看來又像有錢農民的太太。啓敏買好了東西，走出市場的時候，恰巧碰到三嬸婆——快六十的老婆。

三嬸婆在梅仔坑庄是最老的產婆，因有年輕的兩個助產士在開業，說三嬸婆使用的是舊方法，所以很多產婦都不願意請她去接生。阿婆看見啓敏，便走近去看阿蘭。

「阿敏，這就是出痳疹，煎茅根當茶喝就會退燒……」

「是麼？」

「是的，錯不了。聽說你太太有喜是麼？開始陣痛後去請產婆，你們那裏不方便，我兩三天前就住着接生……」

「那好極了！」啓敏不由得說溜了嘴。

回家的路上，他對使用舊方法接生的產婆感到不安起來。本來他是要請受過新教育的助產士接生，現在卻往意外的地方發展。總之，跟阿秀商談，茅根有效就請三嬸婆吧。

「阿蘭，妳難過麼？」

吹到他脖子來的阿蘭的氣息，像蒸氣那樣熱。這時雖說是冬天，晴天時還是很暖和，啓敏滿身流出汗來。阿蘭沒有回答，他感到她在自己脖子處搖搖頭。在森林樹梢有野鴿叫着。鳥太奢侈了，使人有悠閑地只鳴不平一般的感覺。走到田寮上面埤圳邊的小路，可看見阿秀在院子將稻穀裝進麻袋裏。啓敏被核定繳出稻穀給政府二千斤，實際上有三千斤，所以夫妻倆把剩下來的好好藏起來。

「痲疹是不能碰到風的……」

啓敏把阿蘭放在牀上，連汗也不揩，向不管稻穀的事情而走進來的妻說。秀英從厨房拿米湯給阿蘭吃。啓敏告訴她：三嬸婆所講茅根以及願意住在他們家接生的事。妻贊成使他鬆一口氣。只要剩下稻穀，養鷄鴨就會長胖的。他想把妻的生產準備好就買一匹水牛，因耕種需水牛才行。

最近他對被喊爲千田，好像是護身用的語言一般的感覺。過去被喊千田，似乎被人取笑而感到不愉快，喊阿敏反而覺得很親切。叫千田眞喜男彷彿被人送不合身分的博士學位一般，連屁股都會癢起來。最近被喊千田，他擔心役場的職員或巡查會不會到家來呢？因千田是準日本人，一定是忠君愛國，沒有搜房子的必要。但萬一被發現有剩下來的稻穀，是不是吃更多的苦頭呢？他不能說沒有這種不安。也許是這種不安吧，啓敏最近很會應酬，逢人便先用日語說：「早安」「日安」。這使農民們說啓敏假裝起日本人來。既然被這麼說，他氣度要大方，裝束也要像樣些才好。但這種不三不四的農民，怎麼不引起人注目呢？於是，這樁事變成啓敏的新煩惱了！他本來祈救過不大引人注目的生活，現在卻變成引人注目的農民，這使他感到憂鬱哩。話雖如此，他爲了使收支平衡，一回家便脫掉外出衣服，起勁地工作着。秀英用知足的眼神望着他，所以她儘管抱着大肚皮，夜裏潛進丈夫蚊帳來，撫摩着丈夫的臉，慰問：要注重身體，別工作過勞而弄壞身體……。啓敏聽了，眞是感激涕零。仔細一想，快樂的事情雖然也有，但比起婚前來，辛苦的事情多。

背阿蘭兩次給醫生看，痲疹就好了。使啓敏高興的是：痲疹好了以後：她竟喊他爸爸。比起阿叔，喊阿爸當然親切多了。性急的阿蘭患痲疹的時候，每天哭泣我不會好啦，使啓敏聽了，感到很心痛。這個孩子眞會使大人嚇死，妻說，安慰丈夫：

「阿蘭心急，才會那樣哭的！」

發腫的臉好了，阿蘭相當消瘦下去。

第二期稻作的插秧完了，到舊曆年以前就能收成的。

秀英的肚皮雖然越來越大，她仍照常工作着。舊曆十二月間產婆來看她，說過了清明節以後才會生的。

戰爭越來越激烈，啓敏每次到街上去，只聽到大家在談論着戰爭的消息。他們在背後嘆息：戰爭不知什麼時候會終了，眞糟糕了！但啓敏不能顧到戰爭，農民的工作實在做不完呢？收成完了，要種間作物，間作物多餘的要出售，留下來的要曬乾做家畜的飼料。間作重要的是種蕃薯，只有第二期稻作收成後種芥菜，以便做鹹菜。

這是娶妻後第一次迎接的正月，田野工作與間作的收成告一段落，插秧好的稻田水很充足。爲了留作妻的生產，鷄統統沒有賣，只把鴨全部賣了。鵝除留公母一對外，還留下四隻。過年時送派出所兩隻鷄，產婆一隻，本家送兩隻鵝去。清理住家週圍，想今年應將泥漿塗在牆壁上。

除夕傍晚，在神壇前面的桌上擺滿了祭品，拜神完了以後把桌子拿到院子去拜山神土地，石頭公鼻前的銀紙也要換新的才好。一切祭拜完畢，一家三口一邊吃，一邊東聊西談着，談得很愉快。晚餐後，父親給阿蘭壓歲錢後她才去睡了。

第二天是元旦，一家三人雖換了新衣，只有母女、父母、夫妻三個人你看我我看你罷了，誰都不到山上田寮來。山雖然靜悄悄的，但使人覺得山有山的熱鬧。竹林褪了色、雜木林的樹葉因風霜掉落了。草木有規矩地並立着，竹鷄和花娟鳥在叫着。從山裏面的村莊有舞獅與鑼鼓聲微微傳來。三個人在掃得乾乾淨淨的院子，感到很無聊。阿蘭的手裏雖然拿着小風車跟狗賽跑，但一聽鑼鼓聲她便說要去看一看而纏着啓敏。

「你帶她去看吧！」妻說。

啓敏牽着阿蘭的手。秀英牽着狗說：

「小黑，你要跟我一起看家……」

秀英快樂地送他們父女。

到山上的村莊比到街上近，鑼鼓聲就是從那裏傳來。

「不要到人家家裏去！」秀英從背後吩咐爬山坡的父女。正月間別亂帶孩子到人家去，那像要去討錢一般。

寂靜的山上村莊利用農閑期，年輕人在舞獅，因此整個村莊快活起來，而感到熱鬧。獅子伸長了身軀，以爲跳進農舍，卻又後退着，張開大口，高舉着脖子又要進農家，合着鑼鼓聲舞獅，眞像過年而使人覺得恭喜之至！村莊的孩子們參加了舞獅的一隊，巡迴從這個家到那個家去。鞭炮聲響着，鑼鼓聲亂了，獅子憤怒着。被舞獅的氣勢壓倒着，阿蘭緊緊抓着父親衣服的下襬看着。父女倆碰見賣給她們母牛的阿壽仔伯公，於是啓敏悄悄地告訴阿蘭回家吃中飯去。但阿壽仔伯公抓着啓敏的袖子不放。

「眞的！內人一個人在看家，我說一定回去吃飯……」

對方好不容易放開袖子，啓敏跟阿蘭便趕回家的路。

「阿爸，舞獅怎麼不到我家來呢？」

「我們那裏只有一戶，他們那麼多人爲賺一元或五角特地來，有些划不來呢！」

阿蘭從村莊農民的院子採下花的種子放在懷中，這時把它拿出來給父親看。父親默默看着，並不說什麼。

「蓋新房子的時候請他們來，是不是肯來呢？」

「當然肯，但要請他們吃飯才行。」

克羅（日語：黑）聽阿蘭們的聲音，搖搖尾巴歡迎她們。

正月很快地過去。一般的家庭是接阿姑或女兒回去做客，或親朋們請來請去，熱熱鬧鬧地過正月，但啓敏一家卻靜悄悄地過了正月。秀英母女到了山上田寮來以後，過年過節都有祭神，過着像人的生活，一家三人感到很愉快！

元宵那一天，街上的孩子們提着各種花燈遊行，但在山上田寮是沒地方走。話雖如此，啓敏還是買船型的元宵燈給阿蘭。阿蘭點了火，一個人在院子玩着。玩膩了，她在牆上釘上釘子，把它當做裝飾品而吊掛在那裏。

不知不覺中，清明節到了。啓敏要跟本家的人一起去掃墓，如往年那樣祭品由啓敏挑去。阿蘭因沒有變成陳——千田的家的姓，所以不能跟父親去。今早，啓敏連換衣服的時間都沒有。他黎明前便起牀，給稻田最後的除草，因非到本家不可的時間到了，他就拿着扁擔，從家裏跑出去！扁擔還是肩頭挑慣的較好。

養父看了連衣服也沒有換的啓敏，把臉板着，但想起夫妻倆在耕作近一甲的稻田，還從事間作以及竹林的工作，養父母不忍心責備他。

啓敏根本沒有餘裕想到盛裝的人們和自己的衣着。再過一個月，阿蘭就要上學了，但她的戶籍還在王明道家。轎佚王明道已經託人向啓敏說：你們打算把阿蘭的戶籍怎麼辦？既然還是王仁德的女兒的話，王仁德還是有權把自己女兒賣給什麼人做養女。啓敏看見別人的女兒們快活地來掃墓，覺得不能這樣把阿蘭的戶籍放在王家。當然啦，轎佚看見啓敏的經濟狀況不錯，一定會要他錢的。爲了要使阿蘭入自己的戶籍，轎佚不知要敲多少錢，這使啓敏感到不安。託訓導弟弟請派出所調解，事情可能會比較順利——啓敏凝視着香濛濛上昇的煙，和燒銀紙的火焰像紅蝴蝶那樣飄舞，想這些事。

朝陽出現在山峰，到了大芒果樹的樹梢。啓敏將祭品挑回到本家大廳，匆匆地回到田寮還是中飯前的時候。本家給他十二個紅龜糕（用麵粉或糯米做）。秀英正在給前天夜裏的小豬餵稀飯吃。阿蘭在一旁算小豬算到十隻，聽父親說有紅龜糕，她便離開母親，奔進屋裏中間的房屋來。中間的房間仍被稱爲大廳，妻秀英爲照料家畜而忙碌不堪，他看見她的大肚皮，不希望她幫忙做田園的工作。

阿蘭戶籍的事，不必麻煩派出所，因無意中講出來，由三嬸婆調解：給轎佚二百四十元的養育費，阿蘭就做啓敏的養女。秀英因被敲去二百四十元，感到很惋惜。

「養育費應該是我們向他拿才對，你人好，才會被他敲去！」

「事情能這樣解決，不就好了？」他撫慰着妻。

三嬸婆據說快六十歲了，看來卻像五十歲上下的人，身體硬朗得很。她還是年輕時解開纏足，所以她的走路跟一般農婦不同，看來脚跟像釘住大地一般。她時時到田寮來看秀英的肚子，一手拿傘一手拿拐杖，走將近五公里的路，爬到山上來，這使啓敏夫妻感激，她回去時一定送一隻鷄給她。她提着放在袋子裏的鷄，拿着傘和拐杖，輕鬆地爬山坡回去。秀英每次都目送她到院子，叮嚀她說：

「阿婆，妳走路要小心的呀！」

「不要緊，我年紀雖然大，只有脚是不會輸給年輕人的呀，阿秀。」她頭回也不回地回答着。

她診斷阿秀在清明節左右臨盆，所以清明節的第二天便叫國小六年級的孫兒拿着她的衣服，日常用品，打算住進來。淸明節那一天天氣好，第二天便有小雨濛濛地下着。阿婆的布鞋套着用檳榔皮做的套子。中間的房間給阿婆住，夫妻跟阿蘭三人睡一個牀。雖是梅雨時期而使人煩，但雜木林的樹梢萌出新芽來，告訴春來了。啓敏穿着棕簑，忙着田園的工作；秀英也照料家畜，無法款待產婆。但阿婆的孫兒要回去時，秀英送七個鴨蛋給他。

「常常拿妳們的東西，眞是不好意思……」

「我們是農家，送的是現成的東西，沒什麼珍貴的。」

啓敏聽見秀英跟產婆應答如流，感到很高興，覺得妻太可靠了。產婆也沒有什麼無聊的樣子，她跟阿蘭像祖孫一般聊着，連鎖碎的事情都會幫秀英做哩。

兩三天過去，秀英沒有生產的模樣，雨不斷地下着。草木的新芽引起啓敏的注目，季節性的工作使他忙碌不堪。兩個塌塌米的臥房睡三個人很擠，他連翻身也不能。

半夜裏他聽妻在耳邊說：「我很氣憤，如果不被敲去二百四十元，我們在隔壁可以增蓋一棟房子的呀。」

「妳不要介意好啦。反正雨季的竹子不能用。等今年年底再增蓋吧。花兩三百元就可以。還有牆不塗泥土的話，冬天風會從空隙吹進來，冷得很……」

丈夫用想睏的聲音說，秀英也就不再說下去。雨響着打在竹屋頂和香蕉葉，好像下大了。

隨着妻的呻吟聲，他被產婆叫醒了。快燒熱水去。還這樣那樣，阿婆嚴厲地命令着啓敏，啓敏照她的吩咐一會兒到廚房一會兒回到臥房來。產婆從盒子裏拿出接生的用具來，問妻說嬰兒的衣服放在那裏？啓敏只是忐忑不安，在嘴裏唸着佛。

「別發獃着，讓阿秀抓着手吧！」產婆責怪着啓敏。

妻比在學校拔河更用力地抓丈夫的手，於是啓敏將脚踏住着。妻的臉如吹汽球一般，連頰都鼓圓了。「哇！」嬰兒哭叫時，啓敏才看產婆的手邊。妻的手立刻鬆弛了，鼓圓的汽球消失了，眼眶裏掛着淚珠。他用巾子揩着妻的眼淚和臉上的汗。產婆小心水流進嬰兒的耳朵，一手將頭抬起來，將身體放進盆子裏去洗……。

「阿敏，恭喜你，生的是男孩……」

啓敏雖聽見產婆說，但他的心卜卜跳着，他不管生的是男或女，只會給他生孩子他就高興了！他忽然發現臥牀的棉被動着，但阿蘭還沒有發覺的樣子。沒有多久，妻的臥牀並攏着四個枕頭，他感到產婆爬上牀睡的樣子。他曾用麻油炒鴨蛋和酒給妻產後吃，吃不完的產婆跟自己吃，致使腹部熱烘烘而頭腦清醒起來，睡不着覺。明天要宰兩隻雞做麻油鷄，因產婆還住在這裏要多做些，也給她吃才行。在台灣，麻油鷄是產婦最好的菜，無論是有錢或貧窮的人都一樣在產後吃，只是有錢人每天多做，還有吃的時間比較長些罷了。一般地說，台灣人差不多都愛吃麻油鷄的。

啓敏想起明天的事，豎起耳朵來。妻疲倦着，輕輕放出鼾聲睡着。雨仍繼續地下着，天雖還暗鷄在報曉的聲音傳來，是頭番鷄啼的樣子。不知什麼時候，啓敏也睡熟了。雄壯的鷄報曉聲把他叫醒了，他奔進廚房去一看，產婆代他宰鷄哩。

「我起來晚了，眞對不起！阿婆，我想宰兩隻……」啓敏說着，到鷄舍去再抓一隻來。

阿婆客氣地說：「一隻已經很多了！」

「不，大家都要吃……」

「那太浪費了……」

啓敏跟產婆在厨房做事的時候，阿蘭已經起牀了，她發覺嬰兒的樣子，高興地拍拍手的聲音傳到厨房來。

「要喊我姐姐的呀！」

產婆聽了，也笑出聲來。「她雖然很淘氣，眞是一個可愛的女孩子，眞像母親那樣很聰明…」

啓敏高興產婆這麼說，阿蘭眞像母親，如果說像父親，他會恨死產婆的。妻生產的早上，啓敏比迎接過年更忙。他拿飯跟麻油鷄到妻房間去，吩咐妻多吃才好。麻油鷄冷了不好吃，他叫客氣的產婆跟阿蘭先吃。啓敏一邊準備早飯，一邊也得先餵豬、鵝、鷄才好。今早連狗和貓都給好一些的東西吃。他們叫阿蘭拿毛巾來，揩揩沾在嘴邊的油。

「妳要吃得飽飽地，把空空如的肚子塡飽才行……」

因丈夫這麼說，妻得意洋洋地向他說：

「我吃兩碗飯滿滿地，麻油鷄則吃一大碗……」

站在門口的產婆聽了，笑着說：「說一大碗有些誇口，我只是在阿秀要吃的麻油鷄裏面多放一些酒罷了。」

難怪妻的臉呈淡紅色哩。啓敏說不會喝酒，不如說憎恨酒比較妥當。還有阿蘭也要吃麻油鷄，所以酒不能放太多，但不僅是阿秀要吃的，產婆要吃的也多放些酒吧。因啓敏不能喝酒，產婆把他要吃的麻油鷄少放酒的。

自己的一生，還有生家的一家人都因父親愛喝酒，大家都遭到不幸。他每次想起父親手拿着酒杯，顚來倒去，吹牛而忘掉一切，他心裏就難受了。在父親背上聞到酒臭味來。於是，他跟生家斷絕來往偶而在街上碰見生父，也把頭掉過去，比見外人更不理生父。因此，拜神時所用的酒，啓敏不惜地把它丟掉。妻不但能了解丈夫那種心理，自己也抱着同樣的心理。夫妻倆本來在絕望中，卻由於神的恩惠，現在兩人過着幸福的日子。所以，人只有盡力而聽命由天以外是沒有什麼辦法的。這就是啓敏一家的人生觀。事實上，人生有好有壞，有時會碰到意外之事也有。

派出所當局常不鬆弛神經統治異民族，西保保正陳久旺多多少少懂日語，且在梅仔坑庄內是高稅額繳納者，兒子當國校訓導，女兒女高校畢業；妻雖不懂日語，在庄內是數一數二有敎養的女人，一家人有改日本姓名的資格；但他們連當做雜工的養子也改姓名，實在太欠考慮而便派出所不滿意，只是派出所不便干涉罷了。

產婆因孫兒來迎接她，敎秀英和啓敏如何給嬰兒洗澡後，於秀英產後第三天便回去。啓敏用紅紙包六元送她外，還送公鵝一隻、鷄兩隻和許多菜乾。這些東西放在籠子裏，由孫兒挑着。產婆如離開寶島一般，依依不捨呢！

第六章之三

草木綠油油的四月，啓敏帶着盛裝的阿蘭參加梅仔坑庄國民學校的入學典禮。他穿草鞋坐在家長席會影響阿蘭的體面，所以典禮開始前啓敏再三叮嚀阿蘭說：阿爸在校門前龍眼樹下等妳，一下學就不要到別地方，立刻到那裏去！阿蘭一再地點點頭答允着，走進新生隊伍去。

啓敏到市場去辦一些事，忙回到校門前龍眼樹處，在樹蔭下石頭上坐着，等阿蘭走出來。學生們被禮堂一吸收，校庭空濶起來，只有太陽美麗地耀輝着。十幾年前自己入學時的往事浮現他腦海中，今天他以不同身分出現學校，使他有做夢一般的感覺。公學校的招牌改寫成國民學校，街上只是談戰爭消息當中，學校的事情是容易被遺忘的。但啓敏對自己所計劃的人生行程的工作，佔滿了他全部腦海中。戰事在海涯、地平線的那邊。他的頭腦沒有餘裕想到這些，買牛的錢只付一半，剩下的一半雖說什麼時候付都可以，但什麼時候會來拿也不知道。大概會在第一期稻作收成後來拿吧。學生們的合唱聲，從學校乘風傳來。在那聲音中，也有阿蘭的聲音吧？不，她還未學習唱歌，一定默默地聽着。慢慢地，阿蘭也會唱吧——他想着，漸漸地高興起來。他跟有些路人打招呼，也想東想西間，校庭充滿了學生，啓敏便站起來。他張開眼睛注意阿蘭，但阿蘭沒有那麼早出來。他正在焦躁的時候，忽然從旁邊被拉着手而吃了一驚。拉他的是阿蘭。於是，他鬆了一口氣，將東西挑在肩上，拉着阿蘭的手說：

「我們回去吧！」

「眞有趣，我也唱過歌的呀。」

「但妳還沒有學唱不是麼？」

「嗯，我一邊聽一邊跟着唱……」

「是麼？妳也唱的麼？」

陽光曬着，背都會感到熱——已是接近夏天的氣候了。路傍並排的相思樹都是綠油油地耀輝着。父女回到田寮的時候，秀英立刻跑出來迎接他們，問參加入學典禮的情形怎麼樣？阿蘭說自己的名字跟大家不同而稍感難爲情，老師喊千田蘭子，她忘記應了。不懂日語卻要改姓名，她聽到有人小聲說。不管它，我想我將會懂日語……。秀英聽阿蘭這麼說，臉上暗淡得很。啓敏聽了，把東西一放中間房間，便從放在枕頭的洋鐵盒拿出保甲書記給他的紙片，把它交給阿蘭。那是在一家人——千田眞喜男、千田秀子、千田蘭子、千田祥吉的名字傍邊附註着片假名，但阿蘭還沒有學習五十音，還是看不懂。啓敏給阿蘭跟秀英說明：當生嬰兒時，覺得太可賀了，將過年貼在牆上的「吉祥」兩個字取爲嬰兒的名字。可是，保甲書記說吉祥不像日本式名字，祥吉就可以，於是吉祥便改變爲祥吉了。因啓敏懂片假名，先教阿蘭怎樣用日語叫一家人的名字。

阿蘭的求學心深切，眞像啓敏與秀英成自由身後努力奮鬥一般。她一早便起來，吃了早飯，將便當放進書包便上學去。啓敏不能每天把她帶到學校，只好陪她爬山坡到山上可看見往梅仔坑庄的州路的地方，看阿蘭一個人走下坡，他便用銅鑼一般的聲音吩咐：要小心，一下課便要趕快回來的呀！然後他回到田園來。因田野有許多事情等他去做。阿蘭起勁地喊：好呀。她的聲音在靜靜的山路，像音樂般響着。

割稻的時期到了，稻穗燿輝着金黃色。院子有阿蘭不知何時撒種的鷄冠花開了。阿秀背着嬰兒照料家畜。啓敏從牛舍牽出牛，走下溪邊的草原去。雖說生過三胎小牛，啓敏希望牠能再生一兩胎。克羅是隻公狗，也許是春天的緣故吧，變成極神經質，在四丈長鐵線之間來回着，爲一些小事情便吠起來。狗的狂吠會使鷄將脖子伸得長長的，警戒周圍。連鷄也「喔！喔！」地叫出提醒人家注意的聲音。在這一帶突然有熱鬧的農家出現，難怪人家說啓敏有錢了。阿秀把頭髮從梳捲的改結爲後面，臉上像被春風吹似的快活。她一離牀便把頭髮梳好，身上打扮好。她認爲主婦頭髮亂蓬蓬地出現神壇是敗家的前兆，所以無論什麼時候她都把身上弄得很整齊。因夫妻起勁地工作，收成雖被拿去一半，看來生活還有餘裕的樣子。有一個晚上，啓敏在夢中聽到狗壓低音吼着，他從牀上跳起來，把準備好的弓箭拿着，走出院子去。這時狗的吼聲好像是要撲過去一般。

啓敏朝接近鷄舍黑黑的一團把箭放出去，一看見黑黑的一團跳進草叢裏面去。啓敏知道箭已經中了什麼動物，且夜色很暗，狗也靜下來，啓敏也就鬆了一口氣，回到臥房來。

第二天早上他起牀後，他放心不下昨夜的事，到鷄舍後面一看，發現那裏沾着血。跟踪那血跡爬上坡去，發現貉死在路中，啓敏高興極了。貉湯很好吃，但妻說還是賣掉比較好，所以那天早上啓敏把貉放在蘆葦做的袋子裏，跟上學的阿蘭走出家。當時貉的價錢有鷄的五倍。因貉是中箭的，街上立刻謠傳啓敏的家周圍弄着飛箭的陷阱。派出所爲此傳訊啓敏，啓敏據實報告，也就平安無事回來。這是因飛箭的陷阱太危險，可致人於死地的緣故。

收成接近了，要在稻株間種蕃薯苗才行，而一收割稻穀，要在稻田犁出蕃薯的壟來，否則沒有蕃薯收穫的。但他跟妻兩人的人手不夠，要託村莊的農民輪流幫忙才可以應付。間作的收成完了，第二期稻作的插秧完的短時間就是農閑期，但沒有多久又得開始除草哩。

利用農閑期，有竹叢的工作。砍了做竹工藝品的竹子，背到街上去。因此，在家裏最閑的是阿蘭。阿蘭從學校回來，便親親弟弟的頰，向不懂事的嬰兒說：姐姐回來的呀。她又要求母親讓她背嬰兒。她一邊背嬰兒，一邊得意洋洋溫習功課。

中元節又接近了，種植在雜木林與桂竹叢間的孟宗竹，長出很好的竹筍來。啓敏知道日本人也愛吃孟宗竹的竹筍，決定把它送給替他們做媒的巡查。父女倆在額頭上流着汗，站在警察宿舍前面。吉田巡查在早上入浴，太太在厨房的樣子。阿蘭因還要上學去，不能老是站在那裏等。

「有人在麼？」阿蘭大聲用日語喊。

是那一位呀？——太太的聲音從厨房傳來。

「我叫千田蘭子……」

太太立刻知道這是台灣人孩子所講的日語，用台灣話回答：稍等一下，我就來！一會兒，她用圍巾揩着手出現玄關了。「噢，原來是千田先生！」

「我叫千田蘭子，我們送竹筍給您……」

「咦！妳已經能講日語麼？」

「我現在是國校一年級學生……」

「千田先生眞福氣，有這麼可愛的孩子……」太太高興地凝視阿蘭把竹筍放在玄關，就想要走。

啓敏稍感得意起來。

「稍等一下，蘭兒！」太太走進裏面去，將託養在嘉義市親戚家的孩子們穿舊的雨衣、橡膠長統鞋、畫本、小孩雜誌抱一大堆出來，把這些塞進袋子裏，只把雨衣交給阿蘭拿。

阿蘭喜溢眉宇地說：「眞謝謝您……」

「千田先生，」太太用日語喊，接着用台語說蘭仔眞可愛，我很喜歡她，以後不要再拿東西來，時時帶她來玩。

啓敏只是行着禮，不知回答什麼好。

「我要上學去！」阿蘭好像在着急的樣子。

「是呀，妳快去吧！」

「再見，謝謝您！」

吉田半裸着身體跑出來的時候，恰巧父女向巡查太太鞠躬着，正要從宿舍走出去。阿蘭提着書包，趕到學校上課。她希望今天早點回家，想看看畫本或雜誌。

啓敏在心上舒適起來。三十年前，自己從學校中途退學，那時他也聽到第一次世界大戰的消息。大正十二年（一九二三年），啓敏以十六歲入學，十三年春天退學。歐洲大戰暴發是那一年前的事。但那戰爭的消息，像風那樣消失了。三十年來，他在虐待的鞭下生長着。像今天這樣娶艮妻，做可愛的女兒的父親，這是他做夢也沒有想到的。因此，夫妻雖起勁地工作，不斷地被不安的影子所威脅着。他雖可以獨自地哭，卻不能笑。現在由於有了阿蘭，家中常有笑聲響着。他期待戰爭的消息也會像前次那樣與風消失，但這次戰爭似乎逼近身邊一般的感覺。他唸公學校的時候，沒有唱軍歌，或聽它的經驗。但現在街中吵嚷着軍歌的狀態。

端午節一過去，台灣進入眞正夏天的氣候。第一期稻作收割終了，國校也快接近暑假了。啓敏自成家以後，兩年間繼續豐收，所以只能說天佑吧。院子有阿蘭種的種子長着開花，將山上田寮的院子塗上顏色，使人看來這個農家的生活是多寬裕啊！在驟雨過後的淸淸爽爽的農家院子，他拿出椅子坐着，聽阿蘭讀書，這使他比什麼都高興。但今天他聽阿蘭說歡送出征軍人或唱歌，不知什麼緣故，他被不安驅策着，他擔心目前快樂的生活是不是會崩潰哩。聽說街上已經在訓練敵機空襲時的應付，也有燈火管制的訓練。下雨天，阿蘭穿着長筒鞋和雨衣上學，使啓敏不必擔心阿蘭再會淋雨了。啓敏只是祈救上蒼：阿蘭在出嫁以前平安無事罷了。他不希望女兒和兒子再過自己一般的生活。

晚霞把山染紅的時候，阿蘭背着弟弟在院子唱歌。啓敏聽了，幸福感充滿了他心胸。他覺得阿蘭的歌聲比任何聲樂家唱的好聽。夜裏，母親陪着弟弟祥吉睡的時候，阿蘭也疲倦了，一起上牀睡覺。

祥吉最近能叫『將將』，那是把加在名字上面的阿與祥『將』（兒）最後的『將』組合起來的緣故。阿蘭也喊他阿將睡覺吧，所以一家人都喊他阿將。阿蘭和阿將一睡覺，夫妻才有談話的時間。米採取配給，街上有物價管制，戰爭漸漸地擴大、也跟美國開始打戰——這些傳聞都不是有趣的。

「但這些事都用不着你擔心，一切是神決定，人如何處心積慮，如果神不允許的話，一點兒辦法也沒有。」

秀英比起啓敏來，是個宿命論者，看來很安閑。她是從絕望的底層爬上來的，爲了保存一家的糧食，她只要求丈夫買一只能容納一石米的甕罷了。螢蟲在他們所坐的椅子下面飛來飛去。星空發青着，三寶鳥又在對面山上的森林中啼着。露水濕了肩膀，秀英先站起來，將椅子搬進屋子裏去。眞正地有閒的時候，夫妻才能並枕睡着。夫妻對生活的一切感到無限的幸福，而忘掉日間所有的辛勞。

他們雖然窮，卻很自由。早上他們被忙碌的工作追趕着，連想這些餘裕也沒有。把阿蘭一送學校去，秀英爲照料家畜，和幫助丈夫的田野工作，除搖籃的嬰兒會哭叫，需她照料時以外，她沒有停手的時間。當她給阿將含乳房的時候，她疲倦得連骨頭都會溶化一般想睡了。她還要煮豬菜，怎麼能睡呢！她勉強掙開將要閤下來的眼皮，喊從堆肥小屋挑着堆肥出來的丈夫說：

「母豬的交配，叫他們在阿蘭上學的時間來……」

那是向專門養配種公豬的山裏村莊農民說的。交配最好不要給孩子看，啓敏也那麼想。

「知道了！」啓敏用焦躁的聲音回答着，他滿臉都是汗，想在今日中把堆肥向稻田中撒完。鐵打的也要休息才行——妻望着阿將胖嘟嘟的臉，想給丈夫休息，工作多的時候非僱臨時工不可。指揮一家的秀英，要給丈夫的工作訂個計劃才好。如果秀英不開口的話，丈夫會像牛那樣工作着。丈夫如果把身體搞壞了，一家人便完了。她再把阿將放在搖籃裏，在厨房的爐灶起了火鍋裏放滿了蕃薯和水，幫丈夫挑堆肥。

蕃薯如山一般在倉庫堆滿着。把肥料撒了全部稻田，放足了水，準備第二期稻作的插秧，這些完了，把出售剩下來的生蕃薯切成小塊而曬乾後，貯藏成爲家畜的飼料。

炎夏的陽光照射着，背上感到灼熱。蟬在這兒那兒如炒東西似的鳴着。鳶在半空中迂迴着，想偷襲小鷄。最近多養一隻狗，所以增加一條鐵線把牠栓在院子裏。山上的農家最感麻煩的是：鳶要偷襲家畜這樁事。因此，小鵝和小鷄都不敢把牠們放養在溪邊，只好放入用竹子做的籠子裏。在鷄舍附近飼養猴子，鷄不大會生病——農家有這個迷信，所以啓敏花十五圓從街上買一隻回來，栓在竹竿上，但因母猴的關係，月信染紅了竹竿。秀英雖然討厭猴子，但想起牠能防止鷄的疾病，她只好忍受了。愛乾淨的秀英，覺得這隻母猴是最麻煩了。

秀英夫妻比一般父母都疼愛兒女，這從阿蘭帶學校的便當可看出來，裏面一定有豬肉、魚或鷄肉。便當裏放一粒梅干，飯比較不會壞，所以阿蘭每次把便當一打開，一定有母親自己做的梅干在那裏面。因每天吃得好，阿蘭不像鄉下學校的小孩骨瘦如柴呢。

阿蘭在學校的成績因名列前茅，連訓導叔叔一見她，雖裝着威嚴，卻帶着親切的聲音問：妳阿爸好麼？禮拜天，阿蘭如果在街上碰見穿便服的千田訓導時，她會說：「阿叔早！」，但如果在學校碰見穿制服的千田訓導時，她卻說：「老師早！」因她有分寸，使本家的千田訓導對義兄這個養女抱着特別的好感。

她在學校是唯一的日本式名字，成績——平均分數在全校第一名，所以宇谷校長跟妻子從嘉義市買臘筆回來，送給她。但阿蘭在學校最受歡迎，從啓敏夫妻而講，是感到不安的。貧窮家庭的女孩子受人注目不是好事。在大家虎視眈眈下，又無法替她築成安全的圍牆。啓敏夫妻並不敢奢望女兒成鳳，只希望她將來嫁個自耕農的老實兒子，做個好母親，將來生個醫師或律師的外孫，他們也就心滿意足了。

阿蘭上學以後，個子顯著地長高了，對事情的辨別也突然像大人那樣成熟了。女老師喜歡她，有時利用禮拜天到田寮來訪問她。母女倆不知如何款待老師，將正在煮給豬吃的蕃薯放在盤子裏請對方吃，阿蘭泡茶，母女眞忙做一團。但啓敏從稻田望着家中，他羞窘着不敢見女教員。

校長曾勸阿蘭應考嘉義市公立的高女校，但女校一畢業，百分之一百會被徵去做特種護士的可能。男老師雖也勸她，女老師卻默不做聲地凝視她，所以阿蘭也並不想上女校去。她看過兒童世界或少女雜誌，雖也做種種的夢，街上卻流傳着：大家已處在戰爭的危險中；表面上看來雖平靜，其實正以日本帝國的興亡下賭注——大人們在背後私議着。這十九年來，他們國校沒有一個女孩子考取嘉義市公立女校，妳來替本校爭光吧——校長如此勸她時，阿蘭也一時被那種名譽所驅策着。我跟父親商談看看，她回答校長，勉強應付過去。

阿蘭爲歡送女老師，爬山坡，消失在埤圳竹林中的時候，啓敏忙從稻田奔回家中來，問妻：

「學校女老師來家做什麼呢？」

「她只是來看阿蘭，來玩罷了！」

啓敏聽了，也就鬆了一口氣，還有他覺得恰好這天是禮拜天是；女兒阿蘭今早初次月信來了！妻告訴他這個消息以後，他感到暗淡起來。啓敏害怕可愛的女兒長成爲女人。他凝視着妻，但妻似乎都不擔心什麼，認爲這是極平常的事，而使他覺得妻太沒有感覺了。但啓敏感到焦慮。

秀英知道丈夫在張慌失措，自言自語：所以女人是沒有用的；然後望着丈夫的臉說：

「學校一畢業，還是讓她早點嫁出去較好……」

「……」

那是最安全的。夫妻倆雖然想着同樣的事，覺得說法不一樣而都默不做聲了。

啓敏不知道日本於十二月八日偷襲珍珠港成功，因山上田寮既沒有報紙，也沒有收音機，只在街上聽人家談罷了。在家裏消息最靈通的只有阿蘭，但她也只說：日本大勝美國，明晚有提燈遊行……。夜裏的提燈遊行，從山上通學的小孩用不着參加，只有街上的孩子和從各戶被動員的人們參加。啓敏聽阿蘭這麼說，約妻去看，他背着阿將，妻牽着阿蘭的手，拿着火把，下山到街上去。

「這樣，戰爭就完了麼？」

啓敏望着火光在街上飛來飛去，自言自語着。

「阿爸，不是的！從此，才跟美國打仗……」

「那不是打勝仗麼？」

「不是的，阿爸！這不過是打勝第一回……」

「從此還要再打幾回麼？」

「是的呀。」

「我們回家去！」啓敏說。

秀英只是說：多熱鬧喲。

星空看來和平，地上卻給人有亂七八糟的感覺。

回家後把阿將交給妻，看見她跟阿蘭等三人走進臥房，啓敏便把椅子搬到院子去，坐着仰望星空。最近勞動服務難怪太多了。庄役場不管農繁期，爲修理州路徵集很多農民，他們雖哭笑不得，也只好去做這些勞動服務。物質管制越來越嚴，生活從此會越窘迫吧？他的頭腦越來越淸醒起來。當他稍感睡意朦朧的時候，聽妻在門口說：

「外面寒冷不是麼？露水下來，對身體不好……」

啓敏站起來，手上拿着椅子。

「眞傻，你在擔心戰爭是麼？」

「……」

「人要變成怎麼樣，不是我們所能知道的。他們愛拿什麼東西就拿什麼東西去！反正他們不至於把山地和田野都拿走吧？」

被妻這麼一說，他覺得的確是這樣的。女人因有生產的事而跟男人不同，容易看開吧——啓敏想。聽愛妻的言語，覺得皇帝的喜悅與場所雖然不同，也不過如此。

啓敏的親生子已經三歲，阿蘭也過了十一歲了。日間的辛苦，使他常常覺得人活着與死都是一樣。如果沒有妻子的話，他不如死比較輕鬆。假如只爲工作忙碌還好，但人的縱橫關係使他感到煩。工作、人的相互關係、繳稅、當兵、生病……人爲這些忙碌着，漸漸地走入死亡，不過是如此罷了。

他發覺跟阿將玩的阿蘭的胸部隆起來，感到憂鬱，一切似乎有遠離自己而去的感覺。聽說從此以後男孩長大也會被徵去當日本兵的。他曾在街上聽人家說：咱們因爲是殖民地的人，才不能過像人的快樂。那怎樣才會變成不是殖民地的人呢？這一點他沒有想到。看了日本人的生活，很明顯地看出比台灣人快樂。不僅如此，台灣人之中也有比他快樂的。這是所屬的階層使然麼？他無法清楚地意識到這一點，且只是想不通。如果是這樣，自己在梅仔坑庄，到底是屬於那一個階層呢？

改姓名者在殖民地人中，屬於最高階層，但啓敏只有多餘的精神負擔罷了。讓他分家後，不管好歹，他有生活的自由。但現在他不能只想自己一個人，有一個家庭要跟他連在一起。他對於生活有了信心，也爲了維持這個家，他要不斷地使用神經才行。

最近跟他親近的農民伙伴喊他啓敏兄，使他感到親切；用台語和日語混合喊他阿田先生，他就覺得對方是比自己差一層。農民很難全部用日語喊他千田先生，或許全部用日語喊他覺得可憐，在那裏介意也說不定。但既然不能喊他陳先生，只好一半用台語，一半用日語喊他。如果從他背後喊他千田先生，他會驚嚇地回頭一看。這種喊法的一定跟派出所、學校、庄役場有關的人們。喊他眞喜男先生的，一定是跟養父同輩的人，而多數爲保正的伙伴。一個赤脚的農民有這麼多的名字，這也是命中注定的吧——啓敏有時這麼想。

啓敏曾在本家受虐待，所以看穿什麼紳士或君子的眞相，爲此他認爲：只靠土地，認眞地工作，這才是開拓人生唯一的路……。

最近上市場賣家畜類的農民沒有了，本家有客人來的時候，常叫店員到田寮來把鷄或鴨一兩隻拿回去。秀英滿面笑容，毫無吝嗇地給他們。但第二天她一定叫阿蘭放學時到本家去，將鹽、糖等東西要回來。啓敏聽了，感到憂鬱起來。妻斤斤計較的想法，使他不安。但維持家計的妻重視錢，這是理所當然，沒有他插嘴的餘地。她那種決斷力與智慧從那裏來呢？他只是起勁望着妻的臉罷了。

第二天傍晚，阿蘭滿身大汗地將母親吩咐的東西帶回來。啓敏看了，擔心會不會使本家的人不高興？還想利用阿蘭做這樁不受歡迎的事行麼？他在心裏迷惑着。女人的頭腦跟男人不同，神經方面倒靈活。

正在這個時候，啓敏聽到小牛喊母牛的聲音，他沒有心思看阿蘭帶回那些東西和妻了，忙奔出院子，走下山坡去。因他知道那就是找不到母牛的小牛在喊叫的聲音。

他想起母牛臨產的傍晚，秀英整個晚上都沒有睡，站在牛舍前面。母牛萬一有什麼困難，她打算幫牠生小牛。神經忽然粗忽然細，這好像是女人的特徵，他有這種感覺。還有妻抱着阿將，衣服下擺被阿蘭抓着去看母牛交配的情景浮現他眼前，使他感到不高興。至少她該叫阿蘭到屋子裏去，不要給女兒看。妻的神經還是太粗了。但現在想起她整夜守住牛舍前面，女人本能地想要做產婆，什麼事情都想看也說不定。那時妻也看牛的交配，他在獸醫面前覺得不舒服，但他現在似乎能了解女人了。

小牛不是找不到母牛，而牠掉進窪地去，正在喊站在上面邊緣的母牛咧。於是，他把小牛拉上來，也把母牛一起牽回牛舍來。把牛放入牛舍，將草放在母牛前面，看見小牛在吸母牛的奶，然後將笠仔掛在屋簷下牆壁上的釘上。

阿蘭在院子蹲下來，給阿將親了頰邊後，說：

「阿將，你也給姐姐親親頰邊吧！」

阿將張開着嘴巴，舐着姐姐的頰邊。

大概是感到酥癢吧，阿蘭大聲笑出來。

妻在厨房把向本家要來的糖、鹽放進瓶子裏。啓敏從放在爐上的壺子倒一碗開水，響着聲音喝下去。妻一心一意地把家庭守下去。他了解她向神祈救的意義：保護我們平安無事……。啓敏內心裏也那麼想，只是沒有用嘴表達出來。還是女人較切實，且對事的了解力強，啓敏想。

第六章之四

日常用品一天比一天缺乏，連牙刷和肥皂都要配給才有。戰爭雖然在海那邊，卻給人有迫在眼前的感覺。嘉義市發生地震有相當的災害，沒多少久有敵機出現台灣上空——這些消息傳來，街上的不安增加，從嘉義市疏散到山裏村莊的相當多。沒有肥皂，反而使啓敏大賺其錢。因雜木林長着兩棵樹，子能代替肥皂的樹，所以這種樹子銷路很好。

疏散者把衣服的布料跟鴨蛋交換，日常用品雖可以物換物而勉強應付，但患了瘧疾就無藥可治，使農民感到恐惶。因奎寧、普拉斯蒙錠等特效藥不易入手，使啓敏越有窮途末路的感覺。第一、他勞動力不足，爲了維持耕作面積，千辛萬苦哩。

個子高大的阿蘭像個大人，連講話都爽利起來。她從學校一回來，便從書包拿出父母所擔心的生活必需品。聽說街上的雜貨店有她的同學，所以簡單地弄到手的。她說患了瘧疾就不得了，爲了防止它而從書包拿出幾十顆普拉斯蒙的時候，啓敏夫妻也爲之吃了一驚。

高雄、台北、嘉義市也遭到空襲的消息傳來，聽見空中飛機呼呼的聲音，啓敏無法分不清敵我那一方面的飛機。但自他聽見敵機機關鎗的掃射聲音，啓敏覺得不能大意了。古時候聽說有戰爭和飢饉，沒想到這些事會重演呢。

要農家供出米被嚴格執行着，物價管制變成全面性，這裏那裏有賣黑市東西而被經濟警察毆打，連血都吐出來——這種消息處處可聽到。啓敏因他是日本式改姓名，且忠實地繳役場所命令的供出物資，所以比一般農民來，會被警察抓去拷打的百分比較少——他有這種自信，所以他告訴妻說儘量不要得罪本家……。

與日本結三國同盟的義大利戰敗，頭子墨索里尼被弔死的消息從街上傳進啓敏耳朵裏來，使他覺得日本是不是也會戰敗呢？他無法專心從事田野工作，差不多每天都到本家或街上可親近的店裏去，看看有什麼配給或可買的東西，也順便打聽戰爭的消息。回途他有時跟阿蘭在一起，爲此他知道街上日新雜貨店的老闆夫妻跟阿蘭要好。

日新商店在這個街上是唯一有由水車碾米的店，老闆名叫林大頭，是五十上下的男人；老闆娘在街上是有名的賢妻良母，她雖沒有受過什麼教育，但人緣好，是位溫柔的婦人。阿蘭是被這位老闆娘看中吧，普拉斯蒙也是她給阿蘭的——啓敏知道了這椿事，在回家的路中聽阿蘭說：自己要退學，做這店的店員……這使啓敏吃了一驚，使他覺得難道父女都要小學中途退學麼？啓敏還是無法了解。

「因學校的女孩中我個子最高……」阿蘭寂寞地獨語着，連父親的臉孔也沒有看，輕輕嘆息着。

「妳在學校的成績第一，難道老師肯讓妳退學麼？」

「那是沒有辦法的事。」

啓敏聽了，心裏暗淡得很，他回家前連一句話也沒說。

有日新碾米廠的日新商店，是家踏實的店，林大頭是個樸素的人，在梅仔坑庄沒有就任任何名譽職。店差不多因討人喜歡的老闆娘經營着。長男林貴山的身體虛弱，照料碾米廠爲他主要的工作。他老婆患肥胖症，連看店都不可靠。因她一坐下去就開始打瞌睡，所以婆婆不大讓媳婦到店面去。據說生了一個女孩後才開始胖起來。太胖與愛打瞌睡雖爲缺點，但不是不孝順的媳婦，婆婆也只好認爲：長男命中注定娶這種女人。次男林貴樹長得帥，是受人歡迎的青年。他本來沒有任職役場的必要，但因父親太忠厚而少跟人家來往，爲使自己多認一些人而做役場的職員，打算結婚後看機會再回本行——經營自己的店。國校畢業後他參加中學的入學考試，但並未被錄取，於是他做役場的工役，過了幾年升爲書記補。他當警防團幹部，喊口令時眞像個男子漢，看來生氣勃勃的。阿蘭常常從窗看在學校院子受訓的他，看得都入迷了。因此，阿蘭於中飯時間到日新商店買東西時，看見他就在眼前，不由得紅起臉來。他在店看見阿蘭，也喜溢眉宇地向她點點頭寒暄着，使阿蘭不知如何是好。

「阿蘭說很怕患瘧疾……」母親說。

林貴樹趁機說：「阿母，給他二十顆プラスモニン做預防吧！」

拿到プラスモニン的經過就是這樣，這使啓敏做夢也沒有想到。只是到了晚上，啓敏夫妻破了五年來沒有吵架的紀錄，發生了輕微的爭吵。

如果要做店員，可到本店的家去做，弟弟訓導每次碰見啓敏，把阿蘭誇獎得使他不好意思起來。做別人家店的店員，是不是會使本家不高興呢？有一個禮拜天，阿蘭到街上去的時候，秀英從阿蘭的書包拿出一個年輕人的照片給啓敏看過。那就是林貴樹的照片。啓敏滿臉通紅着，告訴她那年輕人的名字和對方的日新商店。女孩拿着男人的照片，這不是太嚴重麼？這都是妳給女兒看牛的交配，致使還不到十三、四歲的女兒就早熟起來——他責備了妻。

「你不知道那個孩子的個性，如果不給她看，她會反抗地更想看。因此，我才聽其自然，當做沒發生什麼事一般最好。你不要那麼認眞，如果是那一家商店的老二，不是很好麼？」

「我知道，如果結婚又當別論，做店員不是很糟麼？」

「如果是那樣，那樣不也是很好麼？」

「別胡說！那有十四歲的新娘麼？沒有這個可能……」

「因此先做店員住進去，你把這個意思向本家說明不就好了麼？」

「妳讓女兒當店員，萬一有什麼差錯怎麼辦呢？」

妻聽他這麼說，就迷惑起來，不知說什麼好。因她想起自己在姑娘時做女人的經過來。夫妻這樣鬧僵了。啓敏看妻隔了很久而流眼淚，他也就不忍心再說下去。

阿蘭想退學的原因，也不便向父母說。跟林貴樹開始戀愛，雖也是原因之一，但主要的原因是：她意識連老師的視線都集中在自己的胸部。個子高大的阿蘭雖說只有十四歲，乳房卻比女老師大得多。那是沒有用奶罩的時代，用沒有袖子、薄布的內衣隱藏着肌膚，高高地隆起來的胸部，不但樣子好，臉又是美人型，男人的視線怎麼會不集中呢？阿蘭介意這些，每天在學校感到難過了。而且，她覺得在學校又不能學更多的東西，她看雋雜誌比學校的科目有趣得多。女人如何在學校的成績優秀，結果還是要出嫁罷了。不能再跟天眞的孩子們玩，這也使她感到難過。她常躲在裁縫室，如果女老師在的話，能跟她聊聊，但她一個人在的時候，只好一面縫衣一邊看院子興高采烈玩的孩子們，或看警防團的訓練。她的思維亂了，覺得自己沒有必要在學校唸下去了。

前後五、六年間，啓敏的田寮變成像樣的農舍。阿蘭已經長大成人，阿將淘氣得很，禮拜天看見姐姐到街上去，他抓着她衣服下襬不放。妻於去年歲暮生一女嬰，雖取名妙子，誰都不喊她它聊克，用台語喊她妙子。姐姐阿蘭卻喊她梅友將哩。工作只是增加罷了，跟最初——自立門戶那一年一樣，錢周轉不過來。但處理生活的技術高明多了，使人看來有自耕農的寬裕。據說鯰鬚能預感地震，山猴預感氣候的突變時會夜鳴，何況善良的農民拼命爲生活而工作的怎能不感覺時勢的變亂呢！在這裏那裏有人被經濟警察打個半死，某高商學生將教科書的支那改爲中國而被憲兵打死——這些像黑暗中敲下樹葉的風那樣傳來。不交審判而軍方能殺死國民的話，等於軍方否定國法。沒有國法的話，國民沒有什麼倚靠，感覺末日到臨也是必然的。這樣會變成怎樣呢？善良的農民只好仰天嘆息罷了。從空中美國放下降落傘的消息也傳到這個山脚街來。阿蘭向父親

：她到本家去，走入阿叔房間的時候，看見阿叔偸偸地學英語與北京話。

「那椿事妳不能向任何人說，妳阿叔會被打死啊！」

「我知道，我只向阿爸講罷了，怎能向別人講那種可怕的事呢？」

啓敏感到暗淡起來，田園雖有不少工作等他去做，他卻沒有心思去做。他很淸楚泥土也在呼吸，如果非不斷地耕種，不會長出五穀、蔬菜的。他如掛在絞木一般，心裏很著急。明年四月起，阿蘭就升為六年級，但她表示能越早離開學校越好而不聽大人們的話。受戰爭的影響，連鄉下街上的店也有使用女店員的事情發生，但啓敏卻不能讓阿蘭當店員去。他跟妻商量的結果，決定跟三嬸婆接洽去。妻生產兩次都請阿婆來接生，所以跟啓敏一家像親戚那樣來往着。這位阿婆嘴也來手也來，能好好地解決也說不定。沒有叫媒人來談親事，卻唆使阿蘭去當店員，使他覺得這位林老闆娘也難免太狡猾了。

本家的阿叔如果那麼關心阿蘭的話，也得跟阿叔商量才行。但如果非跟阿叔商量不可的話，問題怕會更複雜麼？

戰爭前與戰爭中的台灣，不像現在這樣男女能自由戀愛，任意相處在一起。父母如果發覺兩人在戀愛中，迅速調查彼此是不是適合，在沒有不好的風聞傳開以前，把親事談好。在近代而說是自由戀愛，那時的觀念認為是野合，在市、街上如此，像梅仔坑庄這種偏僻的山脚街更是古板得很。雖然彼此相愛，在別人看不見的時候，使個眼神，以心傳心罷了。那時男的悄悄地把自己的照片給她，說妳的也給我吧，如果對方接受照片的話，事情可以說成功一半的。彼此再見的時候，她如果悄悄地把自己照片給他的話，等於兩人默契——將終身許配給對方的。這麼一來，彼此的家另有人來談親事的時候，只要破壞就行——寫彼此生辰八字與名字放在神明公媽的神位前面時，故意將神壇的茶杯弄破，或趁人家不在時將鷄弄死而丢掉的話，以爲不吉利而這樁親事就會吹的。這樣拖延時間，設法將自己所愛的女人的生辰八字紅紙弄到自己家神壇前面就行。戰前的姑娘與戰後的姑娘不同，她們只悄悄地把愛人的照片抱在胸上，臉孔就會紅起來的。啓敏是個因老實而吃過苦頭的農民，他的神經像鯰鬚那樣很敏銳。放在女兒書包裏的照片，如果不小心外洩的話就糟了。受大家歡迎的自己女兒，萬一有什麼差錯，那就無可挽回了——啓敏擔心着，跟妻商談後，有所決定了。她拿着袋子，走下溪邊，檢五個鴨蛋給產婆。

日間怕會有空襲，啓敏尖起耳朵，往三嬸婆家趕着。空襲警報如果響的話，他打算跳下街路兩傍的水溝去。產婆家在街郊。照料孫兒的三嬸婆一看了啓敏的臉，便滿面笑容地請啓敏到大廳裏去坐，向裏面的媳婦說快端茶來。

「茶不要緊，今天有事拜託妳，」啓敏趁她媳婦還沒有出來以前，靠近阿婆耳邊，扼要說：

「要我女兒去當店員而使我爲難，如果是這樣，不如把親事談妥較好。」

「我也同感，如果能娶阿蘭這個新娘，眞是求之不得！」產婆完全了解的樣子，認爲好事要趕快辦，於是趁沒有空襲以前跑出一趟——產婆想着，立刻打扮準備出去。

媳婦端出茶的時候，阿婆將孫兒的事吩咐媳婦就要走。

「我……」啓敏不知所措地說。

阿婆打斷他的話，說：「你要到外面去走走，不如在我家等我回來比較好，我打聽後很快地把消息告訴你……」

這樣也好，我聽到確實的消息以後，跟弟弟訓導商量比較好也說不定——啓敏想，但他覺得公公不在，兒子也到外面去，他無聊地跟媳婦跟孫兒等阿婆回來，感到畏縮着。跟秀英年齡差不多的媳婦接婆婆的話說：

「這樣好，在我家等我婆婆回來吧！」

啓敏聽了，在心裏想糟了！他託阿婆說媒的事如果被媳婦知道了，女人的嘴是沒遮攔的，很快地就會傳遍了街上的。啓敏以爲難的表情說：最近人手不夠，兩隻牛要吃的草就不勝負擔，打算把小牛出讓——他無心的話脫口而出，他卻不敢說託婆婆的是小牛的事。

「最近我家先生也因勞動服務等的事情很忙，要給兩隻豬吃的東西就感到吃不消，但阿田先生住在山裏，好悠閑吧，眞是好極了！對啦，常常拿你送的東西，我們卻沒有什麼東西送給你，眞是不好意思……」

媳婦很饒舌的樣子，啓敏無法一一回答她。

日新商店的夫妻，其實正起勁在替老二物色媳婦中。他們對來店的阿蘭也很有意思，但跟兒子的年齡差七歲，而且兒子又是服兵役年齡，對方是家境不錯的自耕農的長女，所以不敢隨便開口，何況對方又有西保保正的本家做後台呢！他們很淸楚要阿蘭做媳婦的不止一兩處，因此阿蘭每次到店裏來，他們都討好她，她要買的東西，都比原價便宜地賣給她。他們也知道老二愛上阿蘭，但主要的阿蘭個子雖然高大，但動作還是很孩子氣，到底肯不肯答允，還是無法判斷的。所以最容易開口的就是向她說：

「像阿蘭那樣成績好，算盤也打得好的人，如果肯到我店當店員的話，我們會比役場給更多的薪水……」

在街上，給薪水最高的地方是庄役場，阿蘭對溫柔的日新商店夫妻很有好感，她雖沒有把自己照片給林貴樹，覺得他像某雜誌插圖的年輕人一樣。她在學校很難過，每天走一小時多的山路到這個店來，反而有趣也說不一定。阿蘭被引誘着，向父母說想做店員。正在這個時候，三嬸婆的出現使日新商店夫妻無法掩飾高興。

「三嬸婆，我們高興妳做媒，但阿蘭仔的父母不知肯答應麼？她被稱爲街上的美人，聽說她的訓導阿叔在學校也誇耀她。她的成積全校第一，恐怕不容易答充吧？當然啦，年齡雖然差幾歲，因她體格好，看來蠻合適。她肯做我家媳婦，我可以把店交給她。平常她到店裏來，我就覺得她沒有什麼缺點可挑的……」

「不要緊，我雖不是專門做媒的，看中他們是才子佳人，所以才來請問你們意見的呀！」

林老闆娘聽阿婆說「才子佳人」，禁不住笑起來。

「我家貴樹雖不是才子，卻是誠實的孩子……」

「太太，我知道！他是梅仔坑庄第一的好青年，我看中這一點……」

兩人「嗬，嗬」笑出來。那就拜託三嬸婆啦——阿婆等待的話便出口了。日新商店的老闆娘便補充說：

「婚姻都要靠緣份……」

「那我就進行看看……」

三嬸婆以飄飄然的心情回來。她回家一看，媳婦起勁地向啓敏講着話，於是她打斷媳婦的話：茶冷了妳也不管，光講着話……。她把媳婦趕到裏面去。喜溢眉宇地望着啓敏，壓低聲音說：恭喜你，一切進行得很順利。

「那我就這樣進行，你那邊由你搞妥……」阿婆敲敲啓敏的肩頭。

啓敏在肩上感到發癢似的站起來。

「那我改天再來連絡……」

啓敏拿着放在傍邊椅子上的笠仔，正要走出阿婆家的時候，媳婦端着熱茶想要留住啓敏喝，他說街上另有事而走出屋簷。輕便車的鐵軌被冬天溫柔的陽光曬着閃閃發光。這樣，他能跟弟弟訓導先商量也好。這天恰巧是禮拜天，他不知弟弟今天有沒有到學校去，趕着到本家去。最近在街上走動，連農民也要綁腿，否則會受官方的人責備，所以啓敏一到了街路，便把鬆懈的綁腿弄好。

本家店的生意仍興隆着。最近不但店員，連街上的人對啓敏等農民的態度變了。如果跟掌握糧食的農民親近的話，缺乏什麼東西，說不定可以通融給自己的。千田武夫穿着黑色文官服、綁着腿、穿着木屐。頭髮剪五分長，看來像軍官——戰時中標準的日本人。思慮過度的啓敏忘記喊他「武夫桑」，用台語叫武章，自然而然地脫出口來。武章從臥房兼書齋走出來。

「武章，我有事想跟你商量……」

「什麼事麼？」武章用日語說，看見啓敏緊張的樣子，請他到書齋裏去。天窗下的桌上放着幾本辭典。讓啓敏坐下去以後，他溫柔地用台語問：有什麼重要的事麼？

「唔，是關於阿蘭的事……」

「阿蘭怎麼了？」

「想要讓她嫁出去！」

「嫁給誰呢？」

「林大頭的次男……」

千田武夫聽了，輕輕呻吟着。現在就要把她嫁出去，實在太可惜了。雖說是侄女，實際上並沒有繼承陳家的血統。像她那樣漂亮而聰明的女孩，在梅仔坑庄找不到第二個。自己想把她娶做媳婦，但兒子年紀還太小；把這麼好的女孩嫁給別人，覺得很可惜。現在他的腦子裏很複雜，他每天煩惱着。他偸偸地自習英語或祖國國語，以備將要來臨的時代。日本如果輸了，像自己這樣不是日本人，戶籍上卻是日本名字的到底會變成怎樣呢？千田武夫抱着頭，想着自己的事、侄女的事，不知怎麼做好？因武章想得太入神了，啓敏不得不將自己的想法道出來。

「因被人稱街上的美人，也被人看做那樣，我更擔心的。如果被壞男人釘上，她的一生就完了。她年紀雖然還小，恰巧有人談親事，我們也就同意咧。」

有道理——千田武夫在心裏呻吟着。頭腦遲鈍的這個義兄，福氣一到便產生智慧——武夫佩服着，覺得啓敏的思慮週密起來，認爲：林貴樹倒也跟阿蘭相配呢。

「你說的也對，像把魚放在貓那邊，不能放太久……」

啓敏聽弟弟這麼說，重新焦慮起來。

千田武夫想來想去，也想不出好法子來。「跟林貴樹的確是很相配，老實可靠，家境好，但他不知何時會被抽去當兵……」

啓敏聽了，突然繃起臉來。沉默繼續着，啓敏坐在千田桌邊的椅子發獃了。武夫看義兄臉上的表情，感到不安起來。如果以被抽去當兵爲理由拒絕親事，在役場的林貴樹會鬧起來也說不定。如果追根究底查出這些話是自己講的，給他戴上非國民（不愛國份子），他就吃不消，於是千田武夫忙補充說：

「雖說當兵也不一定會死，拿勳章而活着的軍人多的是。主要還是要看本人的命運呀。阿蘭的丈夫如果拿勳章回來，可能做梅仔坑庄的庄長哪。」

啓敏聽了，鬆了一口氣便站起來。

「我想跟你商談的只有這樁事罷了。」

「謝謝。」

「她說已經不想上學了。」

武夫的呼吸稍停住似的暫時想一會兒，說：

「她本人既然那麼想，那就沒有辦法了。反正國民學校畢業也沒有什麼……但阿蘭的日語有高女校畢業程度……」

隨它去——武夫忽視的語氣，使啓敏的心情輕鬆起來。走出外面的街上，陽光照射在屋簷。養母和弟媳婦說吃中飯才走，但他那裏有心思吃中飯呢！他想起剛才向產婆說的話，感到很不安。還是小孩年齡的女兒，到底能不能做媳婦呢？他做父親的沒有信心。這個女兒從他而講是福神，他都沒有問她，任意進行親事行麼？這又使他不安。走入市場，看看有沒有可買的東西而尋找，這也是能解無聊，所以啓敏慢慢地望着攤子走。

阿蘭知道自己跟林家的親事以後，不再上學了，也不再上街了。她整天在家背着妹妹，跟阿將玩着，看來寂寞的樣子。過去有說有笑的女孩，突然變成不愛講話了。她就是過去翻斛斗或倒立給自己看的那個女孩麼？啓敏實在不忍心看阿蘭這種樣子。阿蘭聽給自己談親事，最初感覺到的是：自己的報應來了！父母儉吃儉穿，給她好吃的東西，所以體格比人好，也比人快做大人哩。她想把刊在雜誌的小說翻譯成台語給父母聽，如今這個希望成泡影了。想做女教員，彈彈鋼琴教孩子，如今非走別的路不可！對林貴樹她並沒有什麼不滿意，但一想到做他的妻，她不知什麼緣故地會臉紅起來。將來仲丈夫的商店成爲梅仔坑庄第一大的店，賺大錢後，因梅仔坑庄還沒有幼稚園，就創辦它——她種種空想着，也就這樣安慰自己。她把妹妹——嬰兒交給母親，趁弟弟午睡的時候，將派出所巡查太太給她的舊雜誌翻看看，只留意了插圖。

母親秀英的臉上表露著快活，因女兒能找到好的婆家而鬆了一口氣。她吩咐丈夫：最近木材缺乏，能做嫁粧的傢俱儘量做傢俱……。她們雖然貧窮，不願意使女兒覺得自己見不得人。女人的命跟菜種子一樣，由所撒的場所而生長不同，只好聽其自然罷了。自己如果不遭王仁德強暴就不會生阿蘭，沒有阿蘭，今天自己不知怎麼樣？秀英想了這些，現在雖然仍覺得王仁德可憎，她卻不會恨他。

阿蘭的親事很順利地進行，日新商店夫妻暗自高興着。大媳婦那個胖子可能不會再生孩子了，次男有被徵去當兵的可能。他要當兵以前。媳婦如果能替他們生一個孫兒，將來傳香炉火就沒有問題了。而且，媳婦要適合家庭主婦的才行。談親事不到一個月，訂婚的日子便決定了，那是昭和十八年（一九四三年）的正月間，恰巧所選的日子卻是啓敏養大的小牛被日軍徵用的日子，這使啓敏有斷腸一般的感覺。從日新商店有兩人挑的兩個擔子挑進裏面來，包括媒人在內，有六個送定（男方來訂婚）的人包圍着啓敏農舍的餐桌。那是戰爭中的事，一切從簡較好，這是雙方所約定的。牛託人牽到役場去，啓敏要在家裏接待送定的人們才行。眼看牛被陌生的人牽着，牛尾連搖也不搖，啓敏流出眼淚來。想起牠將要變成日軍要吃的牛肉，他眞想放聲哭出來，但妻的秀英連看牛一眼也不曾，爲要端出給送定的人吃的菜，不斷地在厨房與中間房間之間來往着。

阿蘭躲在臥房，不敢到外面去。阿將看送定的人搬很多東西來，歡鬧着。他看見喜餅，悄悄地問母親：什麼時候能吃姐姐的喜餅呢？母親用責怪的眼神說：等客人統統回去以後，拿給你吃……。這麼多的客人集攏來，都是爲自己，想到這裏阿蘭獨自流出眼淚來。她想起學校的畢業歌，覺得自己沒有被它歡送就跟學校切斷關係，這樣就出嫁，也要離開家……想着想着，她禁不住淚流起來。

啓敏隱藏着沉重的心事，向媒婆們說：「請大家不客氣地用菜吧。內人正在做粗菜，我入席成單數也不好……」

喜事尤其訂婚的宴席，入席的要雙數才行——媒人把這個意思轉告大家，於是客人便不客氣地開始吃飯了。啓敏只給大家倒倒酒，招待顧客罷了。但他時時忍不住跑進阿蘭的臥房去揩眼淚，看見女兒在哭，他心胸阻塞着，很想放聲哭出來。

第一期稻作開始插秧的時候，迎娶阿蘭的樂隊放着鞭炮，爬山越嶺而來。雖說戰時中從簡，來的卻有卅人左右，秀英一個人是無法做給這麼多人吃的菜的。因此，啓敏自三天前就把四桌菜包給街上的菜館去做，連桌椅的搬運在內，每桌五十元。做客（回門）還要辦兩桌酒席，合計就要六桌。啓敏爲了阿蘭的出嫁，把家中所有的現款都用完了，但他並不覺得可惜，或感到不安。從山路有迎娶的樂隊聲傳來的時候，啓敏的院子擺着酒席，臨時設在院子的炉有柴燃燒而炸裂的聲音熱鬧地傳來。新娘與媒人的兩頂轎並放在空地上。鄉下厨師爲發揮他本領，忙碌得很。阿蘭自昨晚起就吃不下飯，使母親介意着，把招待客人交給丈夫，想使女兒多喝些鷄湯。要給新娘吃水分太多的食物雖是禁忌，但因路途不遠，母親覺得不要緊。阿蘭爲了免使母親擔心，雖喝一點點，只是潤濕嘴唇罷了。新娘的衣裳曾跟從都市疏散來的女人們易貨而準備的相當多。最近連線都要配給，所以街上的裁縫師父說：這次配給的線都爲妳小姐花掉……。啓敏聽了，連裁縫師父也送鴨蛋給他。

阿蘭自有親事以後，到街上去時都選早上，到裁縫店去就立刻回來。那時她一定帶弟弟的阿將去。阿將特地到街上去，只到裁縫店不過癮而爲難姐姐。

「你不聽姐姐的話，好，我下次不把你帶來！要買糕餅，在回路廟前的餅店買不就好麼？」姐姐像牽小牛一般拉着弟弟的手走。

阿將翹起嘴巴，白着眼仰望着姐姐的臉。問題不在餅，是想走進熱鬧的市場裏去看哩。姐姐並不是不了解弟弟這種心情，但她不喜歡自己在街上被人指指點點。姐姐到餅店去買糖菓，到街郊便把糖菓塞進弟弟嘴裏。弟弟起初不想吃，甜味使他對姐姐失掉抵抗力。

「哈，哈，」姐姐笑出來，說阿將嘴饞。

「不，我想看熱鬧……」

「是麼？那下一次迎神賽會時，姐姐帶你來。」

姐姐今天要出嫁去，阿將想起跟姐姐相約的這樁事，打算今晚住在姐姐的家。因此他對姐姐乘轎子去後沒有姐姐在的家，並不覺得寂寞，反而認爲；姐姐在街上，他方便多了。他因此從熱鬧的屋子裏往院子跳出跳入，走進臥房去看姐姐的臉孔，發現姐姐在哭，他稍感不安起來，抱着姐姐，搖動着姐姐問：

「我可以住在姐姐的家吧？」

阿蘭被天眞斕漫的弟弟定睛而視，她更悲從中來，把弟弟的手握緊緊地，眼淚簌簌地流下頰邊來。

「可以吧，姐姐？妳爲什麼要哭？」

因他太會纏姐姐，母親走進來把弟弟拉開。

「阿將，你到外邊去玩！」

秀英看姐弟這種情景，滿腹悲痛而難過起來。

大家要入酒席的時候，訓導弟弟才出現這偏僻的農舍院子了。啓敏慌着跑進臥房去，叫秀英出去打招呼。

丈夫不說，秀英也知道要這麼做的。她把妙子放在搖籃裏，打扮一下，走到中間房間時碰到武章，使她稍慌了，但她立刻說：多謝阿叔來……。啓敏聽了，暗自佩服着。訓導聽她這麼說，內心裏想義兄的妻倒是個好女人！

「不，來晚了，對不起！」武章將「不」用日語，下面使用台語說：「阿嫂也很忙吧？」

「我們勉強應付過去……」

宴席開始了，千田武夫跟義兄做主人招待客人，使啓敏覺得自己身價提高了，漸漸地意識今天是好日子。

不久，鞭炮聲響了，新娘入轎的時刻到了。鞭炮聲在山谷間像炸彈似的響着，使啓敏更難受了。穿新娘裝的阿蘭被媒婆跟另一個老太婆牽着，從臥房走出來，先向父母下跪，也向叔父跪着。叔父忙用雙手把她扶起來。阿蘭稍彎着腰，親一親站在一旁着的阿將的頰邊，摸一摸搖籃裏的妙子的頭。阿將用手擦着沾在自己臉上姐姐的淚水。連武夫的眼睛都濕潤了，啓敏夫妻卻淚流滿面着。阿蘭雖勉強抑制着要湧上來的悲傷，化粧好的臉因淚水而走樣了。拿驅災厄竹子的走在最前面，媒人與新娘的轎子跟着，迎娶的人們跟在後面爬山坡的時候，千田武夫說自己有急事待辦，向義兄夫妻告辭了。

「阿嫂，妳有時帶孩子回家去玩怎麼樣？」

雖說是親戚，秀英跟這種紳士講話倒是頭一遭呢！

「如阿叔所看到那樣，家事很難放手……」

她回答着，聽到鞭炮聲越來越遠去。夫妻揩着因淚而濕的臉，挽留本家的少爺，爲補償剛才匆匆忙忙的吃飯，想坐下來重新喝一杯。熱熱鬧鬧的院子現在靜下來。放在籠子裏的兩隻狗，看見廚師以外，主人跟陌生人談話，牠們如想起來似地吠着。那吠聲提醒訓導不能久留，如趕迎娶的人們一般爬山坡去！今夜，日新商店的婚宴，他到底會被安排坐新娘娘家親戚的位子，或男方朋友的位子呢？訓導那樣想着，離開過去是自己家田寮的義兄農舍，趕着山路。時勢一定會變的，爲適應那時的環境，現在起就少得罪人才行！他知道日本國內有政黨，爲贏得選舉票，偸偸地要花大錢……。但農民夫妻不知本家的繼承者有這種心思，以爲他是悠閑的少爺，目送他很久很久。

弟弟的影子不見了，鞭炮聲也聽不到了，啓敏發覺只有自己一個人站在院子，他回頭一看，有兩三個廚師正在吃飯。

「後天再麻煩兩桌……」

「我知道。剩下來的菜都放在亞鉛桶裏，我們吃了飯便回去，後天一早再來。」包辦的廚師放下筷子站起來，向啓敏說明着。

秀英在廚房點了一下放在幾個亞鉛桶剩下來的菜，覺得沒有把它煮一遍會壞，於是她結了圍巾，開始分批將陳菜放在大鍋裏煮着。

廚師回去後，啓敏突然覺得家裏空空洞洞的，眞是難受萬分。在院子盛開的鷄冠或鳳仙花，好像是女兒遺留下來的東西一般，他蹲在草花邊，難過得流下眼淚來。福神去了，花的色彩使他想起女兒，妻喊他的聲音他也沒有聽到，他被迷住似的一直看着這些草花。

阿蘭回家做客爲出嫁第三天，如果屋簷下沒有放着這些可以折疊的桌椅，啓敏會有隔了三年的感覺。這些桌椅要等做客後一齊搬回去——包辦酒席的廚師說，要回去的時候，他們把院子也掃乾淨了。妻吩咐他：趕快收拾家裏才行。他收拾家裏以後，又把兩隻狗從籠子裏放出來，用鐵線栓着，狗在鐵線的長度內能跑來跑去，快活萬分。

夕陽將山染紅着，啓敏從廚房將人吃剩的好菜放在桶裏，放在兩隻狗前面。一家四口坐在餐桌前的時候，晚霞還映在院子上。

「你不要老是悶悶不樂的，……雖難過，要忍受呀。」今天雖說生離死別，卻不能把死放在嘴上。丈夫凝視着妻子。秀英補充：「我們都沒有做過什麼壞事，神會保佑我們，你不要太介意呢。」

雙親在談一些自己聽不懂的話，這使阿將想起沒有姐姐的餐桌來，問母親：

「姐姐什麼時候回來？我跟姐姐一起去，住在街上可以麼？阿母，請妳告訴我……」

母親不回答，阿將卻催逼着她。

「眞是囉里囉嗦的孩子，你給我住口，能住的時候我就給你去！」秀英很想安慰憂鬱的丈夫：「我倒是鬆了一口氣，女人總是非離開娘家不可，她找到好的婆家，只是覺得早些，但遲早都一樣，如果錯過機會就變成姑婆（老處女）的呀。」

妻說的倒也是眞的，啓敏漸漸地看開了。外面已經黑暗了。臘燭雖然相當貴，啓敏想今夜儘量點着它，要使家中明亮着。從用竹子圍做的洗澡間有秀英冲洗兩個孩子的聲音傳來。如秀英所說那樣：老是悶悶不樂也沒有用的。啓敏聽到貓頭鷹在後面椰子樹鬱悶地叫着，他覺得要把家畜的門禁再巡視一番。牛舍的母牛擔心自己小牛的命運如何吧，靜靜地望着主人。巡視了鴨、鵝，也看看插秧好的稻田水量。他聽到秀英喊他，他趕着星空反射在黑暗的田埂，回到家裏來。吃得飽飽的兩隻狗，滿足地搖着尾巴。

他洗了澡以後，把門關好，雖然躺在牀上，頭腦清醒着，想睡也睡不着。妻掀起蚊帳，爬進牀上來。

「今天很累吧？」

「嗯，但也沒有那麼累……」

「別擔心好啦，人只好聽其自然……」妻說，溜進他棉被裏來。

妻的體香常常能使他的心寧靜起來，啓敏想。

第六章之五

阿蘭回家做客的日子，三個廚師一早就從街上前來。這一次決定在屋簷下和大廳各擺一桌，媒婆事先已經告訴啓敏人數。朝陽已經越山峰，鮮明地看見森林。竹鷄在森林裏熱鬧地叫着。雜木林到處噴出新芽來，眞像春天的天氣。啓敏聽到頭番鷄的報曉聲便起牀，仍把狗關進籠子裏去。狗的鼻子弄出聲音來，似乎在表示不滿一般。秀英也一早就起來，將燈點了火，朝着鏡子打扮一會兒，便走到廚房去。廚房的神壇點着燈火，寫在紅紙上神位的金字耀輝着。夫妻準備好一切，望眼欲穿地等女兒回來。三個廚師到來的時候，秀英不問他們有沒有吃早飯，只要他們坐在原來吃飯用的竹桌傍邊的椅子。

廚師頭眉開眼笑地說：「我們三個人連早飯也沒有吃就來，是知道府上有很多吃剩下來的好菜。千田嫂，一再煮的這些陳菜，是比新煮的菜還好吃哪！」

啓敏夫妻聽了，快活地笑着。啓敏跟三個廚師加以阿將五個人在餐桌吃，只有秀英和妙子在廚房吃着。

朝陽已經延長到簷端，屋子裏明亮起來。

忙用筷子的厨子頭說：「奇怪，到山上來一切東西都覺得好吃……」

阿將不知道大人們說的是什麼，他拿着碗和筷子，從椅子下來。在院子一邊看風景一邊吃飯，這比在餐桌吃好吃多了，阿將很想這麼說。被放進籠子裏的狗看見小主人，用鼻子弄出不滿意的聲音來。阿將無心吃飯了，走進狗的籠子裏去，連碗將飯放進籠子裏去。他看見狗爭着吼叫，以爲飯不夠，他想多給牠們吃而走進厨房裏去，其實狗已經餵飽，阿將實在多管閑事哩。小孩在這種時候能自由自在地來來去去，所以他們喜歡家裏熱鬧吧，啓敏想。

朝陽曬到院子曬衣服的竹竿時，山坡有熱鬧的傳話聲傳來。回娘家做客不放鞭炮，所以轎子突然出現似的。啓敏想很近，不必坐轎子，據媒婆說新郎父親罵新郎：你可以走路，新娘回去做客怎麼能讓她走路呢！於是，僱了兩頂轎子，讓新娘和媒人坐着來——媒婆快樂地向啓敏夫妻報告着。

阿蘭並用不着媒人婆扶，立刻從轎子走出來，看見弟弟阿將站在院子，抱着他親親頰，走進大廳去。然後親親抱在母親手上的妹妹臉上，回頭向笑着發獃的新郎說：「貴啊！你把手上那包東西拿到阿母房間去！」

啓敏因女兒嫁三天就自自然然地喊丈夫名字而吃了一驚，看了一看新郎的臉。

「阿爸，阿母，我給你們請安……」新郎行個禮。

秀英感到得意，啓敏卻迷惑了，一個小妞喊七歲大的男人名字；他好像女兒不止離家三天，而從遠處很久沒有回家一般的感覺。但妻秀英跟丈夫不同，她得意洋洋地推着女兒背似的，走進自己房間去。阿將緊拉着姐姐衣服的下襬。啓敏跟着女婿後面，走進秀英房間去，他深切地感覺到：所謂一家團圓是指這種事。媒婆也以笑臉代表主人接待客人，將婆家帶來的東西拿出來，從新娘娘家要帶婆家去的先放兩只籃子裏。父女母婿等大人在秀英的臥房，看着女婿個人所送的禮物，笑出聲來。

「阿爸，這個懷錶雖是半舊的，機器卻是不錯的。最近新的差不多都沒有進口。家裏雖另有一只腕錶，跟家父商談的結果，認爲工作上還是懷錶比較好，很對不起送的是半舊的錶，不知阿爸肯用麼？」

岳父點點頭。女婿便教他如何使用錶，然後將錶放入胸上小口袋裏，銀鎖的一端結在鈕釦孔。這樣像吊掛勳章一樣，秀英望着沒有看慣的丈夫漂亮的打扮，禁不住笑出來。啓敏羞窘着。阿蘭興高采烈地說：多合適喲！

「像保正伯仔那樣！」妻取笑着，使啓敏覺得自己不能吊掛這種東西到街上去。

然後女婿告訴岳母說：「送給阿母的髮夾是新買的。」

接着，貴樹再將要送給兩個孩子的玩具拿出來。阿蘭以滿意的表情聽着夫婿的說明。秀英如想起來似的喊女兒說：

「阿蘭，跟貴樹一起來拜神吧！」

秀英領先走出去臥房。弟弟的訓導不知什麼時候前來，代理接待客人，這使啓敏夫妻感到很不安。

阿蘭卻用日語親切地說：「阿叔，實在太不敢當了！」

她的禮節進退或知識，都是從日本婦女雜誌得到的。因此，訓導叔父對這個侄女，只有刮目相看，覺得她在鄉下是難能可貴的女孩。秀英一下子看出女兒的婚姻很美滿。因只有一兩天，卻看出女兒完全適合丈夫家庭環境。雖然剛娶到家裏來，公公婆婆已經發覺她就是他們所期望的媳婦。阿蘭在娘家看慣母親用木賊把餐桌和樹子磨得漂漂亮亮，她娘家雖然貧窮，卻有快樂而舒適的氣氛。但婆家廚房的空氣混濁着，她雖是個年紀輕輕的新娘，卻靈巧地想幫忙廚房的工作；她雖也被胖大嫂嗤笑着，做這做那地以身作則着，想給煮飯婆做示範似的工作着。

「阿蘭仔！」婆婆含着親情的聲音喊她：「妳可以不管廚房，幫我看外面——店的生意比較忙……」

「是的，但只顧外面，裏面也不整頓的話……」

婆婆聽了，暗自佩服着，覺得這個女孩的母親一定很愛乾淨，想起阿蘭上學時每天都很整潔。

女兒在婆家如何過活，由女婿的態度、媒人婆的談話、訓導弟弟前來而可以察覺到一切。父女母婿等六個人站在厨房神壇前面時，心裏充滿着感謝哩。女兒出嫁那一天早晨，不好意思把大家帶到厨房來，只好跟女兒等五人拜，但這一次加女婿有六個人拜神明公媽，這使啓敏夫妻感到心滿意足了。他們的家不像女婿家那麼有錢，但他們自負女兒爲梅仔坑庄第一賢慧而美麗的新娘……。個子高大的啓敏收集着大家拜過的香，插上香爐以後，將抱在妻懷中的妙子交給阿蘭。啓敏跟妻一塊兒走下院子前面的小路，到左邊山丘的石頭公前面，夫妻並肩拜着，祈求他們的家能像石頭那樣經得起風吹雨打……。

夫妻倆回到家裏來的時候，大家團着餐桌坐着。設在大廳的一桌由新郎新娘和親人坐着。阿蘭抱着的妙子不知什麼時候由女婿抱着。秀英看了會認人的孩子卻乖乖地被抱在女婿膝上，笑着說：還是知道抱她的是姐夫呀！於是，她把妙子抱回來，跟大家一起坐在酒席上。

「因有時間關係，現在就開始吧！」訓導叔父的臉上掛着微笑，拿起酒來。

啓敏慌着從弟弟搶了那瓶酒，站起來說：「我來倒……」

跟這麼多人一起圍着餐桌吃飯，秀英有生以來是第一次的。奇怪的是：她不感到膽怯；這是自己做母親、做岳母有信心，這又使她高興起來。

大家興高采烈地吃完中飯時，媒婆說該回去了，於是點一點送給男方的禮，然後四個工人挑着兩籠子的東西。

阿蘭這一次對自己做媳婦比較有信心吧，不像出嫁那天早晨那樣哭。新郎向岳母說：

「阿母，有空時請到我家去玩，我們在等妳去……」

秀英聽了，高興得幾乎要掉下眼淚來。

糟糕的是：阿將今天緊拉着姐姐衣服的下襬不放。

女婿向岳母說：沒有關係，我們把他帶去玩兩三天，我再把他帶回來……。姐夫接着摸摸阿將的頭，使他更放肆起來。秀英感到頭大，怒容滿面地在他耳邊說：

「阿將如果那樣不聽話的話，阿母就把你賣給馬戲團去！你不肯等姐姐來接，阿母不要你這種孩子……」

阿將拉姐姐衣服下襬的手鬆懈了。馬戲團的事，他曾看過姐姐所讀雜誌的照片，姐姐給他說明過。跟老虎睡，這雖然很有趣，但不斷地被鞭子抽打可吃不消哩。他放開姐姐衣服下襬，翹起嘴巴，眼淚簌簌地流下頰邊來。

姐姐蹲下來，將阿將抱過去，貼近臉安慰弟弟：

「阿將是個好孩子，姐姐很喜歡你，今天阿母說不行，下次姐姐會來接你……」

阿將直直地站着。

做客的人們開始回家了，爬山坡去。

訓導叔父也告辭着，想跟做客的人們後面走。

「一再勞駕阿叔，眞不好意思……」義嫂有禮貌地說。

「那裏，那裏，眞恭喜妳們！戰爭既然到這個地步，還是讓女兒早些嫁出去比較好……」他摸摸阿將的頭，慢慢地爬山坡去。

訓導弟弟說戰爭既然到這個地步——這是啓敏第一次聽到的消息，因此覺得戰爭越來越接近，而不安也增加了。春季正盛，沒有多久便是收割時期，但稻作的收成一年比一年壞，那是起因於人手不足，堆肥不足的緣故。圳頭的稻田尚且如此，水尾田的收成可想而知的。

到了昭和十八年（一九四三年），美軍越來越接近台灣似的，在每天的生活中，對空襲的恐怖切實地逼來。比起軍艦，商船常被擊沉的風聞在街上傳開。聯合艦隊藏在那兒呢？怎麼如此讓美國的潛水艦如此挑釁呢？大家對皇軍的作戰方法無法了解，每天害怕着空襲。在當局封鎖消息下，國民堅信着皇軍的無敵艦隊。去年起，台灣人也像日本人一樣服兵役——施行徵兵制度，這一次海軍也准台灣人服役……。

這七年來，街上被戰爭的氣氛捲入着，暗自悲傷子弟被徵去當兵，爲莫明的戰爭不知何時會喪命……。物資全面地被統制着，施行配給制度，街上的老人們打耳語說：一生之中，從未碰到如此艱苦的生活……。他們仰天嘆息：大家將會變成怎樣？兒孫們是不是能活着回來？

在歡送出征士兵的席上，被皇民化教育痲醉的應徵台灣兵說：由我們所流的血，台灣人能做像樣的日本人，這就是我們男子的最大願望……。這些話引誘歡送他們的台灣知識份子的眼淚，也使在場的日本人感動了。這幾十年來的教育，造成這樣了不起的青年——日籍在鄉軍人得意洋洋地褒獎着，公開斥責：台灣年老的人不行，從他們那樣愛聽亡國調的胡琴就知道，以後的台灣要靠年輕人才行！

如果胡琴是亡國調的話，籥又怎麼樣呢？——警務局的課長曾被台籍知識份子詰問過。偏見在台灣人與日本人間形成隔閡，廢止廟寺，不能穿台灣衣服……一切充滿着軍國色彩，使穿不慣日本衣服的台灣人，像乞丐那樣在街上出現着。新婚兩個月就被徵去的青年也有，別人雖替他擔憂，本人卻不在乎的樣子。任何時代都需靠青年，但他們盲目的行動也應警戒——老人們痛切地感覺到。

十五歲就非結婚不可，這也是戰時新娘吧，啓敏那麼想。嚴酷的物資管制與日常品缺乏，使過去很少有現款的農民，現在雖然有現款也買不到東西。加以年輕人會被徵去當兵，中年男人被徵去做義務勞動，要保持耕地面積漸漸地困難了。皇民奉公會分會演青年劇，想安慰農民，但所演的戲很無聊，農村只有荒下去罷了。不過，日間如有什麼集會，不像從前那樣灰色的集會，由都市疏散來的女人們形成五色十彩，樂了役場職員的眼睛。而且，燈光管制的漆黑的晚上，農舍有從都市疏散來的風塵女郎過着奇怪的生活。這種時勢的風浪刺痛了農民的心，他們覺得像過去那樣起勁地工作實在太傻了。啓敏稍有點空，便想到街上去。一則他到女兒婆家看看阿蘭，二則到市場攤子看看有什麼東西可買，也算他透透氣的一段時間。

「阿將，如果你不說住在姐姐家，我可以帶你見姐姐去！你見了姐姐，如果不聽阿爸的話就打你……」

阿將聽了，臉上開朗起來。他每天摘了姐姐所種的草花，插在胸前，學新郎的樣子，一個人在院子走來走去。父親看了，雖有空襲的危險，還是想讓他見見姐姐。他被父親牽着手，爬盡山坡的時候，他唱姐姐教的歌來。他的歌聲連在厨房工作的秀英都聽到，覺得太好聽了，使背在背後的妙子都拍手稱讚着。

第一期稻作的收成完了，第二期稻作也勉強插秧完了。炎夏的蟬兒眞幸福，不知人間有什麼戰爭，如往年那樣刺耳地叫着。在空中有飛機「嗡，嗡」的聲音響着，秀英以爲：在中飯以前，他們父子能回來，但沒有回來而擔心着。當太陽影子伸到簷端的時候，父子從山坡下來的聲音傳來。

「阿母，我在姐姐家吃過飯呀！」阿將先喊着。

秀英莫明地高興起來，跳出院子迎接父子。

狗纏着阿將，搖着尾巴，想在討禮物一般。

阿將抱着狗的頭，摸摸牠的時候，啓敏向妻打耳語說：

「據親家母說：阿蘭入門喜的樣子……」

換句話說：阿蘭一入林家家門，便很快地懷孕了。

秀英一聽女兒有喜，禁不住臉紅起來。

「因此婆婆很高興，一定要阿將跟姐姐一起吃飯，而不肯放我們走……」

夫妻留阿將在院子，一走進中間房間，丈夫便從蘆葦袋拿出很多阿蘭的婆婆給他們的禮物出來。他把親家母給阿將的紅包解開給妻子看，裏面包着一百二十元。這是相當多的錢，表現着阿蘭婆婆的喜悅。秀英也無法掩飾喜悅。啓敏也想這實在太恭喜了。問題不在金錢的多少，而可以從此知道女兒被婆婆疼愛的份量，且使一家人暫時忘掉戰爭了。

第三期稻作的收成雖然不好，也算過去了。啓敏正在爲間作的蕃薯，在稻田犂出壟來的一個秋天，阿蘭婆家託人講林貴樹接到征集令，使啓敏嚇了一跳。他丟掉鋤頭，立刻跑到街上去。一到日新商店，有旗子豎立着，店裏充滿着慰問的人。見了女兒阿蘭，臉上雖稍緊張，並沒有悲傷，早就覺悟有這一天來臨的樣子。這也許是教育使然吧？阿蘭專門看日本雜誌，比改姓名的自己更日本化也說不定。啓敏迷惑着，不知說什麼好。他發獃地站在女兒面前，使親家和親家母反而來安慰他。阿蘭把父親的心情了解得很淸楚，安慰他：

「阿爸，沒有關係，貴樹的武運會長久的。」

聽女兒這麼說，他想起訓導弟弟說能拿動章的事來。

「阿爸，請別擔心，跟阿母好好地保重身體……」連被征集的女婿都握他的手說。

「那你小心就是，我回去了！」

啓敏除此以外，不知說什麼好。而且他獃在這裏會受不了，他快要哭出來呢。哭着跟出征的女婿話別，這是不吉利的。他雖聽到女婿的父母和阿蘭說吃了飯再走，但他沒有心思回答了。他如要逃也似的，如在夢中一般趕着街路，到街郊以前並沒有把脚步放慢哩。路旁兩邊並排的相思樹，如撒金紛似的開着花。啓敏淚流滿面，能代替的話，他眞想替女婿去當兵哪。

女婿林貴樹出發以後，啓敏答允阿蘭的要求，讓弟弟阿將跟她住在一起。這樣，早晚有空時姐姐能教他入學前的功課，弟弟在身邊也比較有所倚靠。問婆婆的意見如何，阿蘭說很贊成。因婆婆親自託啓敏，要他徵求秀英同意。

最近住在嘉義市的王仁德一家人，也疏散到梅仔坑庄老家的消息傳到秀英耳朵裏來。王仁德的大女兒在嘉義市的家政女校讀書，次女轉到梅仔坑庄國校唸六年級，這些事情秀英都知道。阿蘭不喜歡在學校讀書，它或許是原因之一也說不定。因她遲上學，國校四年級就被看錯爲女教員那麼長得高大。十歲才唸國校一年級，致使鑄成大錯。想起這些，秀英對王仁德的舊怨新恨湧在心頭。

王仁德仍在嘉義市工作，一週回梅仔坑庄來看家人一兩次，聽說有一次到日新商店去跟阿蘭談過話，但阿蘭始終保持着跟別家阿叔談話的態度，致使王仁德再也不去看阿蘭了。秀英知道了，爲自己的女孩子感到驕傲！阿蘭不能忘記母親用嘴嚼藥敷自己脚傷的日子，母親的哭聲現在仍留在她耳朵裏。王明通完全變成駝背的老人，妻卻老當益壯——秀英也聽到這些消息。像養母那種婆婆跟媳婦合得來麼？秀英想，怕神責罰她愛管閒事，所以她決定：除自己的事以外，什麼都不打算再想。

阿將將替換的衣服包在包袱裏，在一個悶熱的傍晚被父親帶着，暫時住宿在姐姐的家，這使阿將高興得想要出國留學一般。

「我全部記住姐姐教的事，入了學校後要做級長……」

啓敏聽了，臉上暗淡得很，他對級長這句話厭煩到極點。母親如送小兵士一樣不安，趕着兒子後面吩咐：

「你要乖乖地住在那裏，如果淘氣的話，立刻叫阿爸把你帶回來……」

「不會的，我會聽姐姐的話，禮拜天給阿母送禮物回來……」

眞是個傻孩子！我們種田的那有禮拜天或禮拜一呢？秀英聽阿將不知天高地厚的話，她突然感到疲倦起來。自己怎麼老是生了早熟的孩子呢？這使她感到厭煩了。山影的顏色深了，父子穿過埤圳，走入竹林中去。

昭和十八年的歲暮起，空襲變成激烈的消息也傳到這個山裏的村莊來。啓敏夫妻每聽到這些消息，就擔心被抽去當兵的女婿的安危，如坐針氈一般地難過。話雖如此，農民還是被季節性的工作追趕着。「黑市」的話流行着，管制物價的眼睛瘋狂地監視着市場與人，要用公定價格賣東西太傻了，到市場去的農民也稀少起來。

熱鬧的家不知不覺地又寂寞下去一般，每天啓敏夫妻的心裏沉重得很。到了何時一家才能團圓呢？女婿從戰場回來，阿將要入學以前，一家沒有團圓的可能。戰爭不知會繼續到什麼時候。據說：在街上，連男女青年團都練習用竹槍刺殺敵兵……。敵兵不踏入台灣以前，戰爭不能終了的話，到底會變成怎麼樣？秀英把想不透的，只告訴於神以外，沒有什麼辦法！每天早上，她不斷地燒着香，在神前禱告。

「神啊，我們一生都沒有做過壞事。女兒阿蘭自孩子時起，我辛苦把她帶大……我丈夫也辛苦……今天託福結婚……女婿卻立刻被抽去當兵。神啊，請救女婿林貴樹的命，憐憫丈夫，我與女兒吧……我丈夫陳啓敏現在改姓名爲千田眞喜男……他勞苦半輩子……」秀英流出眼淚來，喉嚨塞了。

啓敏在一傍燒着香，他聽妻的禱告，流出眼淚來。別使閻羅王的名册有錯，妻小心道出兩個名字來，她的細心使啓明感動了。他家早晚雖向神壇燒香，石頭公只有農曆每月的初一與十五去拜罷了。農民向神訴說，除倚靠神外，心理上沒有餘裕的。沒有比心理上沒有餘裕更難過的。只有丈夫有空的時候，到街上看女兒和兒子去，把她們的生活狀態告訴妻聽着。秀英聽着丈夫的話，心裏就鬆一口氣。她常常想人是命中註定的，自己做司機的老婆，還是做農民啓敏的妻子比較幸福，這一點她該感謝神的。比那外表好看職業好的丈夫，樸素的農民丈夫還是適合自己的。這不是誰介紹給她，自然使自己有今天的日子。因此，秀英對常常失望的丈夫想出許多話來安慰他。所以，他們儘管被逼供出米、繳稅、佃租、空襲、物價管制、公定價格、黑市、勞動服務……等被種種事追趕着，還是從陽曆過年迎接農曆的過年。

正月二日，阿蘭帶弟弟回娘家的日子，這個農家有像過年似的氣氛揚溢着。阿蘭姐弟住了一個晚上，又回到街上去。秀英看見阿蘭的肚皮突出來，做母親的裝做沒有看見女兒的肚皮，種種注意生產時應注意的事情。女兒移動着笨重的身體，上氣不接下氣地爬着——母親目送着女兒的背影，一直站在院子。母親看見弟弟拉着步伐緩慢的姐姐的手。淘氣而專會惡作劇的阿將，卻是個會體貼姐姐的孩子，母親這時才看出兒子好的一面來。丈夫還是茫然地獃站着。妙子用不靈活的舌頭繼續喊着阿姐、阿兄……。受朝陽照射的山像透明一般，竹鷄在森林叫鬧着。母牛悠閑地將食物反芻着，鷄鴨在院子叫着。阿蘭種在院子的草花，開着大紅的花，刺入眼睛。山谷間的農家，只要不聽飛機的聲音，和平而寧靜。

第一期水稻伸長着，稻田舖了青色地毯一般。

晚春時阿蘭生男孩的消息傳來，啓敏與高采烈地跑到街上去。

昭和十九年，接近夏季的時候，高雄遭到激烈空襲的事也傳到這個山脚仔街來。還有在台北大直的皇太神宮在祭典時掉下飛機來，把皇太神宮全燒掉的消息也傳到街上來。啓敏雖聽了這些傳聞，因女兒安產而感到欣慰着。

「姐姐生了嬰兒，你不能打擾她。你回去山上一段時間，我再把你帶來。」父親再三勸着，把阿將帶回家。

阿將想起姐姐生嬰兒那一天早上，大家都關注嬰兒，沒有人照料他吃飯，使他聽從父親的話。話雖如此，他還是走進姐姐臥房，看看嬰兒，並跟姐姐話別着。姐姐只是凝視着天窗，如自言自語似的說：

「你是個乖孩子，再來吧！」

阿將從住慣的街上一回到山上的農舍，除跟三歲的妙子玩外，無聊到極點。妙子如果一個人走着跌倒了，母親也要罵他。妙子執拗地纏着他：阿兄，唱歌……。他討厭着，喊「噢，啊，哦！」妹妹也學它。

「妙子！這不是歌，是嚇猴子的聲音……」

因妹妹太起勁地地學它，致使阿將不得不這麼說。歌是這樣的，他說着，唱眞正的歌給妹妹聽。但他一邊唱一邊覺得住在山裏太沒有意思了。如果住在街上，熱鬧而可聽到各種人講的話，也可看到各種事。住在山上，除了單調的森林與泉溪外，顯目的色彩只有院子的草花罷了。山中靜悄悄地，精神上似乎沒有倚靠的地方。家畜的叫聲彷彿訴說一些胡說，不但沒有趣味，也沒有什麼好笑。再過一年他就七歲，可以上學了——阿將想着，等這一年覺得太慢了。有時他聽見妙子所唱的歌，像纏上粘糕似的拖拖拉拉，覺得妹妹可愛的時候也有。那時，他以妹妹爲前面，做當兵遊戲。

啓敏夫妻看阿將兄妹在院子中玩耍，第一期稻作的收成完了，炎夏來臨了。聽了飛機聲音，如果沒有躲在森林下面，有被機關槍掃射的可能，所以父子母女們從森林望着空中銀色的飛機，好奇心與憎恨交集着。爲殺人而做那麼漂亮的飛機，啓敏無法瞭解他們的心理。有不吉利的預感的第二天中午，走埤圳邊小路回裏面村莊的農民向他說：

「千田先生，你女婿戰死的電報到庄役場來了呀！」

千田眞喜男──陳啓敏聽了，整個身體要往前面倒下去一般的感覺。他不是聽錯話了麼？

「你說什麼？再說一遍好麼？」

「我說你女婿戰死的電報到役場來了呀！」

一家人都奔進院子去。啓敏連要拿的東西都沒有拿，立刻跑上山坡，朝街上奔跑。

妻看見丈夫漂浮似的跑，慌着從背後叮嚀：

「還不十分確定，走路要小心才行……」

啓敏上氣不接下氣地趕着脚步，浮現他腦海中的是：自己的一生都是繼續被騙着，且因沒有知識，勞苦一生。說勳章的義弟因有學問可避免種種災厄，義弟一發覺時勢的險惡就把身體躲開，可以避難哩。啓敏一走到街路，連路傍也不看，跑進日新商店去。街上的人們看了啓敏的臉色蒼白，汗流滿臉，一齊向他投着同情的目光，但啓敏卻沒有發覺到。

在店裏面大廳的一角落，結黑緞帶的貴樹的照片，阿蘭像迷失方向的蠟人似的抱着嬰兒。啓敏看了，蹲在女兒身邊，說不出話來。阿蘭連看父親一眼也沒有，只有兩三天沒有見面，女兒就變成這麼厲害麼？啓敏以爲女兒是不是早就氣絕而望女兒臉孔的一刹那間，他自己卻昏倒過去。

秀英焦急在等丈夫的消息，她坐在椅子上像粘住一般，眼睛直直地望着空中。阿將兄妹從未看過母親這種情形，兄妹倆害怕地手牽着手站在母親傍邊。

澄清的空中有鳶一邊旋回一邊叫着。是蟬的叫聲或是耳鳴，無法確定。家裏悶熱得很，不平凡的空氣使臉上滲出汗來。一小時後，簷端的太陽影子垂直的時候，從埤圳邊的路又有人喊：「千田嫂！」的聲音傳來。秀英從椅子上跳起來，跑出院子去，仰望聽着從上面埤圳傳來的聲音。

「千田嫂！妳快，快去吧！妳先生聽女婿死了，昏倒在靈前氣絕的呀！」

秀英聽丈夫氣絕，自己也快暈倒了。一下子就死去兩個人麼？秀英奔進臥房，抓了布帶便把妙子背着，然後牽着阿將的手出去。現在她不管看守家或家畜、傢俱……等的東西了。如果有人要偷的話，就隨它去！秀英現在一心一意地想見丈夫的臉，脚像裝發條一般，爬山坡，過埤圳，走入竹林去。她走捷徑，朝街上趕着路。因心急着，脚不停地疾走。阿將被母親抓的手抓痛了，他掙開了母親的手，往前跑着。

「神啊！我們沒有做過什麼壞事，我們不該碰到這種遭遇的！請別讓我丈夫遭到不幸……」

秀英一邊在心裏禱告着，一邊追趕阿將似的跑着。山路寧靜得很，只能聽到母子的脚步聲。在遠處又有飛機的聲音在吼着。

附錄

張文環兄與我

劉捷

大約是一九三二年（民國廿一年 昭和七年）至一九三三年一兩年間，我是張文環兄家的常客。東京市本鄉區元町的住家是木造的二層樓，文環兄和娜美子夫人住樓上，樓下有他的岳父老公夫婦及娜美子的胞妹。

文環兄和我常在這家樓上漫談，冬天他放一個日式木炭火缽，我和他有時候也有其他的人參與，一面取暖一面談話，所談的是故鄉台灣之事，台灣的文藝運動、作家的活動等等。

台灣藝術研究會成立於一九三二年三月二十日，我在台北接到「福爾摩沙」的創刊號，讀後隨在「台灣新民報」上寫一篇介紹，這也是我和福爾摩沙同仁結緣的開始。後來我常在文環兄之家與當時的留學生談論台灣、日本、世界的文藝，那時侯文環兄已不上東洋大學文科了，但起居仍穿著一套黑色學生服，書生、文學青年的面目十足。他家訂一份「朝日新聞」，每日我們都注意該報的文藝欄，所談論的是日本文壇，法國、俄羅斯文學等無所不至。文環兄所寫的是日本純文學，自從他的一作「父親的臉面」入選於「中央公論」的佳作之後，他對小說的信心越強。他和丹羽文雄、武田鄰太郎、林房雄、林芙美子等中流作家都有交流。他喜歡法國作家巴爾扎克・、左拉、雨果、莫泊桑等，為此他曾入一家「雅典語文學校」學習過法文。

另外他和當時的文藝愛好者一樣酷愛俄國文學，杜斯妥也夫斯基的作品「罪與罰」、「白痴」、「卡拉馬助夫兄弟」，哥可和的「檢察管」等，都是他最喜愛的書，他的生活也幾乎成為書中的人物，他的「健談」喋喋不絕，又像老婆的饒舌，俄作家齊益霍有短篇小說，我說文環兄很像其所描寫的人物，幽默可愛。文環兄是座談的名手，他以寫小說的手法形容表現說話頗有藝術，所到之處談吐風發造成文藝氣氛。

「滚地郎」是後來之作，我不知道文環兄有這樣的作品，但其所寫的人物、保正、語言、結婚、唱戲、豬哥等都是故鄉嘉義縣梅仔坑的風光。文環兄久年不返台灣，他想念父母及故鄉村莊的一切。有時候他會想起童年時爬上屋頂上滑落下來的故事，令人發笑。

文環兄在東京，一家人並無生計，只靠台灣父母的匯款，他想到其父為了望子成龍，一塊一塊出售耕地變成他的學費，難過得有時候會像小說中的人物自言自語。文環兄的目標在日本文壇，當時的文學界有「中央公論」、「改造」兩大雜誌及各大報的文學獎等，這些媒體是日本文壇的登龍門，當時韓國作家已有張赫宙等人進出日本文壇。

如此，如想進入日本文壇，必須先有得獎的作品，這需要長期的歷煉及機會的來臨，日本各地都有同人刊物，未成名之前他們就在同人雜誌寫作。文環兄除「福爾摩沙」之外，偶而也參加他們的同人結社，然而大部分的時間是在家思索苦讀，記得有一段時間我和他帶便當，每日上的附近的上野圖書館閱讀寫作，回路就在有名的「不忍池」逗風散步。

一九三二年，日本警視廳彈壓國際人民戰線運動，逮捕大學教授文化人，又順便修理朝鮮台灣的民族反日份子。同年的九月一日清晨特務警察搜查文環兄及我的住所，然後扣留於本富士警察署，直接的嫌疑是文環兄參加日本作家淺野某的左派組織發行刊物，我是讀刊物的讀者，其實是借題加害的。我們倆被扣押九十九天，那時吳坤煌隨韓國崔承喜舞踊團回台，我們寫信通知說日本警察要抓他，他不信，結果一到東京就被捕，也被留置約有半年的時間。

在被日警扣留期間，我們認識了不少的日韓文化人作家。台大心理學系蘇薌雨教授，在北京與胡適發行「獨立評論」，他由大陸來到日本時亦曾經受嫌疑被扣在這個本富士警署幾天。

文環兄在拘留所期間，原性大發，不斷任意大聲說話講故事，在警署樓頂廣場散步時他會隨著傳來的街上音樂唱歌跳舞，拘留所看守都喊他「台灣！」，不叫他的名字。文環兄這一段遭遇後來說是參加反帝示威被捕入獄，實事恐怕就是如此。

文環兄和我還有同住的一段時間，那是坐牢經過的兩年後吧，文環兄携眷回台，他的在台朋友不多，抵達台北的第一天即住我家，又經我的關係認識蓬萊閣老闆陳水田、風月報編輯簡荷生、小說「阿Q之弟」作者徐坤泉等人。文環兄回台後的第一個工作就是「阿Q之弟」之翻譯拍電影。而中日戰爭發生後不久，我到大陸，以後很久沒有與他連絡，光復後他在台北、日月潭兩地，又聽說抗戰期間，他在台灣對文學、演劇、發行刊物等頗有業績，但始終以日文寫作，日文小說「滾地郎」會發行中文版改為「在地上爬的人」就是他唯一晚年的傑作。

張文環的「父之顏」

黃得時

（本文摘自民國七十五年十二月二十二日，自立副刊）

圖張文環出版「滾地郎」時攝於日月潭畫齋。

光復前的日文作家之中，我認為創作力最強、水準最高、作品量最大的，是張文環。他在日本東洋大學就讀時，即開始寫作，並曾與曾石火、王白淵、巫永福、吳坤煌等在東京的台灣留學生，組織「台灣藝術研究會」，並發行文藝雜誌「フォルモサ」。東洋大學畢業後，他又留在東京，每日往上野圖書館，博覽群書，充實自己。

民國三十年，張文環返台後，供職於「台灣映畫株式會社」，任支配人代理。三年後與筆者創刊「台灣文學」季刊，不斷發表作品，如「藝妲之家」、「夜猿」、「論語與鷄」、「閹鷄」

等之小說和許多評論與隨筆。在當時，可以說是獨步文壇。

光復後，他由於不會寫中文，所以一直到逝世為止，都沒有用中文發表作品，也沒有人把他所寫的日文作品翻譯成中文，以致他在台灣文壇的知名度，較楊逵為低。其實張文環的才華和創作力，比楊逵高得很多。楊逵的「送報伕」的確值得一讀，不過，其他的作品質量上都嫌少，張文環則創作不懈，接二連三的發表力作。

光復以來三十餘年間，張文環雖然沒有用中文發表作品，但是他並不是完全停筆不寫。他供職於彰化銀行台中分行和日月潭觀光旅館，儘管業務非常緊張與繁忙。但是他却計劃要寫一套以光復前和光復後的社會及農村為背景的充滿自信的三部作。他利用日月潭大飯店總經理之餘暇，每天清晨，天還沒亮的時候，就起床從事寫作二小時，無日間斷。這樣歷時二年，終於完成長篇小說「在地上爬的人」，翌年九月，由日本現代文化社發行，同時，入選當年「全日本優良圖書百種」之一，（在台北鴻儒堂書店有翻印本，亦有由廖清秀翻譯的中文本，書名為「滾地郎」）。

張文環完成三部作中之第一部「在地上爬的人」之後，即開始動筆寫第二部「可以望見燈火的小鎮」（燈火の見エル町），寫了將近一半時，不料於民國六十七年二月十二日清晨五時，於睡夢中因心臟病逝世，享年七十歲，如果天假餘年，讓他多活五年，完成那三部作，不但可以震驚日本文壇，也會震驚中國文壇，而天不從人願，多麼可哀呀！

最後有一件事情，必須加以大書而特書，那是關於他的「父の顏」（父親的面孔）的小說，大家都知道這篇小說，曾被錄取獲日本「中央公論」社的小說徵文。但是不知道詳細的情形。而他在世之時，由於他很客氣的個性，也沒有提及此事，但是我認爲此事對他來講，是決定他將來步入寫作之路的重要動機，所以非把它弄個清楚不可。因爲「中央公論」在當時的日本，與「改造」「文藝春秋」鼎足而三，被稱爲日本三大綜合雜誌。而日本人能夠入選其小說徵文，已不容易，況且外國人的入選更難於上青天，張文環在日據時代，身爲一介台灣人，竟然能夠堂堂被錄取，實在爲台灣人揚眉吐氣，大有萬丈光芒。

爲了進一步知道其詳情，最近我寫信給「中央公論社」，略謂：「在昭和九年，有一位台灣人名叫張文環，曾被錄取黨社的小說徵文。請將發表當時之廣告文面，復印一份寄來。」我認爲大概沒有希望，因爲事隔五十餘年，那裏還有資料可尋呢？想不到過了兩個星期之後，該社編集部一位叫山形夏功，竟然將該覆印寄來，並附帶說：「只有正式入選作品登載於該志，選外佳作未登載」。日本人這種珍藏資料和徹底的服務態度，實在值得感佩，儘管如此，據該誌選後評說：此次應募作品多至一千二百十八篇之多。而張文環的「父の顏」能夠被選爲選外佳作第二名，如果通算起來，是一千二百十八篇中的第四名。實在是很不容易的榮譽。「父の顏」雖非「傑作」，而是「佳作」，是絕無疑問的。該作品是寫成於民國二十三年（日本昭和九年）九月，而翌二十四年（日本昭和十年）八月改寫，題目也把「父の顏」，改爲「父親の要求」刊登於「台灣文藝」二卷十號。

我到日月潭的時候，都會去拜訪張文環，兩人每次都談到天亮，還未分手。尤其是民國五十九年，在台北舉行亞洲作家會議的時候，日本諾貝爾獎得主川端康成也來參加，會後我陪同川端康成遊日月潭，曾帶他去訪問張文環，兩人談得非常投機給我的印象，特別深刻。

張文環是民國六十七年逝世，隔今八年前。現在我寫這一篇回憶錄的時候，他溫和的面容，浮現在我的眼瞼，令我懷念不已。最後，我將出殯之日我寫的弔聯抄錄於下面，作爲本文之結束。

古稀初屆，明潭一夜文星墜，佳構未完，遺恨千秋鉛槧寒。

著者略歷　張文環

民前二年生，嘉義縣梅山鄉人。日本東洋大學畢業。曾任彰化銀行霧峯分行經理，現任日月潭國際大飯店總經理。

廖清秀　一九二七年生
台北縣汐止人
高考及格
現任職台灣省氣象局

定價：120元
郵購單本需另加24元

著　　者：張　文　環
譯　　者：廖　清　秀
發 行 所：鴻儒堂出版社
發 行 人：黃　成　業
地　　址：臺北市城中區 10010 開封街一段 19 號
電　　話：三一二〇五六九、三三一一一八三
郵政劃撥：〇一五五三〇〇〜一號
電話傳真機：〇二－三六一二三三四
印 刷 者：楨文彩色平版印刷公司
電　　話：三〇五四一〇四
法律顧問：蕭　雄　淋　律　師
行政院新聞局登記證局版臺業字第壹貳玖貳號
中華民國六十五年十二月初版
中華民國八十年十一月再版

ISBN:957-9092-25-7